池袋ウエストゲートパーク2

計數器少年

ISHIDA IRA
石田衣良
葉凱翎・王詩怡——譯

〔導讀〕石田衣良的世界

新井一二三

一九九七年，石田衣良以《池袋西口公園》登上日本文壇，並獲得了該年的「ＡＬＬ讀物推理小說新人獎」。至今七年（二〇〇五），作者以及作品的發展都相當可觀。石田不停地發表多部短篇、長篇作品，二〇〇三年以《4 TEEN》一書贏得了第一二九屆直木獎，乃日本最有權威的大眾小說獎；有目共睹，他是當前在日本最活躍的作家之一。至於作品，《池袋西口公園》不僅化身為漫畫、電視劇、暢銷ＤＶＤ，而且發展成系列小說，已經有四本書問世，第五部也在雜誌上發表過了。

石田衣良於一九六〇年三月二十八日在東京江戶川區出生，從小喜歡看書，學生時代每年看一千本書，也就是每天平均二點七本；從成蹊大學經濟學系畢業以後，任職於廣告公司，跟著成為獨立文案家；《池袋西口公園》是他發表的第一部小說。

有一次訪問中，石田說，三十七歲那年忽然開始寫小說，是受了女性雜誌《CREA》刊登的星座算命的影響。一決定要做小說家，他採取的步伐非常具體、現實：調查好各文學新人獎的投稿規定和截稿日期，並且開始埋頭寫作。

雖然最初以推理作品獲得了獎賞，但是從一開始，他就寫各類不同性質的小說；除了「ＡＬＬ讀物推理小說新人獎」以外，「日本恐怖文學大獎」和以純文學作品為對象的「朝日文學新人獎」等，石田全去投稿，而在每個地方都引起了審查人的注意。

直木獎作品《4 TEEN》是關於四個初中生的故事；他寫的戀愛小說很受女性讀者的歡迎；以金融界為背景的小說拍成了電視劇。石田衣良的作品世界真是五花八門。

日本小說家，《文藝春秋》創辦人菊池寬曾經說：純文學和大眾文學的區別在於，前者是作家為自己寫的，後者則是為別人寫的。從這角度來看，石田衣良可以說是天生的大眾文學作家。什麼形式的小說，他都會寫，同時能夠保持自己一貫的風格。

《池袋西口公園》本來是一部短篇小說，乃池袋西口水果店的兒子，十九歲的真島誠與當地夥伴們做業餘偵探的故事。

日文原名《池袋（IKEBUKURO）WEST GATE PARK》起得非常巧妙，特有喚起力。在東京人的印象中，池袋一貫是很土氣的三流繁華區；沒有銀座的高貴、六本木的洋氣、澀谷的時髦、新宿的次文化；連地標六十層高的陽光城大樓也蓋在巢鴨監獄舊址上，也就是第二次世界大戰後，日本戰犯被關押處刑的場所，自然不會有歡樂的聯想。但是，一改用英語把西口公園說成「WEST GATE PARK」，簡直忽而出現了全新的年輕人活動區一般，特會刺激讀者的好奇心。

那形象，實際上是作者的創造。他在訪問中說：其實對池袋並不熟悉，只是曾在上下班路上經過的地點而已；作品中，對西口一帶風化店的描寫很詳細，但也並沒有實地採訪過。如果是真的，他想像力之豐富真令人為之咋舌。不過，他也承認，去哪兒都隨身帶有照相機，看到什麼都記錄下來。

一九九〇年代以後，日本經濟長期不景氣，很多青年看不到希望，過著無為的日子。真島誠和他的夥伴們，就是這麼一種年輕人。他母親開的那種水果店，也是東京人都很熟悉的，主要生意是騙醉鬼的錢。高中畢業就不上學、不上班的真島誠，從主流社會來看是個小流氓，理應缺乏正統、健全的倫理觀念。然而，一面對夥伴們或社區的危機，他卻表現得非常精明、勇敢，甚至像個英雄——雖然是三流繁華區的。

《池袋西口公園》最大的魅力，是作者以寬容、溫暖的文筆描寫著這批年輕人。作品中，幾乎沒有一個人是健康、幸福的。家庭暴力、校內暴力、神經失調、援交、亂倫、嗜毒、賣淫、非法外勞、不孕症……大家都有過不可告人的悲慘經歷、精神創傷。他們之間的來往，當初只有兩種：要麼是同病相憐，或者是徹底對抗。但是，隨著小說系列化，真島誠他們幫助的對象也開始包括老年人、殘障人士、小孩子等等的社會弱者。故事一方面保持著青年黑暗小說的架構，另一方面獲得社會、人情小說的味道。石田衣良的手藝真不簡單。

他說：二十多歲時候，曾經有一段時間情緒低落，把自己關在房間裡長期沒出來；後來經過自我訓練，逐漸對社會適應了。我們從他作品看得出來，因為有過痛苦的經歷，他是特會理解別人之苦楚的。

一九八〇年代，日本社會進入後現代階段。純文學等傳統文藝形式對年輕一代人不再有大影響力了。反之，漫畫、卡通、電腦遊戲等成為年輕人共同的文化經驗。在文學領域，內容、情節類似於漫畫的「公仔（characte）小說」流行於年輕男女圈子；其特點是，讀者認同於登場人物，像網絡遊戲一般地投入於故事發展中。

雖然石田衣良是擁有多數大人讀者的傳統小說家，但是他的代表作《池袋西口公園》對年輕人的影響之大，倒彷彿「公仔小說」。他們以英文短稱「IWGP」言及作品；認同於真島誠、安藤崇、齊藤（猴子）富士男、森永和範、水野俊司等主要登場人物之一；從電視劇到漫畫到小說，跨媒體地享受作品。

《動物化的後現代》的作者，一九七一年出生的哲學家、評論家東浩紀指出：「公仔小說」擁有資料庫形式，像某些卡通片一般，登場人物可以無限增大，情節也可以永遠發達，但是始終在一個關閉的故事空間裡。作為大都會青春推理小說出發的「IWGP」系列，似乎在走這一條路。

例如，石田衣良的另一部小說《紅．黑》的別名是「池袋西口公園外傳」。在池袋發生的賭場利潤搶奪案小說，不是由真島誠講述的，而牽涉到他老同學，缺左手無名指頭的黑社會成員齊藤（猴子）富士男。作者說，因為他想多寫點猴子，一時離開《池袋西口公園》而另寫了《紅．黑》，但始終在「IWGP」世界裡。

石田衣良寫的小說，除了「IWGP」之外，《4 TEEN》也以月島為背景，用巧妙的文筆寫下了現代東京的都市景觀。這一點非常有趣。因為他說，曾看過的幾萬本書當中，對他印象最深刻的日本小說家是永井荷風和川端康成。眾所周知：荷風是酷愛東京的老一代文人，尤其對江戶遺風愛得要死。川端也有一段時間熱心地描寫過淺草——當年東京最繁華的鬧區。

總之，關於石田衣良作品，我們可以從好多不同的角度討論下去。不過，他畢竟剛出道不久，年紀也不很大（常帶韓國明星般的笑容出現於各媒體），今後會發表好多作品；目前下任何結論都太早了。無論如何，對這一代日本年輕人來說，「IWGP」無疑成為他們永遠不會忘記的青春插話了。看完了這本書，我相信你也一定會同意。

二〇〇四年八月十日

於東京國立

〔導讀〕作家貴公子

曾志成

作家如果也有階層，石田衣良顯然屬於「作家貴公子」這一階層。貓般的男人，是我對石田衣良的第一印象，石田氏招牌瞇瞇眼以及溫文儒雅表情，不知迷死了多少日本讀者。連最近超人氣年輕實力派男優妻夫木聰都跳出來說自己是石田粉絲，可見石田衣良小說風靡已成為文學界年度流行話題。

三十七歲那年，石田衣良意外獲得《ＡＬＬ讀物推理小說新人賞》副賞（ＡＬＬ讀物：文藝春秋出版社發行的文藝誌。ＡＬＬ讀物推理小說新人賞：該雜誌推理小說部門的公募新人賞），應募代表作《池袋西口公園》（池袋ウエストゲートパーク）一舉成名，該作品被改編成電視劇後，石田衣良開始走紅日本文壇。該賞獎金五十萬日圓，全葬在一次搬家費用。

石田衣良生於東京下町江戶川區，身體流淌著不安定血液，離家獨居以來，曾在橫濱、二子玉川、月島、町屋、神樂坂、目白等地多處遷徙，樂此不疲。石田衣良的作品中充滿了東京某町的特殊情懷，即使不是出生之地，在他居住一段期間後，町所屬的氣味自然融入，成為作家的血肉。石田衣良帶著NIKON F80相機恣意捕捉各町樣貌，池袋與秋葉原便在隨機狀態下被收入文字之中，發展成看似獨立、實則相連的「池袋西口公園系列」。

以真實街景為小說舞台，描繪青少年主人公變異的成長；青春期的苦澀空洞，一直是石田衣良關注的焦點。二〇〇一年出版的《娼年》，石田衣良便透露：「要是誰說自己二十歲時活得非常快樂，這種人的話絕不可信！」

活在青春陰影之中，石田衣良從成蹊大學經濟學部畢業後，患有輕微對人恐懼症，放棄投靠朝九晚五上班族行列。二十五歲以前的石田衣良玩過股票，幹過地下鐵工事、倉庫工人、保全人員、家庭教師，全憑自我意志；三十歲後正式進入廣告界就職，結束青春放浪生活，成為一名靠寫字維生的廣告文案。

寫字工作輕而易舉，獨立門戶後石田衣良搖身一變成為廣告文案蘇活族，每天只需在家工作兩、三小時，生活便可無憂無慮。但年輕時肉體勞動的烙印沒有因此消失，中年的石田衣良突發奇想動筆寫小說，單純只為緬懷自己的憂患青春期。

以作家風格來論，石田衣良不擅長灑狗血。過了血氣方剛之年，得到優渥生活保障後才動筆寫小說的石田衣良，沒有憤世嫉俗，下筆冷靜，保持中立眼光觀看生活周遭。面對單刀直入的戀愛題材，石田衣良以過盡千帆的哀愁詮釋「大人（おとな）戀愛」（成熟、穩重的戀愛）。

與石田衣良初次相遇，短篇小說集《Slow Goodbye》（スローグッドバイ）正好擺在池袋東口淳久堂書店一樓的醒目位置，這本被譽為「珠玉短篇」的小說吸引了我。那時我的日本語還停留在「讀不太懂小說」的階段，沿著石田衣良的文字軌跡，逐字讀完其中某篇，文字意象鮮明地鑲在腦海。看似平凡的愛情逐漸壯大起來，石田衣良的文字簡單冷調柔軟易讀，使人無防備地一頭栽進他所設計的二十代（二十歲以上未滿三十歲的年齡層）男女愛情物語陷阱。與《Slow Goodbye》一樣處理戀愛題材的新作《一磅的悲傷》（1ポンドの悲しみ），主人公設定轉移到三十代都會男女，石田衣良以這兩本作品劃出日本都會二十代與三十代男女的愛情代溝。

乾淨冷調，是許多人讀完石田衣良小說後的讚歎。即使像《娼年》處理男妓題材，文字一點也不猥褻，反而異常透明美麗，這跟石田衣良文字被喻為POP文體脫不了關係。POP文體以輕口吻描述重口味，但此文體輕得有趣的文字卻有著壓倒性力量，現代日本文學在眼前這一代慢慢起了變化，石田衣良的寫作風格符合了當今文學潮流。

從東口淳久堂書店出發，穿過一個長形地下道就可抵達西口，池袋的精采在東口西口北口交織的三角地帶匯集。其中所屬的中心地帶要算是池袋西口公園了。這裡是石田衣良「池袋西口公園系列」磅礴小說的發展場所。

曾在池袋混過半年日本語言學校的我，對池袋環境再熟悉不過，常在語言學校早課過後，帶著一杯咖啡跟一塊麵包呆坐在池袋西口公園噴水池旁，觀看人來人往。東京的都市發展史上，池袋與澀谷並列為七〇年代東京「若者」（young people）之町，混雜程度與新宿不相上下，新宿與澀谷已被太多作品描寫過，從池袋發跡的青少年次文化，與其獨特的幫派械鬥系譜，在石田衣良筆下逐一展開的同時，池袋的特殊氣味有了象徵性意義。「池袋西口公園系列」不僅是石田衣良代表作，更是一窺池袋次文化的最佳窗口。

池袋西口公園的臥虎藏龍，表面上無法察覺，「池袋西口公園系列」彷彿把藏在池袋內裡的祕事掀了開來，身為讀者的我對池袋的移情從這一刻開始作用。曾到過的熱鬧商店街，穿越過情人旅館小巷，活生生觸及的池袋路人甲乙丙丁，隨著主人公真島誠的帶領，跌進了一個人情味四溢的未知推理世界。

活躍在這部青春小說裡的主人公雖然邊緣，卻散發著正義感與人性純粹光輝，石田衣良青春小說的迷人之處就在於此。流連於池袋街頭的邊緣族群：風俗孃（風塵女子），流浪漢，非法滯留的外國人、流氓組織、整天無所事事青少年，在這個活動場域交織出彼此共通的生命樣貌。「池袋西口公園系列」試圖以更新鮮的敘事方式，處理少女賣春、不登校（蹺課）、嗑藥、同儕虐待事件等等當今日本青少年問題，這些正是我所親眼目睹並理解到的東京盛場（都會鬧區）文化，非常重要的關鍵部分。

石田衣良並非少年得志，缺乏作家在成名前「十年寒窗苦寫無人問」的悲苦經歷，中年初試啼聲便贏得眾多喝采與文學賞肯定，石田衣良作品廣泛被日本讀者接受的程度遠遠超乎作者自身想像。《娼年》、《池袋西口公園之三：骨音》先後被列為直木賞候補作品，《4 TEEN》終於如願摘下第一二九回直木賞，並已改編成電視劇上映。受到直木賞三度眷戀的石田衣良，作品文字仍然輕盈，口味卻要愈來愈多樣，避開冷僻純文學，朝大眾作家之路邁進。

目次

池袋ウエスト
ゲート
パーク

妖精之庭

你相信有妖精嗎？

打工或加班結束，終於在半夜裡回到了自己的房間。只要按下一個開關，就能讓數位化的妖精，乘著連接夜空的電話線，來到你的房裡。

放鬆、舒弛的大腿，柔軟卻又緊實的手臂，洗完頭後吹乾髮絲的動作，穿著樸素睡衣的模樣。二十四小時隨時都可以連結得到她們。鮮豔的原色液晶花朵繽紛綻放。中世紀歐洲風的石造庭園裡，妖精們正等待著。

你探訪那座庭園，在十二座白色大理石製成的框架裡選一個，點選進去。只要這麼做，便能盡情地盯著自己喜歡的妖精看。視線如刷毛般，緩緩沿著身體曲線來回撫摸，還可以分享私密的時間。妖精們吃著便利商店的便當，化妝打扮，換許多次衣服，處理多餘的毛髮，帶男人進房間，入夢沉睡。她們只是在畫面裡，做著普通女孩子們會做的事情而已。

唯一的不同，就是那座庭園絕對不會熄燈。

並不是因為恐懼黑闇魔法使者才不熄燈的。畢竟不能去糟蹋可以賣錢的東西吧。

網際網路真是先進啊。甚至可說是比安迪・沃荷更加高段。因為它連女孩們的睡相，都能以每十秒計費的方式換成金錢。

池袋的街頭亦來到了九月。

要說熱也還是頗為燠熱。但失去了支撐力的寂寥熱氣，只能像死魚般殘留在柏油路上。電玩中心、卡拉ＯＫ或路上的陰涼處，小鬼們像水母般群湧而來的姿態已不復見，裸裎的街上只剩做生意的商家仍顯熱絡。

這一年裡，池袋街頭紛擾雜沓，雖然我也覺得似乎有什麼改變即將發生，倒也沒出什麼特別的事。沒有變化也沒有進步，只不斷重複著相同的每一天。要說有什麼變化，也唯有被委託處理的棘手難題，和手機記憶體裡的通訊錄名單（幾十人份的資料）變得愈來愈多。我沒什麼改變，還是顧著我家位於西一番街的水果店、寫著街頭流行雜誌的專欄、出入池袋街道間的灰色地帶，重複做這些事。默默地睜大眼睛，將垃圾情報塞進心中的記憶體裡。

無聊和時間都有滿滿一把。雖說有可以一起消磨時間的夥伴，不過覺得無聊時，我反倒不想見到任何人。西一番街上被曬得滾燙的地磚，一到晚上便飄盪著熱氣，漸漸地變涼。一邊應付著醉醺醺的客人，一邊連看著那幅景象三個小時，就算會有股想要邊亂吼著什麼、邊在路上奔跑，然後就這麼一頭撞上陸橋的衝動，或是想無意識地瀏覽電視節目，這些都是理所當然的反應吧（聽說看電視其實也算是一種慢性的自殺）。

所以，在那一夜的西口公園，從不算是男人的男人那兒接到那項委託時，讓我單純地感到開心。睽違已久、讓人感到興奮的工作。果然還是該到街上走走。走上半天，讓自己筋疲力竭，大部分的煩惱也都拋諸腦後了。走路，有益於腳、眼和心。

在夜裡無人的街上走著。像夜晚的貓一樣躡起的腳步聲，遊盪在池袋的巷弄間。或許，我算是這條街的跟蹤狂也說不定。

星期五夜裡的西口公園，就像低氣壓來臨前一天的岸邊般。小鬼們的蹤影並不怎麼多。雖然上班族或粉領族的集團仍成群洄游來去，但數量也不大，因為他們都會在最後一班電車發車前便早早散去。噴水池前或藝術劇場的廣場上，只要週末一到，便會像能把暴風雨天空給整片遮蓋的大群蚊蟲般，充滿鼓譟的興奮。

我連續走了三個小時。為了要讓僵硬得像插了片鐵板的背和再彎一下就快要斷掉的腳休息，我在圓形廣場的長椅上坐了下來。公園就是舞台。女孩們在長椅上等著男孩們出聲搭訕。男孩們就像拖了個底曳網般，不管對方是誰都照單全收。卡拉ＯＫ或情色業的攬客員，從角落開始發傳單給每個醉漢，不斷放送優惠廉價的訊息。團團圍繞公園的霓虹燈，朝明亮的夜空放射出帶毒的彩光，讓月亮看起來像個燈泡一樣。

當晚值班的Ｇ少年雙手交叉在胸前，站在山毛櫸被水銀燈映出的綠色樹影裡，向我點了點頭。他冷冷地望著眼前的舞台。沒辦法，畢竟那是數年不變的猴戲，會變的也只有表面而已。今年的女孩們圍著波里尼西亞式的彩色長布、裝扮出夏威夷式的流行，足蹬連腳尖處都有十二公分高的厚底涼鞋。搞不好這陣子就要開始流行起踩高蹺了。這麼一來，男孩們就只好仰著頭追求女孩們了吧？不過那跟現在也沒什麼兩樣就是了。

從我坐著的長椅，可看到西口公園的東武百貨出口。在眾多攬客員和搭訕者當中，發現有個異常活潑的矮個兒。他一個接一個地搭訕，看起來就像將口喙插進花朵裡的蜂鳥一樣。穿著像電視上出現過的夏威夷衫，像夏威夷高爾夫球場的天空般那麼藍，還有鬆垮的短褲，頂著光頭，長得一張滿可愛的臉。就算天色昏暗，也由女孩們的反應看得出來。

望著他瞧了一會兒，他似乎也查覺到了，往我坐著的長椅處瞄了幾眼。把名片交給濃妝豔抹的女人後，便穿過夜晚的公園，往我這裡走過來。手插在口袋裡，視線盯著圓形廣場的石板路。他站在長椅的一端，說：

「我可以坐在這裡嗎？」

聲音就像嗓音沙啞的演歌歌手似的。而且還是女人的聲音。我無語地頷首。

「我正在找你。阿誠……先生對吧？」

他躍坐上長椅，腳毛稀薄的細腿張開成一百五十度。鞋子是束繩帶的粗獷工作靴。他從T恤袖子處偷瞄我的手臂。

「你的體格變這麼壯啦。」

就算被他這麼說，我還是不知道眼前這個光頭佬是誰。他握著自己的上臂二頭肌，確認其粗細。

「我認識你嗎？」

「算認識一半吧。」

他向上翻著眼珠，目光銳利地看著我，像隻瞪著雙眼的貴賓狗。

「不好意思，我不知道。」

「貝山祥子。」

「祥子……」

我怎麼可能會認出這個光頭佬就是祥子。十年的歲月是會改變一個人的，就連女人都能改變成男人了。他看我滿臉驚愕的樣子，露出門牙嘻嘻一笑。真是個懂得抓住人心的傢伙。

貝山祥子是我小學一、二年級時的同班同學。女兒身的她，竟是我們班上最具戰鬥力的男生小團體中的一員；只要跟附近其他小學的學生打群架，她一定會拖著木棍來參一腳。我還記得她從牛仔布的迷你裙裡伸出來的、像沾著泥土的牛蒡般的細腿，還有像拳擊運動鞋似的灰色小褲褲。祥子就算被看到內褲也完全不在意。用比誰都快的速度爬上兒童遊樂場的櫻樹或是攀爬架，然後坐在最高的枝頭上，用腳底拍著掌。只要小鬼頭裡有誰一擺出全國共通的「小褲褲被看光啦」的表情動作，祥子就會對著底下大喊：

「笨——蛋。老子的內褲有那麼好看喔？」

這樣的祥子在十年後，以一身小混混的模樣坐在我身旁的長椅上。我沒來由地望向夏威夷衫的胸口。

「那麼難看的東西早就沒啦。已經開刀弄掉了。」

他看似不悅地說。胸部的確是平的。只有那條壓得像寬麵條、上綴點狀散布的土耳其玉的銀色項鍊，沿著鎖骨的形狀蜿蜒起伏。

「從現在起，別再叫我祥子了。我現在叫做阿祥。」

「那，你現在在做什麼？」

「說得也是。也得說說工作的事。」

邊說著，邊把剛才交給女人們的名片遞給我。**Modeling & Information Service，妖精企劃‧星探部　貝山祥**。翻過背面一看，整面全都是粉紅色，只有英文的公司名和兩個櫻桃形狀的商標圖案是反白的。

「怎麼看起好像怪可疑的呢。」

「是啊，我只有名片而已。這間公司就像空頭公司一樣啦。招攬到的女孩子就到隨便哪間咖啡廳裡面試。基本上大部分的女孩子，只要讓我吹捧個幾句，之後就百依百順了。公司那邊也ＯＫ的話，只要在女孩子的房間裡裝設攝影機就結束了。伺服器在池袋某個套房公寓裡的樣子。喜歡偷窺的阿呆男，便會去看女孩子的房間。跟Dial Q2❶一樣，費用會從ＮＴＴ❷那兒回收。系統做得不錯。你也曉得的吧？」

我默默點頭。網路上的偷窺房，的確是聽過這樣的傳聞。我想應該是白天仍是學生或是粉領族的普通女性（說不定我們已經該把「普通女性」這樣的字眼，從文字處理軟體裡消除掉了），為了賺點零用錢而從事的兼職。

但是，根據阿祥的說法，實際上這似乎並不是件輕鬆的兼職工作。基本薪資的確是跟一般粉領族沒什麼兩樣，但還會根據點閱數來發放業績獎金。要是變成當家紅牌的話，轉眼間一個月就有近百萬的收入滾進戶頭。好像也有不少女孩子乾脆辭掉本業，專職做這一行。

「好在這陣子不景氣，你才招攬得到女孩子啊。那麼，最先進的網路企業，找我有何貴幹？」

阿祥默默地搶走我手上的名片，在櫻桃圖案的下方用原子筆寫了什麼。我拿回來一看，是女孩子的名字：明日美。

「明日美是我們的首席紅牌。不過到處都有笨蛋，就是有傢伙會蠢到分不清螢幕影像和現實世界。有個人一直在跟蹤明日美，雖然那傢伙似乎只是隔著一段距離盯著她瞧而已。」

「原來如此。那警察就派不上用場了。」

「我們公司上頭的人厭惡跟黑道扯上關係，所以也無法請他們幫忙。剩下的就只有徵信社了，但那種地方怕要花上不少錢才能搞定吧。」

「所以才想起了我的傳聞是嗎？阿祥……這名字真難唸……你是想從我應得的酬勞裡抽頭對吧？」

「你這不是廢話嗎？我們公司能成長擴大，還不都是靠業績制所賜。這得靠個人的創造力和技術力才行。我們社長可是比爾．蓋茲的崇拜者呢。」

他再次露出門牙笑了。在夜裡的樹影裡，小小的牙齒微微閃著白色的螢光。整齊排列而薄弱的女性化門牙。只有這個是開刀手術也改變不了的吧。公園柱子上端的圓形鐘，顯示現在已經接近深夜了。阿祥以沙啞的嗓音說：

「今晚一點時，從阿誠那兒連到我們公司的網站來吧。跟明日美談談。我之後還有件工作要做。」

一問之下，才知他是要到女扮男裝的人妖酒吧當服務生。每個月打男性賀爾蒙也要花不少錢的樣子。總之健保不會給付；畢竟又不是生病，不給付也是理所當然。那傢伙無故地刻意抬高肩膀走路的背

❶ Dial Q2：代收情報資訊費之服務的通稱。即電信公司代情報資訊提供者，向使用人收取經電話線路所取得之情報服務的費用。

❷ NTT：Nippon Telegraph and Telephone Corporation，日本電信電話株式會社的簡稱。

影，消失在ＪＲ池袋車站的十字路口。聽了好一會兒初秋的夜風搖晃山毛櫸所發出的涼爽聲音後，我便打道回府。

打出娘胎以來，我初次造訪偷窺房，為了和首席紅牌的妖精碰面。

快到深夜一點時，我從麥金塔的筆記型電腦連上了偷窺房。當然，那個網站是不會用偷窺房這種低級名字的。一開始的畫面是雕刻著常春藤圖樣的大理石，上頭有之前提到的粉紅色櫻桃標誌和網站的名稱。

「Fairy Garden——妖精之庭」

在其下方有四列三行的小框框開啟著。邊框是白色大理石紋。裡頭放著各隨己意化妝打扮的女孩照片；有裝上貓耳、擺出招財貓姿勢的女孩，有張大嘴吃香蕉的女孩，也有上半身全裸、只用食指和中指遮掩胸前兩點的女孩，還有女孩只露出穿著絲襪、盤坐著的雙腿。在各別的框框下標示著妖精的名字。知佳、涼子、真子、千奈美、愛香、夏帆、汐音……不管是哪個名字，都像ＡＶ女優。

明日美在最右下方的角落。照片看起來就像讓男朋友拍的快照。撥起半長不短的秀髮，朝向正面的一瞬間，好像聽對方說了什麼兩人之間才知道的小笑話，露出略顯嬌羞的笑容。妝化得很自然。眼睛下方的隆起和雙唇看起來很柔軟。不像其他女孩一樣散發著「看我！看我！」的熱氣。雖然白色背心在距胸前頂點七成之處，畫面便被切掉，但也十分足夠讓人想像得到有多麼豐滿圓潤了。

我點選明日美的框框，等待畫面的轉換。因為太閒了，所以看了一下在標題下方的參觀人數。

九六四〇〇二！

這應該是今年元旦至今，探訪這間庭園的男人們的數量。這就是業者笑得合不攏嘴的原因。令人佩服的個人創造力和技術力啊。

螢幕中央很快就出現了一個約有對角線一半大小的視窗。畫面粒子很粗糙，不知是不是螢光燈的光線，整體看起來就像泛藍的畫。看起來是間單身女子的房間。便宜的合板桌、小型的單面鏡、牆上貼著《麻雀變鳳凰》電影海報。若有似無的現實生活感，令人感到怪異的一間房間。

房間中央、罩著細格子紋床單的床鋪上，有個女孩正雙腿並攏坐在上頭。穿著跟剛才照片上一樣的白色背心，以及運動選手用的白色短褲。看起來比首頁上的照片還更加健康。手腳修長，身體任何一處都不會令人覺得拘束。整體比例非常棒。

明日美邊看著記事本的一角，邊照著號碼按下手機的按鍵。她在做什麼呢？看著無聲的顯示器，那聲音突然在我的房間裡響起。

ＰＨＳ的電子響音！

我慌慌張張地從脫下亂扔的工作褲側邊口袋裡，拿出ＰＨＳ。

「喂？請問，是真島誠先生嗎？」

明日美的聲音微妙地比畫面上的影像格數遲了一拍，才傳進我的耳中。比影像更真實的聲音。雖然帶點生怯，卻又態度堅定。

「那個，我是從祥那裡得知你的電話，他要我今天晚上一點時打給你。你好，我叫明日美。」

明日美朝著攝影鏡頭鞠躬行禮。阿祥那個讓人無言以對的（前）女人。怪不得會拿打工當藉口，自顧自地腳底抹油溜掉了。

「妳好，我是阿誠。」

我一本正經地向穿著貼身衣物的女孩打招呼。其實對方應該是看不到的，但我還稍微點了一下頭。妖精的笑容。再怎麼保守地說，還是不得不承認明日美的胸部真的很大。

之後我們對談了有一個小時之久。明日美大約每隔五分鐘，便在螢幕裡換一下姿勢。一下抱著雙臂，一下趴著，或是翻過身、把腳搭在牆壁上；不然就無意義地打鏡頭前走過，甚至像貓狗一樣趴在地上、抬起屁股。服務觀眾的鏡頭。我一問為何要不停動來動去，明日美便說：

「此時此刻，有很多人正看著明日美唷。為了不讓他們看膩了而轉台，不得不認真應對囉。收視率可是很重要的。」

我不加思索，衝口而出：

「這樣的話，直接脫了不是更快嗎？」

明日美以明朗的表情轉過頭來，一派單純率直的樣子，就像電視裡的偶像似的。

「不行的唷。刺激對男人而言是很快就會厭倦的。雖然也有每天晚上自慰或是帶男人回來的女孩子，但收視率全部都在一個禮拜裡就下滑了。不過要脫的話，我倒是無所謂啦。」

語畢，便把左手擺到頭後，露出胳肢窩。乳頭的位置變得一上一下。

「那個跟蹤狂是個怎麼樣的人？」

表情稍微沉了一點下來。就像「眉毛不小心畫壞了」那樣的感覺。

「是個噁心的傢伙。不管男的還是女的，偶爾就是會有這種腦袋裡完全只想到自己的人。」

的確有這樣的人。自認絕對不會弄錯，也絕對不會動搖的傢伙。除了自己和自己創造出來的幻想以外，真的相信世界上沒有其他人的傢伙。當然這不是指你我啦（別管這件事了）。

那個男的一開始似乎只是熱情的崇拜者之一。觀眾們會為了讓妖精做自己喜好的打扮，而贈送各式衣物到公司。有女高中生、護士、自衛隊女士官的制服，也有絹製、橡膠製、紙裁甚至金屬製的內衣，還有像是沾著鮮血的髒汙繃帶，或是燒出洞來的某國國旗。這也是充滿了個人的創造力。

明日美也積極地將中意的衣物穿上身，站在鏡頭前展示。當然，那個男的（雖然知道他的真名，不過太麻煩了，就叫他卡利班吧。想知道為什麼要叫卡利班的話，就去讀讀莎士比亞的《暴風雨》）也會每週送些品味還不錯的衣裳來。但這種事發生的頻率一多，公司那邊也開始有意見了。畢竟觀眾送給十二位妖精的禮物，其量之大並不容小覷。

女孩們便各自在池袋郵局辦了一個自己的郵政信箱。這是某位社員的究極創意。利用宅配不但能夠簡省支出，還能讓已經上鉤的觀眾和妖精之間有個接觸點。卡利班不但勤快地送禮送個不停，還很執拗地在郵局前等待明日美的出現。

在LOVE STAR'S DAY（七夕！）那一天送來給明日美的禮物，多到把向朋友借來的廂型車給塞得滿滿的。明日美穿著卡利班送的浴衣，在攝影機前度過七月七日的夜晚。那是當然的。因為卡利班送的特製浴衣，顏色是天方破曉時的牽牛花花蕾那般含蓄的青藍，還綴上了「明日美」的字樣做為花紋。

「到附近購物回來後，看到那東西塞在玄關的信箱裡時，一開始還以為又是郵購目錄。因為那實在太厚了。拿出來一看，卻連郵票、郵戳或是寄送地址也沒有。大大的信封上只寫了明日美的名字而已。一想到『啊，是誰親自送到明日美房間來的吧』，便覺得毛骨悚然。急急忙忙回到房裡，鎖上門後把信封打開來一看：首先是履歷表、大學畢業證書和成績單的影本。照片則是那傢伙穿著和明日美一樣的浴衣，在不知哪間照相館拍攝的。而且還是放大的照片，看起來油油亮亮的，噁心得要命。雖然臉長得還算普通可愛，不過那傢伙的皮膚啊，看起來跟便利商店塑膠袋一樣，蒼白得好像可以看透底層似的，更讓人覺得不舒服。」

明日美在攝影機前，笑盈盈地顫抖著。

「你大概以為我在開玩笑吧，但真的很噁心呢。看，起了這麼多雞皮疙瘩。」

她邊說邊捏起看起來很柔軟的手臂，湊到攝影機前面讓我看。彈力十足，像要把指頭給反彈回去的皮膚。應該真的起了雞皮疙瘩吧，但以網路視訊的解像度，是沒辦法看得那麼細的。

「最後在信封裡面放的是一百張的信。不多不少正好一百張信紙唷。寫著他小時候喜歡吃哪些東西啦，初戀對象的名字啦，家庭成員有哪些啦，學校的成績啦，或是工作的事啦，將來的夢想啦，還有打算要跟我生幾個小孩子之類的。這個臭傢伙，明明滿口說最愛明日美、是明日美的粉絲，結果一百張信紙裡都只寫了自己的事！這種人啊，根本就是蟑螂一隻！」

明日美仍然是笑盈盈的。看著這幅景象的日本男人們，應該都曾想過「這女孩正在聊些什麼」吧？

「阿誠你應該也有打死過蟑螂吧？明明內臟都已經從身體側邊噴出來了，卻還會抖啊抖地動個不停。就跟那些內臟一樣唷。那傢伙的信白白又濕濕黏黏的，真的是噁心到了極點。感覺就像有什麼奇怪的液體黏在我的房間裡似的。」

我笑了。明日美的點閱數再加一。真是個有趣的女人。

***

隔天一過中午，我開著店裡的小貨車，出門到要町去。跟明日美約好見面的地方，是山手通過了要町醫院後的第一個人行穿越道。因為我受不了車內冷氣，便把窗戶整個搖下來，在池袋的街上奔馳。九月的第二週，晴朗。雖然氣溫稍稍超過了三十度，但已感覺不到盛夏時那般高騰的熱浪了。池袋的風也已乾得差不多，變得輕快起來。

離開停車場七分鐘後，在行道樹的樹影下發現等待中的明日美。以直線計算的話，距離還不到一公里，於是便以比走路稍快一點的速度前進。這條街上的紅綠燈和流裡流氣的男人多得離譜，但就算是還隔著兩個紅綠燈，也能一眼見著明日美的身影。她身著白色T恤和超短牛仔褲，外型如此完美，簡直就像模型狂抓在手上反覆揉捏、唯有胸部和屁股特別誇張的人偶一樣。屁股的南半球整個都露出來了。沒有因此而常發生交通事故還真不可思議。

把小貨車停下來後，明日美將太陽眼鏡往下推了推，眼睛朝上瞪視似的靠了過來。手上沒有帶任何東西。

「嗯……跟我預測的一樣。」

明明只在電話中對談過，卻沒有初次見面的感覺。

「什麼啊？」

「長相。還滿帥的。」

無言以對。明日美似乎沒辦法改掉數位偷窺房裡的習慣，不管是在便利商店還是在外帶便當店排隊，甚至是狹窄混亂的山手通的街上，她仍自然地擺出性感的姿勢。她以為自己是誰呀？山咲千里❸嗎？

「那傢伙的資料呢？」

她看起來不像帶了一百張信紙和履歷表要交給我的樣子。

「放在家裡。阿誠，到我的房間來拿嘛。」

雖然我沒有被人盯著看就會興奮的癖好，但也沒辦法，只好讓明日美上車，發動小貨車。我看著街道兩旁的法國梧桐。雖然每年都會換新的葉片仍是一片青綠，但樹幹已被車輛廢氣中的碳粒給染成淡黑色了。東京的樹就是會這樣。

明日美的房間在要町二丁目的住宅街裡。玄關前的停車位裡、停著擦得閃亮亮的豐田Mark II或是日產BLUE BIRD的街道。在全都是獨棟房舍巷弄裡，有兩棟純白色的集合型住宅並列著。沒有大樓玄關，也沒有中控鎖，通過只有腰部高度的白色圍籬後，右手邊是停滿了自行車的停車場，然後就是直直一整列的白色門扉。對白兮兮的卡利班來說，這裡應該是個頗為愉悅的目標吧。

明日美走在我前面，登上了房舍右邊的外側樓梯。渾圓的臀部左右交替出現著褶紋，帶點汗濕而黏膩的肌膚質感。跟虛幻的影像相比，我還是比較喜歡這種毫無阻隔的真實感。打開二樓最深處的第六個門後，明日美回過頭來，說了聲請進。

進了玄關後，接著是微暗的走廊。右手邊是衛浴的門，左手邊則是衣櫥和放洗衣機的地方。裡頭則是將廚房及起居室的隔間拿掉、合併在一起使用的一間房間。各自約有五至六個榻榻米那麼大。攝影機在廚房餐具櫃的上頭和起居室天花板的一角，像在畫對角線似的交叉設置。明日美一進到房間裡，可動式的攝影機便緩慢無聲地追著明日美的身影拍攝。紅色的LED燈時時刻刻閃爍個不停。

我坐到已經在螢幕上看習慣了的白色餐桌旁。明日美幫我沖了杯茉莉花茶，在我的對面坐下。

❸山咲千里：日本女演員。拍攝過許多散發女性性感魅力的寫真集。

「此時此刻的收視率，一定像火箭升空一樣直線上升唷。因為我幾乎不帶男人到房裡來的。」

「沒有男朋友嗎？」

「沒有固定的。就算交了男朋友，要帶回來這裡也會有點猶豫；還得說明為什麼房間裡有攝影機，太麻煩了。雖然這並不是什麼壞事，但我覺得這份工作，跟在電視節目裡穿著布料少到只遮住胸前兩點的泳裝，還大玩跳繩的寫真集偶像，根本沒什麼兩樣。」

語畢，明日美自然地抱緊了自己的身體。我也不曉得這是在擺姿勢，還是有其他原因。

「我不可能出賣自己的心。當然也不會出賣自己的身體。既沒有脫光衣服，也沒有讓人看到我做愛，我只是讓他們觀賞我的影像而已。這樣的話，不管是網際網路、錄影帶、書店裡的寫真集，都是一樣的吧。但是，我的朋友們卻都用奇怪的眼光看我。」

我想到滿溢在世界各地的性感女性們的影像。年輕的女孩們像海浪一樣無止境地滾滾而來。她們和網路上的明日美，的確頗為相似吧。但是，數位化時代的道德問題我真的不太了解，只知道眼前這個女孩，她的魅力不會輸給電視或雜誌拉頁裡的寫真女星，讓我相當認真地喜歡上這份差事。

明日美並沒有看著坐在正面的我，而是不知何時已經望向天花板一角的攝影機去了。閃亮亮的雙瞳向上看著。那是欲望的光芒嗎？我想像著攝影機深處成千上萬的男人雙眼。在那一瞬間，似乎看見那片只貼上白色壁紙的薄三夾板牆壁上，出現了像鱗片一樣緊密排列的眼珠。

透過無限延伸的網際網路，我們到底分享到了什麼？電流的興奮訊號？

從明日美手上拿到了卡利班的信。履歷表、照相館的紀念照、一百張的信紙（應該說是自傳才對）都如明日美所說的一樣。邊翻閱著確認內容，邊試著提問：

「妳跟阿祥是怎麼認識的？」

明日美在餐桌上托著腮，臉蛋的左邊朝著攝影機，說：

「專科學校放學後，在池袋西口被他發掘的。小祥很會照顧人呢，還會幫忙購物或是改變房間的布置什麼的。也不會像其他的男生一樣，一下子就想要占我便宜喔。」

真是意外。明明他還曾得意誇耀說大部分的女孩子都給他享用過了，看來這間公司作風嚴謹。為了讓那些星探發掘新人時更有幹勁，說不定還讓他們從妖精們的業績獎金裡抽成。所以應該沒有會對首席搖錢樹出手的笨蛋吧。

「阿誠你呢？為什麼會認識小祥？」

「我是在那傢伙還是女生時認識的。」

「哇，那時一定很可愛吧？」

雖然很想說他現在也十分可愛，但可能會被阿祥揍，所以還是算了。

「哪，阿誠，那隻蟑螂該怎麼辦才好？」

明日美又換了姿勢，用右手捉著左肩。被手腕壓住的胸前，乳溝變得更深了。我記得曾經在美術書籍裡讀到，若在身體前方比一組交叉線的動作，會使畫面看起來更加立體漂亮。活生生的寫真集——明日美。我嘆了口氣，回答：

「我來跟蹤那個跟蹤狂。要是自己也被執拗地追個不停的話，他的想法應該也會有所改變吧。」

雖然信上或是履歷表上，都沒有具體寫出工作地點，但若是普通上班族的話，一定會被嚇得全身發抖吧。

我太看輕卡利班了。本以為這事正好可以排遣無聊，但還是別小看時代演變下所產生的病態為宜。這是我的失誤。

為了準備週末去定期訪問卡利班，我把和範及無線電約到家裡來。和範自從把自己關在家裡、高中輟學後，便為了準備大學考試而在家中唸書。因為他的腦袋原本就不錯，所以我一點也不擔心他的考試。老媽對我的評價也漸漸升高了起來。無線電則是又找了個詐騙徵信社打工。關於國會延期審議竊聽法案，他似乎還頗為開心。

和範歪著頭讀了那一百張信紙後，喃喃細聲地說：

「這個人，會不會突然變得有暴力傾向啊？」

我回說不知道。一個人被逼到絕境的時候，到底會有什麼樣的反應，就算是他的家人也不知道。不是也有那種會衝進燒著大火、房屋即將崩壞的人嗎？

但是關於這次的案子，倒是沒有必要動手。狀況不對的話，只要逃跑就行了。我們只是要嚇嚇卡利班、讓他內心動搖而已。雖然這跟那傢伙對明日美做的事沒什麼兩樣，但若是這樣還沒辦法讓他醒悟的話，就再想想下一步該怎麼做。

「這不就跟我兼差的工作沒兩樣了嗎？沒有更戲劇化的事件啦？」

無線電以他那張被蘑菇頭包覆、完全不戲劇化的臉，這麼說著。

星期六也是個晴朗的日子。山手通遠方的天空上，積雨雲的痕跡白得炫目。以平坦的青空為背景，把雲朵襯托得更加3D立體。

早上八點，我與和範還有無線電三個人坐著小貨車，朝要町出發。在明日美所居公寓的某個巷子一端，和範拿著DV隱身在那裡。另一方面，我和無線電仍坐在車上待命。無線電向公司借來一臺附有望遠鏡頭的單眼數位相機。在早晨沁涼的風中，無趣沉悶的盯梢開始了。

或許對和範而言，無聊原本就不算是件痛苦的事。畢竟他是個可以三、四天什麼都不做，光是等待的那種人。以靜止不動的方式來讓時間變得對自己有利，這傢伙真像植物。我和無線電在小貨車裡，有一搭沒一搭地進行無意義的對話。

「知道嗎？阿誠，對現在的新聞攝影師們來說啊，掌上型電腦和數位相機都是必需品呢。戰場最前線或是運動比賽的觀眾席上拍到的照片，靠著電腦和手機，就能『唰』的一聲，把即時影像傳回公司去。光是這樣的照片，解析度就已經很棒了，直接就能送去印刷了呢。」

談論著以MB為單位的數位資料和影像畫素的無線電，看起來充滿活力，好幾次都興奮地撥起頭髮。聽著無線電的話，就覺得世界似乎漸漸變得只有出口和入口，過程這種多餘的東西，已毫不留情地全部刪除。

不斷地想爬出去、不斷地想爬出去，人生就是這樣不斷重複的嗎？人在等待不知何時會出現的跟蹤狂時，就會成了思想家——by真島誠。

卡利班出現是六小時後的事了。下午四點，在濃度漸增的橘色夕陽餘暉裡，一個拎著背包的傢伙出現了。穿著POLO衫和純棉長褲，以整髮劑仔細梳理過的短髮，看起來就像打完高爾夫正要回家的上班族。「普通上班族」這個詞說不定還是刪除掉比較好。他體型中等，在照片裡看起來很噁心的皮膚，現在看起來倒也滿平滑、正常的。

卡利班急急忙忙走過住宅前的街，穿過集合住宅的白色圍籬。連四下張望都沒有，一副自然的樣子。他爬上樓梯。明日美會聽到這腳步聲嗎？這感覺還真有點討厭。

為了要看清楚戶外樓梯的動靜，我移動了小貨車的位置。無線電已用數位相機拍攝了一整張記憶卡的量，正在換新的記憶卡。卡利班從背包裡嘩啦嘩啦不知拿出什麼鬼玩意兒，就這樣站在走廊上打開來，用膠帶將之貼在明日美的門上。

「喂喂喂，不會吧——」

無線電呆住了。我也懷疑我自己的眼睛。

大到畫滿整張圖畫紙的相愛傘❹！

根據卡利班的履歷表，他應該是三十二歲才對。他過度的幼稚讓我承受了輕微的震撼。明日美和那傢伙的本名，用粗麥克筆寫在上頭。他站在那兒，欣賞一會兒自己貼了有整扇門那麼寬的得意作品，有時還會露出得意的微笑。大約過了十五分鐘後，他「咚咚」地敲了兩下門，沒等裡頭的人回應，便自走廊離去了。

我絕對不想跟這種人做朋友。

小貨車託給無線電保管，我跟和範去追卡利班。卡利班那傢伙看起來絲毫不慌張，接著走進距他公寓有五、六分鐘路程的有樂町線要町車站。他楞楞地在月台上等電車進站。穿著黃色洋裝的鋁製地下鐵列車滑進站了。我們坐上與卡利班相鄰的車廂。

十三分鐘後，他在市谷站下了車。一出地下鐵車站，便自靖國通朝九段的方向前進。那傢伙不知為

❹相愛傘：在一種像一把小傘的圖形下，寫上相愛的雙方姓名；在各種地方繪寫此圖形多為少年少女才有的行為。又寫作「相合傘」。

何，竟跟杳無人煙的假日商業辦公區十分相配。幾乎不曾晃動、彷彿滑行般前行的背影。在千代田區三番町、大妻女子大學旁的坡道上，他走進了某間紅磚樓房的寬廣大門。那是間氣派的四層樓建築。門柱上鑲嵌著某人壽保險公司的門牌。看來是間員工宿舍。

「沒想到還挺正派的呢。」

和範吐了句話。那傢伙或許真的跟蟑螂一樣，雖然讓人厭惡，但基本上似乎無害。

搭有樂町線回去，在明日美的公寓前和無線電會合。

「照到了嗎？」

我一問，無線電便當場用數位相機的預覽螢幕展示給我們看。照片上是得意地笑著爬上戶外樓梯、張貼手繪的海報、敲著門的卡利班。他的表情都被清楚拍了下來。

「順便看一下這個吧。」

無線電說完，便在小貨車的引擎蓋上展開卡利班那張海報。巨大的相愛傘。在他自己的名字下還有四個角落，不知沾著什麼紅色的黏糊物。是橢圓形的漩渦嗎？

「這是拇指印吧。」

和範用極細的聲音說。

我盯著那痕跡看了一會兒。看來並不是用紅色印泥去捺出來的。若是紅印泥，乾了也不至於會變黑吧？我向和範借了面紙，試著在牢牢黏於指紋尾端的圓滴形黑漬上壓壓看。表面雖然像黑色的粉一樣凝固了，但裡頭卻鮮紅而黏稠。

「很像血吧？」

無線電興致勃勃。撥起劉海的次數也變多了。話說回來，剛才的卡利班看起來並不像有哪裡受傷的樣子。這到底是誰的、或是什麼生物的血呢？

星期一早上七點開始，我跟和範開始在大妻女子大學前的十字路口盯梢。就在吞下便利商店麵包和咖啡牛奶、雙眼好不容易才清醒過來的當兒，打扮得像風塵女郎似的女大學生，成群結隊地從半藏門車站那頭走了過來。真是個專業跟業餘不分的時代啊。

八點十五分，卡利班穿著颯爽的亮灰色西裝，走出員工宿舍大門。雖然時間也漸漸到了陽光會讓人覺得炎熱的時候，但挺直著背、大步向前走的卡利班，卻連汗也沒有流。他就這樣朝之前來的路逆向走去，來到市谷車站。這次他要搭的不是有樂町線的電車，而是穿過了都營新宿線的剪票口，坐上即使早上通勤的尖峰時間仍空盪盪的下行電車，他打開《日本經濟新聞報》。繫著鞋帶的黑色皮鞋鞋尖，在車內燈光的照映下，泛著U字形的光。

他只看了五分鐘報紙，便在小川町站下了車，一經由連絡道路走出地下鐵車站回到地面，便走進眼前一棟建築物。那是蓋在靖國通和外堀通十字路口旁的一棟全新辦公大樓。我們跟著他進入大樓大廳，看著電梯旁的顯示面板，確認樓層。他工作的人壽保險公司之小川町分部在七樓。看一下手錶，八點三十分。真是一份離家近的理想工作。

就這樣，我跟和範直到午休都在持續盯梢。過了十點，街上多到煩死人的運動用品店也準備要開張了。沿著靖國通設置的街燈上的擴音器，傳來商店街永無止息的音樂，讓人覺得無力。散布這種跟廢渣沒兩樣的音樂到全國商店街的神祕地下組織，究竟在哪裡呢？

到了十二點，要去吃午飯的上班族們湧上了街頭。坐在人行道護欄上，看著源源不斷從大樓出口吐出來的上班族，讓我想起了海龜蛋一起孵化時的場面。卡利班也捲起袖子，和幾個同事及年輕的粉領族，一起從大樓的自動門走了出來。好青年。適度的笑容。刺眼的白。

秋天的午後，正午的太陽從正上方照下，落在地面的影子變得又硬又結實。在以光與影完美繪製而成的景色裡，我完全無法將保險公司的菁英職員和在相愛傘上蓋血指印的男人給聯想在一起。

卡利班一行人走進林立在靖國通上的某間蕎麥麵店裡。格子拉門上的把手，因長年被客人開開關關而泛著黑光，看起來好像很美味的一間蕎麥麵店。在日本，就算跟蹤狂也是會吃蕎麥麵的。

從那傢伙離開蕎麥麵店、再回到分部之間，我們仍持續跟蹤著。

當天傍晚，我撥了阿祥的手機號碼。一副剛起床仍渴睡的聲音。總覺得好像聽到從他背後傳來的女人夢囈聲，但說不定只是我的錯覺。我把來龍去脈跟他說明完畢後，他說：

「那，之後該怎麼辦咧？」

「跟他對談。」

「真的假的？」

「真的。我明天跟明日美一起去跟卡利班見面。若是我們突然出現在公司旁邊，對他而言應該是個正面的壓力吧？」

這麼一來應該事情會有個了結了吧，我說。到時卡利班垂頭喪氣地乖乖退回到洞穴裡，就會專心他的打雜事務或是檢查保險單了吧。那傢伙的腦袋瓜若還算正常，應該就會這麼做才是。

星期二早上九點，我窩在自己房間的床上，用PHS打電話到人壽保險公司的小川町分部。一開始是個嬌聲嬌氣的女性員工接的，我說出卡利班的本名，請她幫忙轉接。

「不好意思，請問您尊姓大名？」

尊姓大名！我報上明日美的名字，等卡利班來聽。

「喂？是哪一位明日美呢？」

卡利班說完之後一陣靜默無語。看來他正警戒著。初次聽到他的聲音，就像金屬敲擊聲一樣堅硬。

我暫時沉默了一陣。辦公室裡的吵雜成了背景音。不認識的男子打無聲電話到自己上班的公司來，應該造成他不小的壓力吧。他的呼吸急促。我慢慢數到了二十後，說：

「我知道你對明日美做了什麼。有話跟你說。今天中午十二點，到小川町車站前、地下一樓的『Renoir』來。務必要到。」

我說完這些後，便掛掉PHS。耳邊只殘留了他回話時的頭一個音。

十一點五十五分，我跟明日美走進「Renoir」。桌子有一半已被看起來很閒的上班族給占掉了，其中甚至還有一半公然在睡午覺。真像上班族的天堂。我們坐進牆壁旁的小包廂。坐墊柔軟得好像一坐下去，就會直接沉到地板去一樣，背部也自然而然放鬆，攤得東倒西歪。

明日美邊吸引著店裡頭男性們的目光，邊坐在我身旁。藍色熱褲配上淡藍色彈性纖維材質的半袖襯衫。胸部的地方看起來很拘束，釦子和釦子之間打橫著張了開口，讓人得以窺伺裡頭的肌膚。她手腕相互交錯著抱住兩肩。

「我實在不太想跟那傢伙見面哪。」

明日美用吸管喀啦喀啦攪拌著冰咖啡，一邊這麼說著。

「我也不想啊。但是，妳自己不直接明白地跟他說NO是不行的。」

那種類型的人，從來不認為自己有被人討厭的可能性。因為他們認為對對方而言，自己毫無疑問是最優秀的。光靠我來說服他，搞不好他還不相信呢。

過了十二點十五分，卡利班走下樓梯來了。店面入口的牆壁全都是玻璃製的，所以可以觀察到從腳尖開始漸漸往上出現的全身。那傢伙朝著正面，但絕非是想探看店裡。他的動作像機器人一樣僵硬。手腕像插進一根木棒一樣，直直地揮動著。

自動門開了，卡利班進到店裡。用眼睛慢慢尋找座席，就像燈塔的燈光一樣環視著四周。看來他發現明日美了。在那一瞬間，他的眼睛就像關上快門一樣，覆蓋上一層薄膜。啵的一聲，感情消失不見。明日美輕輕倒吸了一口氣。卡利班淺笑著走過來，站在我們的包廂旁。在這之間，他的眼光沒有離開過明日美。

那傢伙的眼睛和明日美房間裡的自動式攝影機，極為相似。

「請坐。」

我說道，他果然還是邊看著明日美，邊在我們對面坐下。女侍者送來冰水後，他點了一杯綜合咖啡。

「你到底是誰啊？」

太好了，看來我不是透明人。卡利班還是初次瞄了我一眼。

「我誰也不是。我只是接受那個網站代表人的委託案而已。人氣第一的紅牌小姐……」

我側眼看著明日美。她抱著雙臂望向他處。這不是在賣弄性感，而是存心漠視的姿勢。

「因為一連串的惡劣騷擾而感到苦惱。這單純是業務上的問題。你別再接近明日美了。想見她的話，也只能在網路上看。」

穿著貼身合適的灰色夏季毛織西服的好青年，懇求般地將眉毛蹙成了八字形，看著明日美。用慕斯固定的髮型。幾根劉海就像經過計算一樣，漂亮地落在額頭上。

「明日美小姐，這個男人說的是真的嗎？是不是因為有了特定戀人會讓收視率下滑，所以公司才硬要妳跟我分手的呢？」

我知道明日美已經壓抑不住怒氣。憤怒的波動從身旁的座位放射而出。

「吵死了。我既沒跟你交往過，也不喜歡你。你讓我很困擾啦。而且現在你眼前這一位，不是單純因為公司委託而來的，他就是我的男朋友啦。我們正在熱戀中呢，你別來礙手礙腳的。」

說完便拉了我的手，放在她裸露的大腿上。被冷氣吹涼的柔軟肌肉。卡利班對我說：

「你是哪個大學畢業的！？」

我說我高工畢業。都這節骨眼了，還一本正經地當他的學歷至上主義者，多麼珍貴稀有的動物啊。這傢伙的視線又回到明日美身上。

「這種人有什麼未來可言？妳還是快點清醒吧。」

說不定這傢伙說的沒錯，但這才不需要他多管閒事。女侍者輕快俐落地走過桌位間的空隙，送來了咖啡。我在她正要放下咖啡杯，彎身行禮的那一瞬間，將列印出來的數位照片丟到桌上。

履歷表及穿著浴衣之紀念照的影本。相愛傘的特寫。微笑著在明日美的門上貼上海報的模樣。跟蹤狂卡利班的臉和臉相疊，蓋滿整張餐桌。女侍者倒吸一口氣，正要端上咖啡的手也停了下來。那傢伙慌張地收拾餐桌上的照片。女侍者一把咖啡放下，便假裝冷靜地回到櫃台。

「哪，你啊，有想過自己在做什麼事嗎？我也可以把這些全都送到你的上司或雙親手上喔。你才該清醒一點呢。」

卡利班把列印出來的照片抱在胸口，看得出他正在發抖。嘴巴嘰嘰咕咕地不知在唸著什麼。明日美拉著我的手，朝出口走去。

「不要管這種人，走了啦。」

說這句話的明日美，聲音也在顫抖。我拚命地想讀卡利班的唇。那傢伙的目光已經失去聚焦能力，而只能看到內心的自己。他不斷重複的話我大概知道了。

妖精欺負人。妖精欺負人。妖精欺負人。

雖然結果苦澀，但這麼一來我的任務就結束了（我是這麼想）。打個電話向阿祥報告，從下午起便回復正常，繼續在西一番街水果店顧店。豐水、巨峰、麝香葡萄。到了九月，秋天（行情看漲）的水果全都到齊。傍晚時跟老媽換班，爬上二樓自己的房間，按下好久不見的CD音響開關。

我在架上找了找。武滿徹❺《精靈之庭》的音樂，就像悠閒漫步在庭園中，而庭園的景色在不知不覺中便會改變。有如彩霞繚繞般美麗卻又難以捉摸的音色，在眼前不斷變化形態，流洩而去。讀了CD盒上的介紹，才曉得這是五年前在西口公園的東京藝術劇場現場收錄的。當時我還是個國中生。

以八十七位窮盡畢生心力去學得樂器真髓的專業演奏家，來表現如此淡泊淒楚的音樂。

我思考著關於明日美的工作。那兒使用網路最先進的影像傳送技術，來經營偷窺房。難道對我們來說，最極致的技術，竟是用來傳遞寂寥之美而存在的嗎？

我趴在四張半的榻榻米正中央，睡著了。

晚上十點半，正準備關店時，ＰＨＳ響了。

「怎麼會搞成這樣啊！阿誠！」

劈頭就是阿祥焦躁不已的聲音。

「怎麼啦？」

「那傢伙在網路上到處造謠生事啦！說什麼『妖精之庭』的明日美非常淫亂啦、吸強力膠中毒啦、我們公司是暴力集團之類的，隨便亂放話！」

「是嗎？」

有些人就是絕對不肯乖乖認輸；不管自己最後受到的傷害會有多深，仍想拖個墊背的。卡利班，一個心已經爛到最深處的怪物。

「還什麼是嗎不是嗎的，不快到那傢伙的公司去。」

「明天早上，我去他公司找他。」

雖然不想那麼急著去找他，但也沒辦法。阿祥還在另一頭鬼叫時，我便掛了電話，按下無線電的快速撥號鍵，拜託他再另外準備一份列印好的資料給我。

我慎重地把堆滿巨峰葡萄的紙箱搬進店裡。熟透的巨峰葡萄果實極易脫落，稍微搖晃一下就會從整串葡萄上掉下來。那傢伙就和這溫室栽培的葡萄一樣，跟這個世界的連接，只有到表面這樣的程度而已吧。

隔天早上，穿著我僅有的一件深藍色西裝，出門到已經混熟的小川町去。因為碰上上班時間，所以地下鐵裡非常擁擠。對不是上班族的我來說，算是個很寶貴的經驗。

不偏不倚，正好於針指九點整時拉開分公司的大門。一進門就看到放著許多不同種類傳單的櫃台，和看似人工製作的觀葉植物盆栽。我暫時站在那兒觀察四周。寬廣的空間裡有三組以五乘二方式相對併排的辦公桌，更深處的窗邊擺放著兩張較大的桌子。眾人似乎正在做著我無法想像的工作，發出窸窸窣窣、像蟲子在啃食紙張的聲音。坐在附近一張桌子前的粉領族，對正發呆的我說：

「請問有什麼事嗎？」

❺武滿徹：二十世紀日本國寶級的古典音樂作曲家、電影配樂家，幾乎所有昭和時期的重要導演都曾與他合作過，例如黑澤明、成瀨巳喜男、小林正樹、大島渚。他創作的古典音樂在歐美也極具知名度，一九五〇年代末，史特拉汶斯基受NHK電視台邀請訪問日本，電視台選了一些日本音樂家創作的曲子給他聽，當時工作人員誤播不在名單上、武滿徹的《安魂曲》，史特拉汶斯基聞後堅持要把曲子聽完並邀請武滿徹一同用餐，從此其聲名大噪。

她的頭小小歪了一下。該不會把我當成是登門來賣東西的推銷員吧？我告訴她自己的名字，並報上卡利班的本名，說是今天跟他約好了要見面。

「請您稍等一下。」

語畢，她便朝窗邊的大桌子走去。她跟一個髮型梳得跟好幾代前某位首相一樣綳得死緊、身材矮小的中年男子在竊竊私語。回來後，她說：

「請到這裡來。」

說完便走在前頭領路。我來到以屏風區隔開來的訪客區，中央擺放了黑色塑料沙發。等了兩、三分鐘後，剛才那位中年男子出現了。穿著黑色西裝，脖子至肩膀的線條有點僵硬，看起來像軍服似的。他坐在我的前面；就算坐著，他的姿勢仍然非常挺拔好看。

「我是〇〇君的上司，敝姓萩原。」

我收下副分部長的名片。中年男子慎重其事地說：

「可以請教您到本公司來有什麼事嗎？」

我先因沒有帶名片來而致歉後，向他說明了二十四小時營業的成人網站的事。有個節目是在網路上公開年輕女性的私生活，而卡利班就是那個網站的會員。為了討網站裡面的女性歡心，結果卻演變成不斷重複做出和跟蹤狂沒有兩樣的行為。

「我們這邊也曾跟他本人見過面、提出警告，但他並未因此停止有敵意的行動。是否能請貴公司在他的騷擾行為加劇到必須請警察處理前，多幫忙注意他一下呢？」

副分部長對警察這個詞有了反應，瞬間顫了一下。我默默地將列印照片投放至桌上。副分部長一張接一張地瀏覽卡利班的照片，空氣自他體內散逸而出，背部漸漸地彎曲了。

「原來是這樣啊。我了解了。我們這邊也會多多注意他。但是，今天他無故缺勤。雖然曾詢問單身宿舍那邊的人是怎麼回事，但似乎是昨晚就帶著私人物品消失無蹤了。對敝公司而言，還是希望能夠再觀察一陣子，再向警察報案，不知您的意思是？」

卡利班消失了。我的胸口開始撲通撲通狂跳。臀部口袋裡的ＰＨＳ響了，拿出來貼向耳邊，聽見明日美顫抖的聲音。

「阿誠，我家玄關前面……有好多鳥的羽毛……好多羽毛掉在那裡！」

純白色的羽毛在我的腦海裡颳起了漩渦。視覺系樂團的宣傳錄影帶裡，常會使用的老掉牙影像效果。但對我來說，這影像卻像是在暴風雪般的羽毛裡混入上千顆的眼珠，在明日美的房間裡撩亂飛舞。

離開卡利班的公司，直接前往要町。阿祥板著一張臉，坐在明日美的公寓階梯上。我說：

「不管在公司還是員工宿舍，都已經沒有那傢伙的蹤影了。不太妙啊。」

阿祥朝階梯搥了一拳。鈍重的聲音響徹整棟建築物。這不是光靠注射賀爾蒙便能辦到的，也得經過相當程度的肌力訓練，才有如此大的威力吧。

「這下怎麼辦？真是的，你這人真是靠不住。現在去找警察還來得及吧？」

「你高興怎麼做便怎麼做吧。但是，警察才不會認真去抓他。大概就是講講話、寫寫報告書，就莎唷娜啦了。」

那是當然的。那傢伙做的事就算再怎麼讓人不舒服，也只是惹人討厭而已。雖說狀況若急轉直下、發生什麼事件的話，警察應該會因此出動；但真要等到事件發生，大部分的狀況都已經太遲了。

「那……到底要怎麼辦？」

不輕易放棄的阿祥的眼睛，又回復成了女孩子。

「總之，就是得保護明日美對吧。」

既然卡利班為了隱藏行蹤而已有被公司開除的覺悟，我們就束手無策了。沒辦法找到他。除了等待之外，別無他法。我說：

「要是那傢伙回到公司宿舍的話，公司方面一定會跟我聯絡。畢竟就算是那傢伙，也不可能一直四處寄宿或到處亂走。不如這陣子就暫時先好好保護明日美吧？而且最好也能盡快搬家。」

阿祥的臉色立刻蒙上陰影。

「不行。光攝影機、線路和電腦要重新設置，就要花掉上百萬了。公司那麼小器，怎麼可能會答應。搬家的錢也得明日美自己付吧。真要說的話，明日美根本什麼壞事也沒做，為什麼非得夾著尾巴逃跑不可呢？」

說得一點也沒錯。阿祥在樓梯中央站起身來，拍拍穿著短褲的屁股，默默爬上樓。他小小的背影說道：

「去跟明日美好好談談。我叫她在你來之前，玄關都要保持原來的樣子。」

跟明日美呈反比的硬梆梆屁股。

灰色的羽毛散落在明日美房間前的玄關。一眼便可看出那是鴿子的羽毛。鴿翼上漂亮地連在一起的羽毛，看起來就像精巧的人造藝品。但是，掉在那裡的不只是羽毛而已。頭、胸部、腹部、尾巴。一隻鴿子的各種不同部分、形狀相異的灰色羽毛被拔下來，撒在玄關前。

「這裡也有呢。」

阿祥寒著一張臉，指指玄關前的門。白色的金屬門上，用三秒膠黏著東西。是兩顆像玉米粒那麼大的透明眼珠，還有像是用鉗子還是什麼工具給拔下來的、前端已被壓扁的深灰色鳥喙。就像惡劣的玩笑似的，刻意排列得讓門上的貓眼孔看起來像眼和嘴之間的鼻子。

這要算是低劣的惡作劇呢？還是奪走一條生命的物品損壞罪？

雖然我覺得卡利班是個可悲的傢伙，心裡卻不覺得憤怒。因為，自鴿子的眼球處流下的水晶體，看起來就像眼淚一樣，不過這又是另外一回事了。

怪物也是該付出代價的。

我們三個人就這麼站在攝影機死角的走廊上談話。我說：

「一天兩天是還好，但沒辦法每天在住宅區站崗守衛。雖然不太好意思，但能不能跟妳一起住在這間房裡？」

明日美捏著尖細的下巴。思考的姿勢。

「好是好，但誰要跟我一起住？」

「我……」

我一開口，阿祥便大聲插嘴：

「不行！不行！憑什麼讓阿誠住到這間房來啊？這傢伙會做出什麼事還不知道呢！」

雖然他說得沒錯，不過阿祥的搗亂方式有點異常。明日美一臉難以置信的表情，看著阿祥：

「嗯～但是要跟明日美上床也沒關係呀，反正收視率也會上升嘛。」

說完，明日美將兩隻手臂擠向胸部。有點老套的「就～是這樣」的姿勢。阿祥脹紅了臉說：

「別開玩笑了。保護妳應該是公司的工作。我每天晚上都來。這樣可以吧？明日美？」

明日美一副漠不關心的樣子，點了點頭；阿祥有點不好意思地看著我，我也默默地點頭。原來如此。向招攬來的女人出手、大多數都被他享用過了的阿祥，對明日美而言只是個好朋友而已。這個男人婆不只是個性扭曲，看來連戀愛模式也歪一邊了。最後我開口說：

「阿祥，拿出你的看家功夫吧。」

「噢！」

他大喝了一聲，拍了一下罩著夏威夷衫的平胸。

之後的幾天都平靜度過。我在白天離開阿祥和明日美的房間時，會跟和範輪流站崗。有時也會進到房間裡。根據明日美的說法，阿祥似乎幾天來都沒有對她出手的樣子。真是紳士的第三性。

我每天打電話到人壽保險公司的小川町分部。到最後他們只要一聽到我的聲音，就會轉接給副分部長。但是，卡利班的蹤影仍不見於明亮的九月中旬的東京街頭。自從鴿子的羽毛禮物以來，那傢伙的跟蹤狂行為也收斂了。若是那傢伙就這麼回到鄉下去、明日美和阿祥的感情也變好的話，就沒有任何問題了。但很可惜的是，怪物這種東西，生來就要緩緩地從幽暗的洞穴裡現身。

卡利班在那一週的星期日，帶著他的獵物出現了。

星期天的夜裡，水果店打烊後我上了二樓的房間，盯著麥金塔的鍵盤看。什麼也想不出來。雖然專欄的截稿日已經近了，但網路偷窺房的首席紅牌，和原是女兒身、手段高明的星探間的純愛故事，還沒有正式完結，所以也不能用。沒有靈感時的鍵盤，看起來就像鋪滿了細砂般蒼茫荒涼。就算是街頭流行雜誌的人氣專欄作家，也是會有這種時候。即便如此，我還是有一句沒一句地撿拾著文字。邊祈求字和字之間能夠連接成句，邊在螢幕上寫著內容貧瘠的文章。數位化的祈雨啊。

甫過深夜一點半，放在麥金塔旁的ＰＨＳ發出聲音震動起來。

「喂……」

才講到一半，話就被阿祥的叫聲給蓋了過去。

「阿誠，那傢伙來了！他正在喀啦喀啦地扭著玄關的喇叭鎖。現在怎麼辦啊！」

阿祥的聲音就像在哀號一樣。我立刻將麥金塔接上網路，連上「妖精之庭」的網站，選了明日美的視窗。

明日美像是要把臉給嵌進螢幕似的站在鏡頭前。就算聽不見聲音，光看她的表情也知道她十分害怕。阿祥的光頭從畫面一角插了進來，朝著手機不知在吼什麼。阿祥的叫聲慢了一拍，才在我的耳朵裡爆炸開來。

「怎麼辦！那傢伙正拿鐵棒從信箱那兒插了進來，亂敲亂翻一通！」

喀嚓喀嗦的金屬磨擦聲從ＰＨＳ中傳了出來。

「門鎖沒壞吧？還撐得住嗎？」

阿祥瞥了一眼玄關，急忙點頭說：

「門還沒問題。」

「知道了。我馬上過去，一定要想辦法撐住。」

單手拿著ＰＨＳ，還穿著汗衫短褲，就直接從店鋪旁的樓梯衝了下去，響起嘎吱嘎吱的階梯踩踏聲。

「已經這麼晚了還不靜一靜嗎？阿誠！」

老媽的聲音追了出來。跟平常一樣恐怖的聲音。

在深夜的西一番街上，我瞬間陷入了遲疑。要去停車場換開小貨車好呢？還是就這樣跑過去？路程才一公里不到。一路上的爛醉鬼和招攬客人的店員，重複上演一幕幕熱鬧的攻防戰。在人行道護欄旁，俄羅斯阻街女郎像混身漆黑的烏鴉般群聚在一起。我想起山手通老是因為施工而塞車，便奮力踩著腳下的籃球鞋狂奔。秋天深夜裡的風，在髮間和運動裝裡頭冷冷地鑽過。

我對著還沒有掛斷的ＰＨＳ喊：

「我現在正朝你那兒趕去。怎麼樣？不要緊吧？阿祥！」

「我哪知啊！那傢伙一直嘀嘀咕咕不知道在說什麼。你沒聽見嗎？」

阿祥的聲音像是快哭出來了。

「聽不見。他說了些什麼？」

「妖精欺負人。妖精欺負人。妖精欺負人。什麼啊？那傢伙外表看起來正經八百的，怎麼會瘋成這樣？」

阿祥以欲哭的聲音說著。背後傳來明日美響徹整個房間的哭喊聲。我飛越過人行道旁的扶手，無視於紅燈穿越西口五岔路。不過，我最少也還需要五分鐘以上的時間，才有辦法到達那兒吧。於是我一邊跑一邊說道：

「沒辦法。打電話報警吧。」

「打了以後會怎麼樣？」

「順利的話，附近派出所的警官會把那傢伙抓走。」

「然後？」

「他們會問我們和那傢伙的事情，明天一早那傢伙就會被釋放吧。」

「為什麼？那傢伙的腦袋不正常耶。」

「只不過是寫寫長信、殺殺鴿子、弄壞門板而已，那傢伙不會被拘留多久的。就算警察也拿這點沒輒。」

「那我們怎麼辦——？那傢伙就在門的另一邊。距離這裡不到幾公尺而已。阿誠，救救我們。」

阿祥好不容易才在咬緊的牙關之間，擠出這段話來。聽他劇烈喘著息，應該是忍著淚水抽抽噎噎地在說話吧。背後明日美的哭聲好像又變大了不少。不在現場的我，什麼忙也幫不上嗎？阿祥和明日美，正受到那傢伙的威脅，而我卻什麼忙也幫不上嗎？除了像這樣和他們說說話之外，一點力也使不上嗎？池袋大廈林立的街道，明亮的半月在夜空中和我一起向前奔跑。

在我內心有個聲音說道：還沒有，還沒有盡一切的努力。就算是說話，也還有更能充分表達的說法。要像教練鼓勵快倒下的拳擊選手重新振作的魄力一樣，一定有可以讓阿祥清醒過來的一句話。在膽戰心驚的人心裡，點上一把火的話。

我瞄一眼山手通的壅塞車陣，跨過了路邊護欄。

秋風伴著我，邊奔跑邊說：

「阿祥，你是男人吧？連自己喜歡的女人都保護不了，算什麼男子漢？」

在柏油馬路上一蹬，踏出右腳。又在柏油馬路上一蹬，踏出左腳。話語配合著跑步節奏，自然地脫口而出。

「仔細回想吧。小學的時候，不管人家怎麼說你是男人婆，你也絕對不會退讓。打架時也絕對不哭。要是被眼中噙著淚水的你瞪上一眼，還真教人害怕呢。」

PHS一頭傳來阿祥急促的喘息聲。我橫過山手通，在住宅區裡不停地奔跑。寂靜無人的街道只響著我的腳步聲。電線杆和自動販賣機飛也似的向後退去。

「怎麼啦？阿祥。讓明日美看看你傲人的一面吧。你是為了什麼才去健身房鍛鍊肌肉的？難不成你的肌肉都只是長來好看的嗎？振作一點！」

「可惡……」

一開始只有小小的聲音。阿祥在PHS的另一端喃喃自語。

「就是這樣。讓她看看你的男子氣概。不然你賀爾蒙不就白打了？聽好，手術也好，吃藥也罷，都沒有辦法讓你成為真正的男人。決定性別的不是你的遺傳因子，也不是社會上的認同。而是像現在這種情形下，你會採取什麼樣的行動而定。你打算被人當男人婆取笑到什麼時候？」

「可惡……可惡……」阿祥的聲音漸漸大了起來。

「讓我們見識你的勇氣。讓我們看看你真正的樣子。我馬上就到了，你要好好撐著自己的崗位，保護你自己心愛的女人。」

「可惡——！」

阿祥高聲大吼。他哭了。雖然不知道為什麼，但連我自己也跟著流起淚來。我們大家都只能待在自己所屬的地方，沒有辦法成為他人。只能在被賦予的範圍裡，盡全力去保護某事某物。除此之外，亦無其他能夠做得到的事情了。

「聽好，如果那傢伙破門而入的話，那你就隨手抓個東西和他拚了。他不是怪物，只不過是個上班族，只不過是個和你我一樣的普通男人罷了。」

「可惡——阿誠，我真的是一個普通的男人嗎？」

「沒錯。就算全世界都反對，我也挺你到底。」

直到方才為止，都沒有想過自己會對阿祥說出這種話。而如今這些卻成了激勵阿祥的話語。火不是因為這些話語而被點起，這些話語本身就是火焰了。阿祥異常清醒的聲音，穿過ＰＨＳ的雜音傳了過來。

「我要上場了。事情結束後，請你喝一杯啦。」

我還想告訴他等我到了再說，ＰＨＳ卻已「噗」的一聲切斷了。

接下來的三分鐘裡，我在恢復寂靜的要町住宅區內繼續狂奔。心中雖然十分焦急，但現在除了盡快趕到現場之外，別無他法。明亮的半月在細緻的屋頂上，仍舊伴著我向前奔跑。

彎過一條跟監時已摸熟的巷道後，兩棟白色的集合式公寓反射出模糊的光芒，映入眼簾。看起來就像在夏季婚禮中結伴出席的雙胞胎姊妹一樣。我穿過開啟著的大門，兩階做一階踩地衝上室外樓梯。二樓的走廊已經空無一人。

明日美房門上的信箱開口角落處，表面被刮開，露出底下的金屬材質。我一口氣拉開門把。

「阿祥，你不要緊吧？」

看見阿祥面色發青地出現在眼前，和我四目相接後，他默默點頭。我踩進玄關的右腳，不知道踩到什麼軟軟的東西。急忙向後一跳，看看自己的腳下。

卡利班！他趴倒在玄關的塑膠地磚上。兩手被電線綁在背後。右眼上方有一個明顯可見的大腫包。都已經這副德性了，嘴巴還在喃喃自語。雖然聽不見他的聲音，但也知道他在說什麼。

（妖精欺負人。妖精欺負人。）

阿祥用顫抖的聲音說道：

「這傢伙還真的只是個普通的男人耶。謝謝啦，阿誠。」

我搖搖頭，告訴他我什麼忙也沒幫上。

我們的眼光都盯著卡利班，在狹窄的走廊談話。阿祥臉色依舊鐵青，語不成句。明日美代替他來說明事情的經過：

「阿祥和阿誠講電話講到一半，突然興奮得不得了，掛斷電話後就兩眼閃閃發亮，到衣櫃裡東翻西找了起來。」

說到這裡，明日美指了指自己身後的那扇百葉窗門扉。

「之前有個歐吉桑影迷，邀我哪天一起去打高爾夫球，還送了一整套高爾夫球具給我。阿祥抽出了一根……好像叫什麼IRON❻的球杆，『哇啊』地一邊大喊一邊衝向玄關，打開門鎖後，用身體把門撞開。這傢伙啊，看到門突然打開嚇了一大跳，居然呆站在原地不動。然後朝他臉上揮了一杆，就解決了。」

我看向阿祥的手。他還握著球杆，不過那根不是IRON，而是杆頭呈半橢圓形的PUTTER❼。卡利班這個完全沒有想像力的怪物，大概沒想過他惡作劇的對象，居然會認真起來、反過來攻擊自己吧？

「問題是，接下來要怎麼處理？」

我一邊盯著那還在嘟噥個沒完的上班族，邊這麼說道。阿祥低聲地說：

「就算交給警察，這傢伙也不會受到多重的懲罰啊。」

我點點頭。不管怎麼想，卡利班犯下的都算是輕罪。

「那，我來教教他。」

「咦——？你要做什麼？」

明日美發出驚呼。阿祥將推杆靠在牆上，走到玄關去。小小的鞋櫃上放著一根L形的拔釘器。那是一根鐵製的大型拔釘器，以正中央為界，分別塗上深藍色和紅色。阿祥將那個工具拿了起來。

「這是那傢伙帶來的武器。」

阿祥在卡利班的臉旁蹲下。

阿祥壓低聲音，對著卡利班說：

「你殺了鴿子，還分屍著玩。刨出眼珠、徒手拔下鳥喙。看來你除非自己親身體驗，否則無法想像疼痛的感覺吧？說不定你連明日美，都以為她只不過是個網路上的幻影？」

卡利班嘴唇的動作變得快到連眼睛都跟不上，呼吸也變得急促起來。可以任意變形壓縮加工的網路數位資訊——對這傢伙來說，這個世界也好，周遭的人們也好，說不定都被他用同樣的眼光來看待。明日美說話了：

「阿誠，快阻止阿祥。不知道他會做出什麼事情來。」

我看看阿祥。他保持蹲姿，抬頭直視著我的眼睛。他堅定的決心在他眼中閃爍，那並不是憤怒的瘋狂。我靜靜地點了點頭。

「明日美，不要緊的。換作是我，也會做出和阿祥一樣的舉動。這傢伙有必要學學什麼叫做痛。」

這項不管是學校或公司都不會教授的科目，卡利班必須透過自己的身體來學習。在這個世界上還有其他人存在，不管是帶來痛苦的存在也好，或是緩和痛苦的存在也罷，都必須透過自己親身體驗才行。

---

❻ IRON：高爾夫球術語，指鐵杆。

❼ PUTTER：高爾夫球術語，指推杆。

我們就是靠每天體驗到的各種痛苦，才懂得如何尊重他人。一般人在幼稚園的遊戲室裡就能學到的事情，卡利班卻要到三十二歲才開始學習。不管怎麼說，還不算太晚。

阿祥跨坐在那傢伙的背上，解開電線，將那傢伙的左手張開，放在他臉旁的玄關塑膠地磚上。奇怪的是卡利班並沒有反抗。應該是不習慣遭人加諸暴力在自己身上吧。也沒有到最後一刻都還像困獸一樣來個大亂鬥，這和好萊塢電影裡演的不一樣。畢竟，這傢伙只不過是個吃著蕎麥麵的日本跟蹤狂罷了。

阿祥低聲說道：

「看著我。和疼痛一起記清楚喔，下次你要是再敢出現在明日美面前，我就把你給宰了。」

阿祥輕輕舉起拔釘器。一瞬間靜止了的拔釘器，彷彿只靠鐵材本身的重量一般向下揮落。L字形的圓角部分，砸在卡利班左手的小指根部上。「啪」一聲，連自己的耳朵聽了也覺得痛。卡利班的身體像是剛釣上來的魚兒一般，扭動了兩下。

「這是明日美的分。再來是被你拔掉羽毛的鴿子的分。」

這次將拔釘器舉到比剛才更高的位置。啪。圓角落在大姆指的根部上。也許是喚醒了心裡關於疼痛的記憶吧，我身體裡的神經整個縮了起來。阿祥抬頭看著我。

「這樣子應該可以了吧？」

我默默無言，點了點頭。

接下來，我和阿祥兩個人用肩膀架起卡利班，走到山手通準備把他扔掉。攔下一輛計程車，將那傢伙塞進車內，告訴司機送他到三番町。卡利班疲軟無力，用右手壓著左手手腕。大姆指和小指的根部各腫了個高爾夫球大的瘀青。看樣子他暫時很難敲打鍵盤了。

之後，我們回到明日美的房間。那天晚上，我和阿祥就這麼面對面睡在走廊上。聊了許多小學時代的回憶。明日美一邊聽著我們兩人的對話，一邊在裡面的房間思考著自己的招牌姿勢。真是一個奇特的夜晚。

數日後，打電話給卡利班公司副分部長，才知道他被鄉下的父母帶回去了。關於左手的傷，他似乎沒有多做說明。打電話跟阿祥報告這件事時，他用更加低沉的聲音說道：

「這樣嗎？那麼，我和你約好的，得請你喝一杯才行。」

我們兩人約好當晚八點，在西口公園見面。

七點五十五分，我一如往昔，坐在圓形廣場的長椅上，朝向四周敞開心胸。看起來女孩們和公園裡的樹木，都在奮力抵抗夏天的離去。時序都已經接近九月底了，還打扮得像剛要離開度假飯店、正在往海邊的半路上似的。其中甚至有女孩穿得簡直就像已經泡在海水裡了，包著一件外穿胸罩和一條露出四分之三臀部的熱褲。山毛櫸的細葉仍保持著茂密青綠，和夏天時一樣發出涼爽的樹葉摩擦聲。泡妞男和拉客的店員也還是老樣子。我的目光追著在東武百貨公司出口努力工作的阿祥。雖然看不出個所以然，但那傢伙在選擇開口搭訕的女孩子時，似乎有一套自己的法則。

到了晚上八點整，他放棄繼續開發新人，朝我坐著的長椅走了過來。

「嘿。」

微微露出前齒對我笑了。夏威夷衫配短褲。只不過，這次夏威夷衫是像南方島嶼碧藍色的淺海域一樣的藍。我說道：

「哪，我說你啊，到底是以什麼標準來選擇搭訕的女孩子呢？」

「就和泡妞是一樣的啊。」

阿祥顯得有些不耐地說道。但我還是完全無法理解。

「什麼意思？」

「你看嘛，像那種不時四處張望的女孩子，大多是在等男朋友。所以就要挑那些不在意內容、快速翻看雜誌的，或是沒什麼特別事要說、卻一通接一通猛打電話給朋友的女孩子下手。她們就是在等人搭訕。你連這都不知道？」

我回說不知道。阿祥露出一副難以置信的表情。看來這是在外頭鬼混的常識。就在此時，阿祥的表情變得僵硬。我跟著他的視線看了過去。

在噴水池前的廣場，明日美和一個大學生模樣的男人一起走著。明日美柔軟放鬆的大腿自白色的迷你裙伸展出來，像大型貓科動物般緩緩踏著步伐。男的推著一台五彩繽紛的自行車，在一旁跟著前行。個子高大，看起來也很有教養。雖然看不清長相，但兩人的身材都相當地勻稱。即便相距數十公尺之遙，也看得出是一對相配的陽光型情侶。明日美發現我們，笑著揮手。男的也朝我們點頭示意。我邊對明日美揮手，邊說道：

「哪，阿祥。結果，你還是沒有對明日美告白嗎？」阿祥短短地回了一句：

「對啊，說不出口。」

「是嗎？」

坐在噴水池前的歌手們，開始調整手上木吉他的音調。清澈的聲音在大樓包圍著的公園裡，朝空中垂直上升。阿祥感觸良多地說道：

「我這次總算充分體會到男人的心情了。」

他是指那為了保護心愛的女人而戰鬥的夜晚嗎？聽到這裡，心裡有點感動，正想時，阿祥又接著說了：

「說真的，我住在明日美房間的夜晚，好幾次都想要對她出手。果然，就算是好朋友，女孩子也不可以讓男人在自己家裡過夜。」

我不禁大笑起來。貝山祥子已經是徹頭徹尾的男人了。

「如果我是女人的話，一定會愛上你的。」

聽我這麼一說，阿祥露出微笑，看著坐在身旁的我。

「你同性戀哦？不要講這種噁心的話啦。來，我們去喝一杯。」

於是，我們兩人自長椅站起身來。池袋九月的夜空明亮晴朗，就像是壓克力顏料畫一樣透明的深藍色。月亮看起來比那個晚上還瘦了一些，掛在夜空的正中央。我伸手撫弄阿祥那顆大光頭。初生的短毛十分柔軟。

之後，在涼風吹撫下，我和那傢伙兩個人朝向車站後頭的明亮街道，一同邁步前進。

池袋ウエストゲートパーク

計數器少年

你曾經數過斑馬線的白線嗎？

這樣的事毫無意義，也不是做了就會怎麼樣。以馬路的對面為目標，一邊數著有點厚度、被冬日太陽曬到發亮的白線，一邊穿越它。深怕自己跌落到黑色柏油的谷底似的，極其慎重地移動腳步。白線有十七條。絕妙的質數。除了自己和一以外，再無法被其他數字整除。他說，這是沒有朋友、代表孤獨的好數字。

不只是斑馬線，凡是眼睛所及的一切，那小子都持續計算著。不是敷衍了事地隨便算算，而是無比認真地盡可能數到正確。天空飄過的雲、穿梭雲中的鳥、鳥停駐的電線、電線連接的池袋西一番街住商綜合大樓全部的髒窗子。就這樣，藉由將世界替換成數字，那小子才能安心。

為了確認自己是誰，整日數著自己的心跳和呼吸次數。那小子說，自己不是人類。自己只是計數器，不是人。不是那種不正確、不可靠的「類比式人類」。

第一次在西口公園碰見他的那天，據說是他誕生到這個奇怪世界的第三千八百六十九天。我是他在那個月遇到的第二十二個人。

不正確的類比式人類固然辛苦，然而純粹當成一台計數器來活也不輕鬆。

那小子出現在西口公園的圓形廣場，是在冬季第一波寒流來襲的時候。十一月底，初霜像撲粉般飄落在石板的細縫間，北風鞭打著適應了涼意的身體，那小鬼隨著喀答喀答的計數器聲音而來。就像工讀生用來計算行人流量的那種銀色計數器。喀答喀答。

身高不滿一百四十公分的矮冬瓜。瘦巴巴的，體重可能也只有三十公斤吧。原本這個時間應該正在某間國小學習分數的算法，不過他從中午起便獨自一人坐在圓形廣場的長椅上。不，「坐著」的說法並不正確。他在粗粗的不鏽鋼管長椅上，或是橫跨、或是攀爬、或是倚靠、或是躺臥，或是從底下鑽過。總之沒一刻靜下來，不停地在那裡動來動去，一邊用雙手拿著計數器喀答喀答數著在冬日公園觸目所及的一切。

從我家的店步行幾分鐘就能到達的西口公園，就像是我房間的寬闊露台一樣，所以我每天都會下意識地觀察那小鬼。再說，有點怪怪的人原本就能引起我的注意（或許是因為我本人健康到令人驚訝的地步吧）。

那小子總是做相同的打扮。牛仔褲配高筒籃球鞋，上半身是T恤和羽毛風衣。不知何故膝蓋和手肘就像滑雪板選手那樣戴著護具，頭頂上罩著一頂運動用安全帽。

某天下午，我在那小子隔壁的長椅坐下。他將廣場上所有能看到的人，男的歸右手，女的歸左手，沒完沒了的喀答喀答數下去。數著對他漠不關心、一逕快步通過僵冷池袋街頭的所有都市人。我偷偷望著他正在猛按著計數器按鍵的側臉。鬆脫的安全帽帶子在下巴旁邊晃動著。

大大的丹鳳眼、圓圓小小的鼻子，宛若花瓣的豐唇。那小子超然一笑。和誰都無所關連，也不是對誰漾開的笑臉。那是一種證明自己和世界無關的笑容。不管這世界或人們發生什麼事情，都絲毫無法傷害到自己的笑臉。就像是那樣的宣言。有如在無人能入的森林深處，映襯出冬季天空更為湛藍的湖水水面般的澄澈笑臉。望著那張笑臉，我內心深處似乎有什麼被觸動了。十歲便綻放出那樣笑臉的小鬼頭。

我怎能放任這樣的他不管呢。於是我自願涉入了那小子的麻煩中。

錯誤1。

⚜

第一次和計數器少年交談是在雨天。

進入十二月後，池袋街頭激烈的聖誕促銷戰催生出一種人工的熱鬧氣息，這個神之子誕生日正好讓晚熟的情侶有藉口發生第一次性關係。街上的宣傳海報莫不露出「看，我很可愛吧！」神情，希望女性將商品買回家。這個國家的神明，相較於可愛和物欲，更像是建立在一長串的消費數字之上。

那一天在熱鬧街頭的上方，霧濛濛的天空就像一大片灰色板子。人彷彿硬被塞進天花板很低的房間，雖然備感壓迫但卻異常舒適。回家路上，我將塑膠傘的傘柄掛在垮褲的後口袋，拱著背小心不讓頭撞到天空般地走著。

從東武百貨出口踏進西口公園，混著雪的雨霧忽地為周圍的高樓罩上一層白幕。雪雨彈落石板地上，震動的地面看起來就像定音鼓的鼓皮。公園裡的人都被吸聚到有屋簷的地方去了。

那小子以乾脆豁出去算了的速度，照舊坐在長椅上按著計數器。他似乎想在雨滴落下前將所有東西數完。我站在那小子面前，遞出雨傘。

「這個，給你。」

他好像打從心底訝異有人會和他說話，笑容在瞬間凍結。他一語不發，抬頭看著我。喀答喀答喀答。即便如此計數器還是沒有停下來。

「拿去用吧。我家就在附近。你會感冒的。」

他不知道想到什麼，急忙摸索羽毛風衣的內袋，抽出一個附有繩子的紅色尼龍錢包。啪哩啪哩地撕開魔鬼粘，從零錢袋中拿出一個銅板交給我。小手上頭的五百元，看起來像奧運銀牌。我搖了搖頭。

「不用了。我並不想要錢。你一——直待在公園裡對吧。我注意你很久了。」

他神情訝異地收下雨傘，煞有其事地說：

「非常感謝您。請問尊姓大名？」

好像父母親教出來的台詞。我報上自己的姓名。真島誠。他手中的計數器浮現三個數字。

「你的名字呢？」

「多田廣樹。」

這一次拇指沒有動作。大概是冷靜下來了。那種超然的笑再度浮現。廣樹似乎不想繼續聊下去，沒有理會我，又開始猛按他的計數器。雨勢愈來愈大，我也回家去了，毛領皮夾克是可以放著不管，但是濕答答的牛仔褲緊貼著大腿上，非得換下來不可。

奇怪的小鬼頭。

❦

翌日是大晴天。前一日的雨把煙塵一掃而空，天空好像剛擦拭過的鏡面，罩在池袋街頭的上方。我在看店空檔到圓形廣場的長椅上坐著，廣樹立刻從遠處的長椅走向我。他低著頭，一小步一小步穿越直徑五十公尺的廣場。好像搏命在玩跳格子似的。出腳的第一步絕不踩到石板接縫，第二步則往旁邊橫移。時時思考著前進的方向，腳步幾乎要停下來。

十分鐘後廣樹站在我面前，眼神因為自己的得意表現而閃閃生輝。

「三百二十七步。這是最短紀錄。」

我不知道該說什麼才好，只好把他當作初次見面的女人處理。總而言之，稱讚就對了。

「厲害喔，廣樹。」

我說，他兩手上的計數器像是機車引擎般不斷運轉著。

「昨天你送我雨傘。所以，今天換我回請阿誠。」

他的笑臉，好像在說怎樣都好啦。廣樹再度掏出錢包。將零錢袋拉到最開給我看。

「錢的話我有。你不用擔心。」

邊邊已經綻線的尼龍錢包塞滿嶄新的五百元銅板。我面露訝異的表情。

「你沒錢嗎。想要的話我可以給你。」

我說不用了。和這個小鬼頭一起喝杯咖啡或許挺有趣的。我們就以遠處的咖啡廳為目的地，開始玩起跳格子遊戲。

目標是出了西口公園後相隔一條馬路的PRONTO❶。中間會經過一線道路和人行道，加起來離公園還不到五公尺。幸好我們找了家最近的店，因為廣樹走路的速度就和穿錯鞋子的蝸牛差不了多少。看得我真想挾起他的肩膀快跑，但看到他的神情又讓我遲疑了。某小說家說過「靈魂的所在」什麼的，從廣樹走路的方式或數數時的投入，便能看出他發自內心深處的透明自我意識。不管對方幾歲，我覺得自己都必須加以尊重。

二十分鐘後，抵達店家時我已經累癱了。沒想到走路穿越西口公園，會是那麼浩大的旅程。我切身感受到每天做這種事的廣樹有多辛苦。我們坐在窗邊，這位置能夠一覽冬季人煙稀少的公園。廣樹爬上高腳椅。移動時非常慎重，一旦坐定後卻又無法靜止不動。他喀答喀答地按著計數器，頻頻改變姿勢。

「吶，阿誠也是ＬＤ嗎？」

相隔著咖啡歐蕾和可可亞口味的杯子蛋糕，廣樹問道。嘴角依舊掛著超然的笑。ＬＤ是指Learning Disability，是指智能明明沒有問題，卻對某個特定或所有的科目有學習障礙。校方對此也無能為力。因為原因不明。廣樹看我和他一樣大白天的就在公園閒晃，以為我也是ＬＤ。

「或許吧。因為我的成績很爛。不過，我唸書的時候，還沒有ＬＤ這東西。」

廣樹一臉訝異，突然在椅子上坐直起來。

「這樣啊。我們班上就有五個。原來以前沒有。」

我想以前也有很多吧。只不過那樣的孩子都被棄之不顧了。不像現在有許多方便的檔案，將各式各樣的孩子分類，再予以管理。

「為什麼廣樹總是在數東西呢？」

超然的笑容和一臉的得意。喀答喀答。

「因為啊，只有數字是真實的，剩下的其他東西都虛有其表。」

「是嗎？」

「對，有什麼都不做就能活下去的人，也有需要數字才能活下去的人。想要認識世界，就得計算這個世界不可。這家店的菜單總共有二十六道菜，全部點的話要七千八百六十元。剛才阿誠在離開公園之前，比我少兩百十三步就走完了。真希望你能教我那種走法。」

智能的確不像有任何遲滯。是對數字敏銳到令人害怕的小鬼頭。那一類的心算，我可做不來。

之後我們閒聊了三十分鐘。吃完了杯子蛋糕，廣樹從羽毛風衣的拉鍊口袋拿出一個小玩意。隱形眼鏡盒嗎？他打開半透明的白色盒蓋。裡頭分成一小格一小格，整齊放著顏色繽紛的錠劑。

廣樹熟練地取出三種不同的藥錠，和著杯子的水吞下去。我沒問是什麼藥，裝做若無其事地將視線從廣樹身上移開。

「這顆啊，是預防腦袋愈轉愈快的藥。不吃的話我會一整天大吼大叫。這顆橢圓形的不是藥，是營養食品……」

❶ PRONTO：連鎖咖啡店。

廣樹說，一邊將藥盒內部秀給我看。對任何反應都異常敏銳的孩子，也察覺到了我的遲疑和好奇，這孩子還真不是普通的精。

「……讓腦袋變聰明的ＤＨＡ。」

又是一副遙遠的笑容。我真想瞧瞧那對讓小孩把鎮定劑和補腦食品吞下去的父母長什麼樣子。

「對了，阿誠。你有手機吧。告訴我號碼。」

「有，不過是ＰＨＳ。你有筆嗎？」

「不用，用念的就行了。」

儘管覺得不可思議，我還是唸出十二位數的號碼。廣樹的超然笑容戛然停止，大大的丹鳳眼瞳孔漸漸失焦，好像節節退入眼瞳深處。喀鏘，開關按下，那張笑臉回來了。

「你真的記住了嗎？」

「嗯。再也不會忘記，絕對。」

廣樹說。他流利地背誦出我的電話號碼。浮現「這簡單得很」的無聊神色。

「有沒有什麼記住數字的訣竅？」

超然的笑容不見了，換上孩子氣的得意笑臉。雖然我也不太清楚怎麼樣才算孩子氣就是了。

「因為阿誠是好人，我才特別告訴你。」

廣樹說。他以放連珠炮般的語氣快速念著：

「肯德雞．SKYLARK．肯德雞．Denny's．Denny's．吉野家．麥當勞．SKYLARK．Mister．吉野家．GUSTO。這就是阿誠的號碼。」

「那是什麼？」

「數字不能死記。要先在腦袋裡將數字換成味道。還有啊，盡可能記住其中的關連，而不是東西有多好吃。懂了嗎？」

喀答喀答喀答。廣樹的計數器從沒停過。我老實表明自己聽不懂。怎麼可能會懂呢！

「那個啊，吃完拉麵後再吃冰淇淋，味道很像吃了某種奇怪的藥對不對。要記住這一種關連。如果是吉野家的紅薑和麥當勞的雙層起司堡，吃起來就像潮濕的紙箱。很簡單吧？」

又是超然一笑。我投降了。我們說好下次見面時要請他再好好教我一次，就離開了咖啡廳。說不定我可以寫進我的專欄裡。我在冬季的街上目送廣樹離去，直到他小小的背影消失在地下鐵的階梯內。十五公尺的人行道他當成地雷區般走著。十歲少年危機重重的七分鐘。

那天晚上，我正在強行推銷漂亮到讓人懷疑上了染料的粉紅色富士蘋果（一顆五百元！）時，PHS響了起來。湊到耳邊一聽，是成熟女性的聲音。沒有聽過的聲音。除了我阿姨以外，我不認識四十歲以上的女人。

「您好。我是雪倫吉村。吉村是我和現任丈夫結婚前的藝名，目前改姓多田。我們家廣樹今天給您添麻煩了。」

真意外，廣樹的母親是藝人！雖然不太清楚演藝圈，但她在年輕時似乎是個美女演員。目前常出現在晚間七點鐘講悲慘離婚的談話性節目（這節目好笑得厲害）。口中說著只要是有眼睛的人都知道該如何回答的話，像是「這男人沒救啦，和他分手吧」之類，但看起來似乎非常高貴的一位中年藝人。總之她也是不知何以維生的藝人之一。沒給我添什麼麻煩，我說。

「廣樹好像很高興。說他第一次在西口公園交到朋友。所以，我想當面向真島先生道謝。方便嗎？」

聽她的語氣，好像認為我一定會占這個便宜，不過見個面也無妨。我說隨時歡迎，就報上我家店址。

「唉呀，西一番街嗎？我以前常去玩呢。」

真是令人意外的回答，應該沒有大小姐會在這一帶玩樂。她說完來意之後，電話不知何時也斷線了。醉客在店門口呼喚著我。

「喂，小哥，給我蘋果！蘋果！」

我想，一顆就敲他兩千吧。

隔天中午，那輛車駛進西一番街狹窄的通道。在冬季溫弱的日照中，我排列著蘋果、哈密瓜，和彷彿一體成形、大小一致的橘子，聽見車子靜靜停下來的聲音，抬頭一看，是一輛奇大無比的賓士車。輕易便將我家店頭遮住的黑色車體。附近店家的人無不一臉愕然，直瞪著價格相當於一棟房子的車子。司機下了車，打開後車門，簇白的高跟鞋尖頭踩在地面上。

「真島誠先生在家嗎？」

遮住半張臉的太陽眼鏡，不輸給雪白套裝的雪白肌膚，身材比想像中嬌小，還飄散著貴婦特有的味道。我放下橘子起身，我就是，我說。黑色鏡片後的視線將我從頭到腳掃過一遍。雪倫吉村點點頭。

「來，上車吧。中午我請客。」

老媽站在店頭，嚴肅的目光彷彿看見占領軍般，目送我離開。我鑽進可與金庫比擬的賓士車。話說回來，這對母子還真喜歡請客。

車內很安靜。難怪坐賓士車的人會有「世界不過如此」的錯覺。車子在西口五岔路緩緩轉向西池袋方向，來到藝術劇場對面，停進東方會館的停車場。我們將司機留在停車場，兩人穿越自動門離去。司機目不轉睛盯著我的眼睛直看，眼神就像面前有食物卻被主人命令不准吃的獵犬，不太像規矩人的眼睛。

東方會館是池袋難得一見的高級結婚會場，小教堂、宴會廳、餐廳一應俱全。以前我都是從前面經過，今天還是頭一次進到會館裡頭。雪倫吉村似乎是常客。一走進餐廳，服務生立刻迎上來，將我們帶到靠窗能一覽日式庭園的預約席。穿著二手皮衣和牛仔褲的我，和會場的氣氛很不搭調。白色餐巾上擺放著多到差不多可以動手術的刀叉和能放進一整顆葡萄柚的超大玻璃杯，引不起人半點食欲。

「可以喝酒噢？」

雪倫吉村——道地的日本人，卻取了蠢蛋般的藝名——笑咪咪地表示之後，用一長串的片假名點了葡萄酒。

「真島先生從事什麼工作？」

雪倫吉村拿下太陽眼鏡。一雙和廣樹一樣的大丹鳳眼，美則美矣，不過也散發出歷經大風大浪的疲倦感。或許是眼眶下方深凹的皺紋所致吧。

「我在家中的水果行看店，也幫時尚雜誌寫專欄。」

她表現出誇張得像刻意裝出的佩服神情。是鏡頭前的職業病吧。雖然專欄作家之類的說法比較酷，但其實不過是將街頭上的新鮮事寫出來而已。文章也是狗屁不通。我沒提自己在池袋替人解決疑難雜症這一件。

「廣樹沒在上學嗎？」

「嗳，心理輔導員說勉強他去不太好。但我還是很擔心。」

她深深吐了一口氣。類似陣內孝則❷的誇張反應。她是在扮演明理的家長父親角色嗎？

「不過，廣樹身上有某種吸引人的特質，讓人無法把他丟下不管。」

那種力量，無關年齡多寡，擁有的人在很小的時候就具備，沒有的人終其一生都不會有。那是一種不可思議的魅力。雪倫吉村的眼神頓時為之一亮。

「謝謝。對了，可以了解一下真島先生的背景嗎？」

之後我們的談話內容變成我的身家調查。

廣樹的母親將我的祖宗八代全挖了出來。出生、家庭、學歷、交友、將來的夢想……主菜之後，端上來的是甜點柚子冰沙和紅茶戚風蛋糕，我的個人資料被她榨得差不多可以寫份完整的履歷表了。和人聊過就會清楚了解到，其實個人的經歷大多無法涉及一個人的生命核心，尤其像我這種人，不管在什麼場合，都能自然而然地岔開話題。

儘管如此，雪倫吉村現在似乎對我稍微放心了，她用攤在白褲上的餐巾輕輕按壓嘴唇，從掛在椅背上的愛馬仕柏金包裡拿出一個禮金袋。豪華的金銀花紙繩❸。上面用毛筆字寫著我的名字。

「我有事想拜託真島先生，所以希望你能收下。」

說完，就將隆起的和紙信封袋推到我面前。

「廣樹無法對我先生派去的人敞開心房。我知道真島先生應該也很忙，但我希望你能偶爾幫忙注意一下廣樹。像是找他吃飯，或像上次那樣在雨天時可以借把傘給他。那孩子很容易發燒，卻滿不在乎地讓自己淋成落湯雞。而我這邊的工作實在分不開身，麻煩你了。」

「廣樹的父親是什麼樣的人？」

雪倫吉村表情頓失。面部肌肉突然變得非常僵硬，看起來就像戴上橡膠面具。

「我先生是豐島開發的多田三毅夫。」

我嘆了口氣。那可是控制了半條西口風化街的公司。豐島開發在池袋當地可是赫赫有名。雖不是勝

---

❷陣內孝則：日本性格派男演員。

❸花紙繩：日本人習慣在禮品或禮金袋繫上紅白或金銀雙色的花紙繩。

新太郎❹，但它的「惡名」也同樣響噹噹。和猴子所屬的羽澤組是死對頭。

「我果然強人所難了。」

又變回成母親慈善的臉。我接著想起廣樹那張全世界都無法傷害的毅然笑臉。廣樹會有那樣的笑容，多少也和這女人有關吧。那笑容的部分成因是否就在於這女人身上呢。過了一秒鐘，我說：

「我明白了。我盡量試試看。」

其實就算沒錢賺，我也打算那麼做。因為，誰都不能放任動不動就將錢包打開來給別人看的小鬼在池袋遊蕩吧。

隔天起，我每天都會到西口公園和廣樹交談。

首先要做的，是將他帶到丸井百貨的運動百貨館。我們以彷彿攀爬絕崖峭壁的速度，一點一點朝西口公園內公車總站對面的大樓前進。這一段走到運動百貨館的直線距離大約是一百公尺，而且路上有紅綠燈所以感覺輕鬆一點，因為廣樹遇到走斑馬線的時候，就可以直接跳著白線橫越過去。比走人行道快多了。

我們進入大樓後，直接朝直排輪賣場走去。牆上掛著五彩繽紛的直排輪鞋。感覺好像置身在一間未來鞋店。

「吶，廣樹，穿上這個就不用直接接觸地面，一定可以動得更快哦。上次你請我喝咖啡，今天換我請。選雙你喜歡的鞋試穿看看吧。」

反正是雪倫吉村的錢。不用客氣。我朝最貴的兒童鞋伸手。像鯊魚般閃著黑色光澤的橡膠製靴子側面飛過三條銀線。鞋底是排成一直線的四個車輪。我交給廣樹。超然的笑容依舊沒變，可是臉頰紅了。他似乎很高興。廣樹彎下腰想試穿直排輪鞋，穿著POLO衫的店員立刻從遠處飛奔而至。只是確認尺寸是否合腳，就隨即買下——光是一雙鞋就要兩萬出頭。為什麼購物會帶給人快感呢！而且即使花的是別人的錢，那種快感也完全沒變。

那一天直到黃昏，我們都在公園裡練習溜直排輪。像是圖畫日記般的一天。

三天後，廣樹學會了直排輪，雖然還不熟練，但是已經可以滑直線，想停就停，也能飛越障礙物。他溜直排輪的程度和我的文筆差不多。廣樹天生富有運動細胞，因此我們的直排輪活動範圍也一舉擴大了。

我把廣樹帶到我們家在西一番街的店。老媽雖然是沒什麼母愛的人，卻對廣樹疼愛有加。據她說廣樹身上有某些地方，讓她聯想到小時候的我——看似聰明的表情！？（可能喔。）大概是藝人母親的教

❹勝新太郎：已故當代武俠巨星。以《盲劍俠》系列電影（一九六二—一九八九，共二十六部）最引人津津樂道。他在片中飾演盲劍客座頭市，四處行俠仗義，該形象深植日本人心中。

育方式使然吧，廣樹在向人問候時總是特別有禮，所以老媽一眼便喜歡上他。她給我吃快爛掉的水果，給廣樹吃的卻是剛從市場進貨、準備販賣的網紋哈密瓜切片。真是不合理的差別待遇。

我也將廣樹介紹給偶然到我家的和範。我以為兩位怪咖同志會氣味相投，事實卻沒我想得那麼簡單。可能是這兩人彼此散發出相同味道，相處起來氣氛反而異常緊繃。沒辦法，隨緣囉。任何人都沒辦法勉強誰和誰要好的。我一帶廣樹走進太陽60通，路上碰到的G少年成員紛紛比著手勢跟我打招呼。廣樹雖然一開始嚇得半死，也很快就習慣了，還跟著學會了手勢。他踩著直排輪鞋在我身邊飛繞一圈，對G少年回比手勢。

他手中的計數器像是在唱歌，跟著我們一同數過一條又一條的街。

如美夢般的十二月就這樣度過，在第三週某天，我們將足跡拓展到東池袋的Denny's。雪倫吉村給我的錢這時也花光了，我又回到往日的貧窮生活。點一塊薄煎餅，然後用無限續杯的咖啡打發掉時間。廣樹也學我的生活方式，即使身上有近百枚的五百元硬幣，還是捨棄冰淇淋點了他不怎麼喜歡的咖啡。計數器依舊活躍。廣樹數完店內的顧客後，明明不加點，還是要了菜單，從頭開始計算餐點的價格。

窗外的太陽城將宛若灰泥的東京青空分成兩半。窗玻璃一直延伸至天井附近，差一點就到了六十樓建築的頂端。視線看低過去，窗邊最裡面的位置、也算是這家店貴賓席的分隔式雅座，Zero One就坐在那裡。大家都叫他Zero One。寫法可能是01吧，我不太清楚。

Zero One是池袋的情報販子，傳說是北東京第一駭客。我沒找過他。想找什麼情報，Ｇ少年或死黨的網絡就夠了，至今也沒遇過需要入侵電腦的委託案。況且我的工作只靠三寸不爛之舌和強壯的腳丫子就綽綽有餘。

眼前的Zero One，外表極為普通。沒掛飾品，沒有化妝，沒戴耳環，沒搞刺青。身上只有兩處不同，一是從他剃得光溜溜的頭皮上爬過兩條筋線，不是畫上去的。那兩條筋線從前額一帶延伸至後腦杓，如銳角一樣隆起。據說是動手術將鈦合金植入皮膚裡面的。很像環法自行車賽選手戴的安全帽，正面看起來像長了角的妖怪。

另一個是他的眼睛，比頂上的植入物更令人印象深刻，那雙眼睛彷彿是極淡的灰色玻璃疊成一公尺厚度，像清不見底、讓見到的人莫不心慌意亂的湖泊。為了拯救在二次大戰中的友軍戰俘，代替對方死在收容所的牧師，一定也有雙那樣的眼睛吧。好個驚人、具有宗教情懷的情報販子。

Zero One瘦不拉嘰的身體上穿著ＸＬ的運動服，一直坐在那家店，保留席的桌位就是他的工作室。收訊良好的窗邊排著五台電腦，正面是兩台筆記型電腦，以數據卡連接著ＰＨＳ。然後，就等待打聽情報的客戶上門。Zero One像發放聖餐那樣，將情報分給迷惘的客戶。

我楞楞地望著他拿起一隻手機，按下快速鍵。我的ＰＨＳ晚了一秒響起。也不曉得為什麼，接之前我就知道是Zero One打來的。

「阿誠嗎？」

沒錯，我說。Zero One連在說話時，嘴唇也幾乎不會動。

「要不要來我這桌？」

「我有朋友。」

Zero One繼續注視著位於寬敞樓面另一頭的我，說：

「我知道。那是多田三毅夫的兒子吧。沒關係，你一個人過來。」

我藉口說要向熟人打招呼，離開了廣樹正在喀答喀答計算著什麼的桌子。

走向Zero One的工作室時，他一直目不轉睛地盯著我。感覺上我好像變成福馬林標本。

「坐吧。」

瓦斯漏氣般的聲音。我滑進他對面的橡膠合成椅。電腦的電源接自牆壁上的插座。

「店長同意的。因為我是好主顧。」

一天將近有二十小時都在這間大眾餐廳度過，而且不斷地持續點餐——或許吧。我看著他的眼睛。

「我應該是第一次和你見面。找我有事嗎？」

Zero One笑也不笑。

「相信我們已經在傳言中認識彼此了。雖然沒有一起行動過，不過不久後一定會有所交集。所以，我好心給你一個建議。」

停頓片刻之後，他窺探似的看著我的眼睛說：

「離開多田的兒子吧。別再管那個小鬼了。」

聽到他突然這麼說，我感到很為難。我已經受人家母親之託，而自己也很喜歡廣樹。還是說，廣樹待在我身邊會有危險呢……

「理由是？」

Zero One沉默地搖頭。再度以那眼神看著我。

「未來可能會有危險。但我沒辦法告訴你。」

「那樣的話，就問不出原因囉。」

他第一次笑了。下顎旁邊的筋受到牽動，光溜溜的頭皮倏地繃緊。整個人的頭蓋骨都在笑。鈦合金的尖角凸了出來。我忍不住發問：

「對了，那個植入物有什麼意義嗎？」

Zero One一臉無趣地回答：

「天線。」

不懂。我誠實以告。

「告訴你，每當世界上出現了某種東西，大家就會批評新東西是『沒有靈魂的技術』。不過我可不這麼認為。過去只有手抄本的時候，印刷機印製的書一問世，世人都說那種東西不具有靈魂和智慧。可是看看現在。他們又說鉛字有靈魂，但是網路就沒有。」

Zero One眼底無比澄澈，看著看著漸漸愈來愈深，丟進小石子的話還會沉到看不見的地方。

「我相信在一向波濤洶湧的數位海洋中，一定有只屬於我的神聖訊息。而這天線就是用來接收它的。直到那一天來臨之前，我都會坐在這家餐廳裡，整理好情報再賣到各個地方去。這裡就像是數位海洋的燈塔吧。」

用沙啞的聲音說完如此的宣告後，他似乎突然對我失去興趣，眼睛也不再看我。

「你可以走了。因為我已經給過忠告了。」

我道了謝，離開座位。決定不將Zero One的忠告放在心上。

錯誤2。

在大眾餐廳的分隔式雅座裡，等待著只捎給自己神聖訊息的生活。儘管我無法想像，不過，不知要傳送給我的訊息是否也存在那片海洋之中。哈囉、哈囉……我方的神明。

那天傍晚我和廣樹在池袋車站道別，然後我就坐在西口公園的長椅上打PHS給許久沒聯絡的猴子。在國中時期飽受欺凌的孩子，如今是羽澤組年輕氣盛的小夥子——地下社會是我的情報源頭之一。

他接了電話後，依舊沉默不語。

「是我，阿誠。可以問你幾件事嗎？」

「啊啊。」

去年秋天的事件以來，猴子多了幾分威嚴的聲音。

「西口的風化街目前是什麼情況？」

「三強鼎立吧。我們羽澤組、豐島開發和關西派的大老。這一行也深受通貨緊縮影響，到處都在抱怨不景氣。玩法凶狠，降價競爭。為了存活大家都很拚命。特別是關西派來了以後，色情理容院、應召站出差服務和偷拍錄影帶都更為吃緊。錄影帶以前是一支一萬，現在也有三支一萬的。」

根據猴子的說法，基於競爭，服務內容是愈來愈辛辣激烈了。儘管特種營業各家有自己固定的路線，但是顧客捧不捧場和幫派勢力的強弱並無關連。因此日本經濟界少見、顧客優先的市場主義，才會被這一行奉為圭臬，什麼服務都有可能出現。喜歡的人，請趁現在。

「豐島開發有沒有什麼負面流言？」

猴子思考了半晌。我看著穿越圓形廣場前往池袋車站的人潮。可能是感染到廣樹的習慣吧，我自然而然就數起上班族的人數來。

「唔……沒聽說什麼。那裡組織嚴明，之前也攢了不少錢。一點點狀況是打不倒的。雖然和關西那邊衝突不斷，但這點我們也一樣。」

「多田三毅夫呢？」

「聽說正和女演員打得火熱，不過生意手腕真不是蓋的。怎麼，阿誠，你和多田有過節？膽子不小喔。」

我說不是。廣樹超然的笑臉這時浮現。怎麼說都是他們豐島開發那邊的問題。最後問：

「你認識在東池袋大眾餐廳的情報販子吧。那傢伙的實力如何？」

「那個腦袋壞掉的傢伙嗎？」

不知道是在說植入物，還是數位新宗教的事。沒錯，我回答。

「有點貴，但是品質沒話說。電話號碼、地址、車牌號碼、銀行或信用貸款的使用情況，只要給錢什麼都可以查得到。」

Zero One那對駭人的深灰色眼睛。能看透一切是吧！我道了謝，掛斷電話。猴子還說下次要請我吃河豚。黑道這一行也和藝人一樣，我覺得還是和正經人玩樂比較有趣。

那個週末廣樹並沒有在西口公園現身。星期天似乎是他們闔家歡的時間，這是慣例。可是，接下來的星期一也沒來。我花了一個鐘頭不時窺視著圓形廣場，結果廣樹那天並沒有出現。

今年剩下十一天。池袋街頭因為即將到來的聖誕節和寒假而喧鬧不已。我坐在感覺冰到能貼在屁股的金屬長椅上，每當有和廣樹裝扮相同的小鬼經過，我就像白癡一樣盯著人家。曾幾何時我竟然如此在意那個怪小孩了。每當大樓灌出的風把公園裡光禿禿的山毛櫸吹得搖晃時，感覺就像聽到計數器喀答喀答的聲音。

星期二，代替廣樹而來的是那個獵犬司機。穿著制服手牽手散步的ＯＬ——午休時間的西口公園。我一如往常坐在長椅上，面前出現兩雙醒目的、印著不知名品牌開頭字母的藏青色皮鞋。

抬起眼皮，獵犬司機和比他壯一圈的男人站到我前面。司機這次沒穿西裝，而是惹人招搖的拉丁風圖案的誇張束腰外套。他恫嚇地說：

「你就是真島吧。我家少爺在什麼地方，你知道嗎？」

我姑且轉過頭去，發現長椅後方還有一個臉長得像岩石的男人交叉雙手站著，他正從緊瞇的眼皮縫隙監視著我。我說：

「廣樹不見了嗎？」

司機和身旁的男人對看一眼，一臉驚訝。

「閉嘴。是我在問你話。最近的小鬼不曉得在搞什麼。你星期天在做什麼？沒把少爺帶走吧？」

廣樹從多田家消失了！我想起Zero One的忠告。原來有危險的是廣樹而不是我，他是在警告我不要被牽連進去嗎？

「我星期一沒見到廣樹，要是他和我在一起，他人應該就在這裡，如果是綁架的話，我不會坐在這裡。也不會連你們這種貨色，都能輕易找到我。」

隔壁那男人一邊吹泡泡，一邊作勢撲上來。獵犬勸阻了他。乖乖別動。光天化日之下，居然想在和派出所只有咫尺之遙的西口公園裡動手動腳。看來每一行都有人才不足的問題。

「聽好了，如果少爺有聯絡你，馬上打電話到這裡。不然的話，這傢伙晚上就會到你家拜訪。知道嗎？」

司機如用指尖彈出撲克牌般，將豐島開發的名片扔到我胸前後離去。

那天晚上我在店裡看店，雪倫吉村越過西一番街的人潮走過來。醉客像是大海裂出一條縫似地自動讓出一條通道。她彷彿沐浴在聚光燈底下，連周圍都顯得格外明亮。原本消瘦的臉更顯憔悴，嚴峻的神情就像冰山一樣美麗。她用求助的眼神望著我，說：

「我收工後沒有卸妝就來了。真島先生，有沒有能談話的地方？」

我看了老媽一眼。她和我一樣，似乎也覺得雪倫吉村的樣子不大對勁。老媽對著我沉默地點點頭。

「來吧。」

我打開店旁邊的木門。進去後是狹窄的樓梯，直接通往二樓起居間。我走在前方，爬上踏板會吱吱叫的樓梯。雪倫吉村對老媽輕輕致意後，跟了上來。穿過玄關和矮小的廚房（可不是飯廳那種感覺），來到我的四疊半榻榻米的房間。我請她隨便找個沒有堆雜物的地方坐。

「廣樹不見了吧。」

「你知道了？」

我告訴她獵犬司機特地跑來通知的事情。雪倫吉村面露難色。

「很像我先生的作風。廣樹星期一早上說要來西口公園，離開家後就一直沒有回來。他被綁架了。」

看起來的確很擔心。然而，說到「他被綁架了」時反應又太過冷靜。是不是有什麼內情呢。雪倫吉村狀似憤怒地說：

「我先生很愛面子，因此沒有報警。他懷疑是其他幫派幹的好事。我聽說真島先生是這地方有名的麻煩終結者，在G少年國王安藤崇那邊也很吃得開；羽澤組的大小姐不也是你找到的嗎？」

她似乎調查過了。不過，她知道公主被找到時已經是死人了嗎？雪倫吉村維持正座的姿勢，從看似非常柔軟的鴕鳥皮側肩包拿出東西，是收在塑膠盒裡的存摺和黑色皮革印章袋。它們滑過老舊榻榻米，來到我面前。我打開有史奴比圖樣的存摺。雪倫吉村自廣樹出生之後，每個月毫不間斷地存入五萬元，存摺上有超過一百二十次的存款明細，密密麻麻地，一行一行列印出來的數字，讓我感受到她莫名的魄力。目前總額已經突破六百萬。

「這是我每個月從通告費中撥出來的定存，用來代替學費保險。全都給你，請你救救我的兒子。」

不過就算是這樣，我對綁架也無計可施。贖金綁架不在我受委託的範圍內，因為倘若和其他幫派有關，出手就會有危險。不過，如果廣樹因我而死，那我可就罪孽深重了。

「很遺憾，妳給我再多錢也沒用。因為我也不知道如何幫助廣樹。」

「不只是廣樹。希望你也救救我另一個兒子。」

雪倫吉村一邊落下黑黑的眼淚一邊如此說道。睫毛膏暈開、粉底也四處剝落的悽慘臉龐。不明所以的我陷入沉默。

「綁架廣樹的，是那孩子的哥哥。」

雪倫吉村從皮包拿出一張照片。接近三十歲的長髮男子、廣樹和她，三個人圍坐在某家餐廳的桌前，淡淡的溫暖燭光底下，他們笑起來時的嘴角紋路非常像。

「這一個是我的長男吉村秀人。他是我和前夫所生的孩子，離婚後就沒有住在一起。目前在東急手創館後面開了一家運動用品行，可是經營不善，被討債的人追殺。」她說完，遞出一張名片。店名是Physical Elite。

「他以前也開過餐飲店，但是倒了，那時候欠下的債務是我幫他還的。這一次他又哭著來找我……我拒絕了他。」

這是怎麼一回事，自導自演的綁架案嗎？毅然端坐在對面的雪倫吉村依舊注視著我，不過淚水已經不再流下。我問她：

「有聯絡嗎？」

「嗳，為了不讓我擔心，他打過一次電話，說廣樹很好人很平安，教我別讓多田知道，然後就掛斷了。我再打給他時就沒再接。店也關了，去他家找也沒人在。」

既然廣樹沒有生命危險，或許會有辦法。雪倫吉村見我陷入沉思，繼續說：

「秀人比廣樹更令我擔心。那孩子看準了多田不能去報警，所以就算被人發現自己是主謀，因為是我兒子，他想八成不會有問題。可是，多田不是那麼好商量的人。他一定會讓秀人留下一輩子引以為戒的創傷，和他一起做案的人搞不好還會被殺。多田發起火來簡直不是人。」

要我和這樣的角色周旋嗎？我討厭黑道，更討厭黑道大哥。碰都不想碰。況且不管怎麼想，廣樹的哥哥都是自作自受。不過，不去可憐一個將死之人又好像有點過意不去。雪倫吉村的淚水停歇後，又從臉頰上滑落，留下兩條灰色痕跡。

「我不能報警。也不能告訴我先生，或是他的手下。不能拜託演藝圈的朋友。昨天我一個人想了很久，除了你以外沒有別人了。求求你。請你救救廣樹和秀人。求求你。」

螢幕上動不動建議別的夫妻分手的雪倫吉村，自己的家務事卻處理得不怎麼圓滿。誰的人生不是如此呢！一邊望著眼前這位哭泣的母親，我想自己被逼上絕路了。無法對人啟齒的接力棒已經交到我手上。既然如此，接下來只能全力以赴。誰能在比賽中途將接力棒留在地上就抽身離開呢。我酷酷地說：

「我明白了。我盡可能試試看。」

錯誤3。

那天晚上，又聽雪倫吉村說了一個小時。她離開後，我絞盡腦汁用力地想。背景音樂是Steve Reich的《獻給十八位音樂家的音樂》。我想起廣樹喀答喀答個不停的計數器。Reich是本世紀的美國作曲家。現在還活著。談現代音樂好像非常深奧，其實一點也不。而且使用現代音樂的電視廣告同樣也很大眾化。將旋律單純的鋼琴曲或木琴曲，一前一後略微錯開地輪奏。如此一來，音與和音之間互涉，厚和薄的地方互相交疊，呈現出波紋般的效果。這是聽覺暫留的波紋現象。精髓表現在拍子的間隔，而非本身旋律的一種音樂。就像我的故事。我想傳達的是街頭的分歧和語言的勁度，而非街頭本身。

廣樹、秀人、雪倫吉村、多田三毅夫、Zero One……我將所有出場演員寫在紙上，在他們名字底下不斷畫線又刪掉，把所知情報全密密麻麻地寫在紙上，好像將所有材料丟進鍋中，再點火，在腦子裡燉煮到黏稠狀態。答案不會立刻冒出來。可是，如果少了這個過程，甚至連第一步也踏不出去。苦歸苦，不這樣也不行。

我在那一晚重複聽了七遍《獻給十八位音樂家的音樂》，心無旁騖地思考。四百七十四分鐘。當西一番街的烏鴉開始鳴叫、窗外的夜色已經泛白，才倒頭睡去。

⚜

隔天幫忙開店之後，我立刻奔赴池袋街頭，想先看看秀人的店和住處。

Physical Elite如雪倫吉村所言，開在東急手創館後面的川越街道上。地點在老舊綜合大樓的三樓，它的一樓是回收商店。搭上帶有霉臭味的電梯，玻璃門上用鋼線勾掛著CLOSED的牌子。門把積了一層灰。我試著窺視店內。

滑板、越野自行車、飛盤、競賽溜溜球。狹窄的店內擺滿西海岸色彩繽紛的運動用品。從店內懸吊在各處的手繪POP可以看出熱愛排場的店主品味。想也知道沒半個人在。我回到一樓，詢問在組裝Cannondale登山自行車的店員小哥。

「Physical Elite關門多久了？我在那裡訂了越野自行車的車座。」

「錢給了沒？」

照舊蹲著的小哥問。我搖搖頭。

「那還操什麼心啊。從上個月月底起就一直沒開囉。之前也有討債公司的人在我們店前晃來晃去的，害我們根本沒法做生意。」

我還去了位於東池袋旁的文京區大塚的秀人住處。一棟在護國寺東側綠意盎然的街上看似高級的公寓。我在入口前方等待住戶出門。過了一會兒，頭髮染成淺紫色、舉止優雅的老婆婆從電梯間走出來。我馬上衝進電梯入口。

「午安。」

在自動關閉的電梯門口錯身時，我開朗地向她致意。對方也笑了。爽朗的笑臉無敵。電梯上升至四樓。四〇六號室。我站在焦茶色的門前。裡面空無一人。雖然公寓的門都長得一樣，很奇怪地我就是能分辨出裡面有人或是沒有人的門。

我靜靜環顧四周，門的右下角有一根以細透明膠帶貼住的頭髮。有人開門的話頭髮就會斷掉，這樣能立刻知道是否有人進去過。豐島開發還不知道秀人的事，所以這頭髮應該是地下錢莊搞的。廣樹的哥哥想必是被逼到走投無路了。

從新大塚回家、穿越西口公園的時候，熟悉的面孔和長椅並列一起。獵犬和他的惡霸搭檔——兩個和聖誕夜的池袋完全不搭調的人——他們一看到我，立刻臉色大變飛奔過來。我猶豫著該不該逃跑，但是想想那麼做只會令對方起疑，於是三人就在圓形廣場的正中央開始談話。要是我的粉絲撞見我和這些傢伙在一起，一定會掉下眼淚的。

「喂，真島。我們老大在找你。賞個臉吧。」

獵犬司機語氣雖然粗魯，不過這回聽起來已有所顧忌。這轉變還真是不可思議啊。

「這是命令還是請求？」

搭檔再度玩起吹泡泡。獵犬只用眼神便制止了他。他的魄力真不是蓋的。我因此開始對這頭獵犬有了親切感——這也很不可思議！感覺上，獵犬司機似乎有難言之隱。

「欸，就算是我求你吧。擄走少爺的傢伙昨晚來過電話。廣樹少爺好像突然很想聽聽你的聲音，對方今天三點會再來電。你能來一趟嗎？」

現在已經超過兩點半了，難怪這兩人如此焦急。既然廣樹那麼說，那就非去不可了。

「當然。帶路吧。」

司機點點頭，不好意思地笑了——獵犬笑了！

幾分鐘後，我搭上賓士車。豐島開發總公司位在池袋本町的地方法院附近。這棟中層建築物的窗戶很小，周邊環境靜謐，自然地融入周圍街景之中。路過看到的話，八成會以為是當地的建築公司吧。明明是辦公大樓，入口卻會自動上鎖。黑漆漆的自動玻璃門應該有防彈處理吧。我默默跟在司機身後。電梯到達頂樓後停下。門一開，是一條昏暗的走廊，地毯踩起來的觸感很柔軟。司機敲一敲貼有社長室名牌的木門，立刻傳出金屬般沉沉的聲響。

「打擾了。我把客人帶來了。」

司機俐落地拉開門，視線迴避直視室內，只是低著頭將門推開。

「請進。」

司機對我說。真是教養良好的獵犬。我走進室內，窗邊放置著差不多有雙人床那麼大的大型辦公桌，它的前面是一組沙發。坐在八人座沙發上的五人，一齊將視線轉向我，我只認識雪倫吉村，而其他四人完全不像正派人士。這五人視線的力道也都不同。我看著茶几，中間還有一支行動電話，連接著兩條天線。剛才瞬間聚焦在我身上的目光，又重新回到了行動電話上。

「這是我先生，豐島開發的社長多田三毅夫。」

雪倫吉村向我介紹他先生。坐在單人沙發上座的多田，是個身材短小的中年男子。他脫掉了外衣，白襯衫袖子也捲到手肘，小小的頭、小小的五官。鞋子、手錶和皮帶看起來都很小。不過，他給人的整體感覺就像剛切割下來的玻璃片般銳利冷冽。不難明白他的手下為何可以為他拚命奔走，只怕搞砸了這個男人的指示。我好奇著，他們那一行的人怎麼能夠將平時該壓抑住的本性，大剌剌地展現出來呢。多田望著我的眼神，就好像在看路上的蝨子。

「坐。聽說你是廣樹唯一的朋友。那孩子常會說一些奇怪的事。他說想和你說說話。我們希望你能盡量拖延對話，套出對方的行蹤。麻煩你了。」

從多田的表情看不出一絲一毫父親擔心獨生子的模樣。說完，他就沒有再理會我，轉身和隔壁的老人窸窸窣窣地不知在說些什麼。雪倫吉村這時和我的眼神相對，她懷抱歉疚似的又緩緩移開視線。

牆上的時鐘指著兩點五十五分。我也默默加入了一場「行動電話的鑑賞會」。

三點整，行動電話的電子來電聲，在暖氣強到會讓人出汗的暖和室內響起。圍坐在茶几前那個最年輕的男人飛快按下錄音鍵，老人將耳機塞入耳中，多田則不疾不徐地在第四響時接起來。

「喂，是我。」

雪倫吉村擔憂地注視多田。多田冷靜回應著。我們其他人都聽不到對方的聲音。說話的兩人彷彿在談生意，金額呢？地點呢？人質的狀況呢？感覺時間似乎過了很久，其實還不到三、四分鐘吧。多田轉頭看著我。

「對，那個小子在這裡。把電話交給廣樹。」

行動電話就轉到了我手上。多田馬上從老人那裡奪走耳機，塞入右耳。我對著行動電話那像是被自動鉛筆刺出小洞的通話孔底部說話：

「廣樹嗎？是我——阿誠。你還好嗎？」

「嗯，我沒事。」

廣樹說話時混著雜音，那是計數器喀答喀答的聲音，頓了一下，他就突然叫起來。

「哇——哇——哇——藥吃完了，我好像開始變得有點怪。」

「怎麼啦？」

我急得大叫。

「哇——哇——我餓了。吶，阿誠，事情結束後一塊兒去吃飯吧。」

興奮的廣樹劈哩啪啦說著沒頭沒腦的事情。

「我看啊，還是到小僧壽司吃鰤魚，到PIZZA-LA吃義大利羅勒披薩，到麥當勞吃麥香魚，到Mister Donut吃巧克力天使法蘭奇好了。」

興奮莫名的廣樹如放連珠炮般吐出一堆沒頭沒腦的話。說到一半時，我才像是被雷劈到般想起來，某次廣樹告訴我的數字記憶法！他正在裝出失常的模樣，企圖將某些數字透露給我，而那是只有我才懂的數字訊息。我隱藏眼色，小心不讓多田發現，裝出著急的模樣。

「你真的沒事嗎？」

「哇——小僧．PIZZA-LA．麥當勞．Mister。哇——小僧．PIZZA-LA．麥當勞．Mister……」

說到一半，行動電話啪地忽然斷線。多田取下耳機，一臉詫異地對我問道：

「那到底是什麼鬼玩意兒？」

我提心吊膽地從廣樹父親身上別開視線，回說自己不知道。廣樹的藥一旦吃完，經常會像那樣變得奇怪無比。雪倫吉村依舊坐在沙發上緊緊握著拳頭，連指甲都發白了。

我想起昨晚聽來的事情。廣樹討厭幫傭煮的家常菜，如果不是母親做飯，他每天晚上都會到外頭吃速食。淒涼的晚餐正是廣樹獨創的記憶法來源。導致如此究竟是幸或不幸，幾乎無從判斷。

我出神般地環顧如蜂巢般騷動的社長室，想到了我房間裡有廣樹的採訪錄音帶，本來是寫專欄要用的，心中很想早一刻離開這間辦公室，卻還是孬種地留下來等待指示。沒多久多田發現我還留在室內，連個謝字也沒說，就用下巴支使我離開。

哇——小僧・PIZZA-LA・麥當勞・Mister。

這些數字密碼不停地在我腦中盤旋。

我在西一番街的小拱門跳下計程車，快步走向我家的店。因為實在沒勇氣讓車子開到店門口，老媽說，想搭計程車回家的話還早二十年呢。

一回到家，就衝上店旁邊的樓梯，走向房裡的桌子，從抽屜抓起隨身聽和幾捲採訪錄音帶。我反覆聽著廣樹的受訪帶子，擬出數字和連鎖速食店的對照表。

第一個「哇——」不太清楚。不過，小僧壽司是5，PIZZA-LA是4，麥當勞是1，Mister Donut是6。

わ5416！[5]

寫在紙上後，馬上就懂了。是車牌號碼。幸運的是，以「わ」作開頭的是出租車的號碼。從上鎖的第一層抽屜拿出雪倫吉村的存摺，我迅速奔離房間，衝下樓梯。

我們家的水果店前，老媽穿著白色鋪棉夾克，目瞪口呆地看著我離開。

再度攔下計程車，目的地是車站的另一頭——東池袋的Denny's。Zero One今天應該也坐在那裡，等待著神聖的訊息。計程車駛進橫跨JR線的陸橋，慢慢開上緩坡。越過車窗可以看見色情理容院和電影看板。彷彿鋪著碎冰塊的冬季天空從陸橋上方延展開來。越過陸橋和川越街道會合，來到池袋東口的五岔路。計程車彎進春日通在NTT前停下。

我付了車資，直接橫越馬路，衝進大眾餐廳。Zero One坐在窗邊最裡面的桌子。一看到我隨即輕輕笑了笑。我在他對面坐下，他說：

「我正在等你。隨便想點什麼都可以。客戶由我請。」

服務生很快就來了，這麼冷的冬天還穿得那麼少。我點了熱可可。

「我在找這個車號的出租車。任何情報都行。」

我將筆記頁一角撕下來交給Zero One。他接過來，瞥了一眼。

「錢呢？」

我拿雪倫吉村的存摺敲敲桌面。

「之後要多少有多少。動作快。」

說完話，我收起存摺，準備要從座位起身。Zero One搖搖頭。

「等一下。」

「馬上就知道了？」

---

❺哇和日本字「わ」同音。

嚇死人。我以為入侵租車公司的電腦需要不少時間呢。Zero One一邊敲打著其中一台筆記型電腦的鍵盤，一邊用上次那種瓦斯漏氣的聲音說道。這傢伙是達斯維德❻嗎？

「你一點都不了解電腦耶。會有賺頭的情報來源要事先入侵，再控有它的作業系統的主要密碼。你該不會以為我一年到頭都只是在敲鍵盤吧？入侵需要花很多時間準備，一旦入侵成功，很快就可以知曉結果了。」

我只是將麥金塔當成文字處理機在使用，想都沒想過入侵這檔子事。

「為什麼你知道廣樹會被綁架？」

「我是說可能有危險。當作優待就告訴你吧，地下錢莊和工商貸款的人聯合委託我調查過吉村秀人。廣樹的哥哥滿腦子都是錢錢錢，做事常常沒有想清楚就出手，才會惹出了一身麻煩。而他身邊的金主，就只有母親雪倫吉村和……」

Zero One看似無趣地半閉著灰玻璃眼睛，再度敲打鍵盤。

「……豐田開發的多田。吉村秀人那傢伙是無可救藥的笨蛋，或許才想孤注一擲吧，所以我才說有這個可能。」

說罷，Zero One將眩目的液晶畫面轉向我。白色視窗上映出密密麻麻的表格。其中只有一行刺眼地反白閃爍：城東租車公司池袋東口店，三菱得利卡，休旅車，平成十年製，珍珠白，車號是練馬27わ54—16。上週五出租。我從桌上拿起一張紙巾記下。Zero One說：

「所以我說，馬上就知道了。」

道過謝後，我離開店家。這麼厲害的傢伙，打著燈籠也找不到。難怪要在頭蓋骨豎起天線。不過，接收靈魂的訊號似乎比入侵一類的事困難多了。

折回太陽60通❼的路上，我打ＰＨＳ給池袋Ｇ少年的國王安藤崇。好久沒聯絡了。這陣子街頭沒有什麼大事發生。一旁的人接起來後，立刻轉給安藤崇。

「啊，阿誠嗎。我看了本月的專欄。你有過度美化髒東西的習慣喔。」

好像在說怎樣都好的冷酷聲音說。不過這也沒什麼大不了的。

「包括崇仔在內。」

他用鼻子哼笑。自從在專欄刊出〈太陽60通內戰〉，崇仔在池袋的人氣直逼教祖程度。他的女粉絲劇增。不過他和時下當紅的髮型設計師❽不一樣，因為他原本就是教祖了。我說：

「有事麻煩你。可以立刻見個面嗎？」

「和豐島開發有關吧。」

---

❻達斯維德：Darth Vader，電影《星際大戰》裡面的角色，也是黑武士的一員。

❼サンシャイン60通リ（Sunshine 60 street）：位於池袋車站東口附近的繁華街，因池袋最高的六十樓建築太陽城而得名，街上提供吃、穿、娛樂的店家應有盡有，類似台灣的西門町和新崛江成為青少年的聚集地，部分人習慣簡稱之為「太陽通」，但事實上同在東池袋、略北側還有一條真正的太陽通；講「60通」比較不會誤會。

❽日本的髮型師因常在媒體上曝光，如上電視冠軍或時尚雜誌等，而在短期內爆紅。

沒錯，我說。他怎麼會知道？

「這兩天，豐島開發和關西派發生不少爭執。一有什麼風吹草動，阿誠總是會來摻一腳。」

我說是麻煩在呼喚我。約好二十分鐘後在西口公園見面，就切斷ＰＨＳ。這時不經意看向腳邊，太陽60通的石板上黏著無數口香糖，形成灰色的小圓點，扁扁的已被人踏平，看起來真不像是後來被人加工黏貼上、反而更像是一開始就設計好印上去的一樣。來往行人誰也不在乎。這樣其實也有它的美。

過度美化髒東西的習慣嗎？沒關係，反正我就是天真。

我在圓形廣場的金屬長椅上等待崇仔時，ＰＨＳ響了起來。湊近耳朵聽，手機裡的雜音像北風呼呼吹過來。

「真島先生，我們決定交付贖金了。」

雪倫吉村壓低聲音。她還在豐島開發的總公司嗎？我要她繼續往下說。

「二十四號傍晚四點，對方要我們將錢放在車上，在池袋車站西口的出口處待命。詳細地點屆時會再以電話告知。」

「廣樹的哥哥有任何聯絡嗎？」

「沒有。你有沒有查出什麼？」

「嗯，一點點……我可以使用那筆錢嗎？」

不知道消息會不會從什麼地方洩漏出去，所以我決定隱瞞租車那件事。

「嗳，如果廣樹能平安回來，秀人也能逃掉的話，全部用完都沒關係。」

聽起來雪倫吉村是豁出去了。我說我會盡量試試看。事情能否順利，完全無法預期。我比多田占優勢的，只有廣樹告訴我的那些數字。

等待聖誕節到來的嬌嬌女們，往各處的百貨公司移動，快速通過眼前。我腦中想像著最糟糕的畫面：豐島開發的獵犬們當著廣樹的面，殺了哥哥和他的狐群狗黨。一個、兩個、三個……

廣樹的計數器也會計算死人嗎？

時間一到，崇仔領著保鑣雙塔一號和二號，從東武百貨出口走了過來。黑色背心加黑色不織布長袖上衣，黑色直統牛仔褲加黑色運動鞋，壓得很低的鴨舌帽也是黑色。比嚴冬街頭上還要冷冽的低溫空氣，寂靜無聲地環繞在崇仔四周。他就像偷偷來日本觀光的中量級世界拳王，明明只是隨意走過廣場，細瘦的腿卻像彈簧般充滿律動感。

黏稠的無色透明液體，在下一瞬間赫然爆發。試著想像那樣的畫面。街頭霸王安藤崇好比是液體炸藥，在他一聲令下，數千個G少年甚至能將落日重新拉回天空。崇仔坐在我身旁，一臉事不關己地開口。一旁的雙塔如同彩虹橋的基座般，穩踞長椅兩端。

「阿誠有事拜託我，這還是從去年夏天以來頭一回！不要太常一個人悶著頭幹比較好喔。」

崇仔露出笑臉。那是酷似廣樹的超然笑容。我說：

「可以將G少年借給我四十八個小時嗎？」

崇仔感興趣了。我在腦中一邊整理廣樹被綁事件的始末，一邊向他娓娓道來。專心傾聽的崇仔，表情愈來愈冷。他是那種一上火就會變冷酷的人。

跛腳的冬陽走得還真快。池袋街上一開始要死不活、僅發出微光的霓虹燈，在太陽下山後展現出壓制性的耀眼光芒。眼睛習慣了天黑之後，感覺霓虹燈閃爍的夜晚甚至比白天更明亮。我們交談了將近一個鐘頭。

崇仔和我結論如下。首先將消息放給池袋街頭的所有G少年、懸賞百萬尋找秀人所租借的車子、組織兩車行動部隊，一有動靜立刻出擊。而G少年的謝禮，則是雪倫吉村戶頭存款的一半。

晚上八點，我回到西一番街的水果店。大概是年關將近吧，老媽以那種最忙的時候野到哪裡的神情向我興師問罪，兩眼瞪著我。網紋哈密瓜在上架前即銷售一空。剩下的時間我都在摸魚。或許是這個緣故吧，我雖然在店裡幫忙，但馬上就找錯零錢，睡眠不足加上難得使用腦力，我已經頭昏眼花了。看來距離超級店員之路還很遙遠呢。

隔天早上，在睡足八小時之後，我又復活了。二十三號是假日。沒事可做的我，在那怡人的一天中，整天豎直了耳朵在等待ＰＨＳ呼叫，同時繼續賣著水果，讓店頭的ＣＤ手提音響播放《獻給十八位音樂家的音樂》。老媽的表情好像在說我是不是瘋了。雖然我覺得排除沉思和情感的音樂，對偷拍錄影帶店、時尚理容院和詭異夜店林立的這條街而言，倒是挺合適的。

那一天，ＰＨＳ響了兩次，兩通都是雪倫吉村打來的。我說能做的都已經做了，就切斷通話。聽說多田動員全組織的人，在池袋車站周邊撒下天羅地網。Ｇ少年和豐島開發誰先找到，決定了廣樹他哥哥的命運。不過他哥哥是個無可救藥的笨蛋，現在大概還在做他的黃金大夢吧。

當晚我直接穿著外出服上床睡覺。沒有做夢。

聖誕節前夕，天空一反常態地變成壞天候。一大早就出現有如黃昏般的暗日。我在開店後直接前往銀行，幫吉村的存摺解約。腋下揣著裝有六百多萬的紙袋。回程路上甚至還擔心了一下，但是沒半個人鳥我。一身磨破手肘的毛領夾克加二手牛仔褲，看就知道，是個一貧如洗的小夥子。

回到自己的房間，把錢分配好。懸賞金、Ｇ少年的份、Zero One的帳單，分完以後還剩三分之一，就把剩下的錢重新放回紙袋，一整晚清醒著再也沒有睡去。現在距離交付贖款的時間還有七個鐘頭，我的ＰＨＳ卻遲遲不響。

焦急得差點沒哀嚎的我，一如往常在十一點開店。很快到了午飯時間。我和老媽換班後，到樓上的廚房吃飯。或許是找不到秀人了，我半放棄地吃著下午一點多味如嚼蠟的午飯，矮几上ＰＨＳ響起之後，我馬上接聽。

「西池袋二丁目。『自由學園』和『主婦之友社』之間的馬路。上屋敷方向。立刻過來。我們會開兩部車包夾休旅車。」

我扔下筷子，衝下樓梯，隨手帶著那包紙袋和ＰＨＳ，飛身坐進停在店門前的DATSUN，打低速檔開上路。路旁的擴音器，飄下了用合成樂器做出來、編曲低俗的《聖母頌》歌曲。

拐進池袋警察署前面的死巷子，便是自由學園，這裡距離西一番街不到八百公尺。我用巡邏車或豐島開發的人不會注意到的最高速度，在池袋路上急馳。三分鐘整，抵達自由學園所在的路口，朝上屋敷公園的方向右轉，再開五十公尺，右手邊是一片公園的綠意。

公園旁的馬路上有三輛車，像鼻尖挨鼻尖般地停在一起。中間那一輛是設計成昆蟲模樣的白色休旅車。車窗貼著隔熱紙，看不到內部。而幾乎就在我停好車的同時，前方的三菱Pajero走下一個女的，鬆垮的軍用夾克配上黑皮褲，紮成一束的茶色頭髮，是個輪廓有點嚴峻的G少女。她呵呵一笑，朝休旅車的擋風玻璃噴漆。油彩噴霧如長刀般伸展，眼看著玻璃窗被噴成一片雪白。

Chevy Van 滑出兩個男人，配合G少女的噴霧攻擊，兩人用刀子劃破休旅車的後輪。連我在車內都能聽見纖維被噗哧割開的聲音。又接連聽見爆破般的漏氣聲。休旅車的車屁股頹然著地，僅僅彈跳了一下。

我打開車門，下車。從Chevy Van 和 Pajero 下來的G少年，僅留一名司機在車上，有八人將休旅車團團圍住。崇仔站在休旅車旁邊說道：

「你們逃不掉了。打開車門下車吧。幸虧是被我們逮到，而不是豐島開發。雖然我們對你們一點興趣也沒有。」

車窗微微打開，好聽見崇仔說的話。我站在崇仔身旁說：

「裡頭有個叫吉村秀人的吧，還有其他的共犯都聽著，多田的幫派打算幹掉你們。放走廣樹，我就饒你們一命。快一點。警察和多田的手下就要來了。他們已經在池袋設下天羅地網。」

休旅車腹部的車門這時候給拉開了，跳出兩個玩世不恭型的男人。「幹掉」一詞似乎對他們起了作用，對方終於明白事態的嚴重性。是看起來不怎麼聰明的金髮男和似乎以惹事生非為樂的健壯光頭。G少年制服住兩人。但崇仔說：

「沒關係。讓他們走。」

男人們快速消失在公園裡。從半開的車門可以看見三台越野自行車。他們打算棄車改騎自行車逃亡嗎？如果是在池袋小巷的話，或許是個不壞的主意。

「真的可以走嗎？」

秀人細微的聲音從稍稍打開的窗縫中傳出來。崇仔酷酷地回答：

「嗯，反正那輛車已經動不了了。隨便你想怎麼做都可以。」

我大叫著：

「廣樹，你在裡面嗎？沒事吧？」

駕駛座的門打開了，一個面容比照片上憔悴千倍的男人走出來：秀人穿著鮮豔的風衣和尼龍運動褲，模樣看起來像快要三十歲的人。坐在副駕駛座上斜繫著安全帶的廣樹這時探出頭。計數器發出令人懷念的喀答喀答聲。廣樹笑開了臉。

「小僧・PIZZA-LA・麥當勞・Mister。我就知道阿誠一定聽得懂。」

了不得的學習障礙兒。我胸口一緊，一時詞窮，找不到能撐場面的台詞。真是讓人心有不甘吶。我把手中的紙袋丟到秀人胸前。

「這裡面有兩百萬多一點。不是我的，是你母親的錢。雪倫吉村擔心你被多田逮到會被揍個半死。拿著這筆錢，隨你想逃到哪裡吧。」

吉村秀人拱著背，緊緊抱住紙袋。看樣子像在反省，不過不太有說服力。如果是我，絕對不會把自己的錢借給這傢伙。

四周圍開始有人聚集，於是我們立刻離開現場。只有車內丟下一筆修理費的三菱得利卡休旅車還留在原地。G少年漂亮的手法總是令我感動不已。我和崇仔約好當晚在池袋的夜店會面。G少年的兩部車，每經一個路口就消失一輛。最後只剩下我的DATSUN在路上。廣樹一邊喀答喀答按著計數器，一邊坐在鄰座的副駕駛座上露出超然的笑容，眼睛直視著擋風玻璃。

我以豐島開發為目的地，徐徐駛過聖誕節前夕的池袋。每條路都像自暴自棄般地播放著〈聖誕鈴聲〉，懸掛著飾有紅色緞帶和金箔的鈴鐺。車抵達池袋本町後，我將DATSUN停在多田的總公司後頭。廣樹喃喃說道：

「吶，阿誠……阿誠不能喜歡我。你必須欺負我。因為我喜歡的人，最後都會對我做很過分的事。我很喜歡秀人哥哥，也很喜歡爸爸……所以，我不能喜歡別人，別人也不能喜歡我。」

廣樹說著，無精打采地按著計數器。

「阿誠要是繼續喜歡我的話，我會變得很奇怪哦。」

廣樹的視線從我身上移開，瞥向正面嵌有防彈玻璃的建築物，撲簌地落下眼淚。他露出誰都無法傷害的笑容，看起來那麼遙遠，徒然壓低聲音哭泣著。

我離開座位，用力擁抱著這個十歲少年。單薄卻溫熱的身體。計數器從廣樹的雙手掉落到副駕駛座上。我們就這樣一起哭了好一會兒。除此之外還能做些什麼呢！廣樹只能跟著他父親和支配、分類他的檔案一起活下去。我說：

「我明白了，廣樹。我不喜歡你也不討厭你。不過，我會一直和你在一起。以後還要一起玩喔。」

廣樹邊哭邊點頭。我撿起計數器，塞進他的小手中。廣樹打開車門，下車站到隆冬的馬路上，安全帽的帶子晃了一下，一邊盯著自己的腳尖看。

「以後可以打電話給阿誠嗎？」

我點點頭，試著問他：

「號碼記得吧？」

廣樹的表情驀地亮起來，彷彿在唱饒舌歌般：

「肯德雞．SKYLARK．肯德雞．Denny's．Denny's．吉野家．麥當勞．SKYLARK．Mister．吉野家．GUSTO。只要是我記過的數字，這輩子都不會忘記。」

我慢慢駛著車子前行，在約一百公尺的前方停下，廣樹再度從行道樹樹蔭處望向這邊。我拿起PHS，打給雪倫吉村。廣樹在大樓後面、秀人拿著錢跑了……說完這些，立刻掛斷。

確認雪倫吉村衝到大樓出口，跑過來緊抱住孤伶伶站在路上的廣樹後，我離開了那裡。

❦

聖誕夜。我覺得自己就像是痛改前非的小氣財神史古屈❾。總之手邊的錢是愈來愈少了。晚上十一點打烊之後，在凍人的寒氣中來到東池袋的Denny's。這次我沒有搭計程車，而是徒步走去Zero One那裡，對他說聲聖誕快樂，並將雪倫吉村存了八個月通告費的錢交給他。聽說連在聖誕夜他也要獨自待在大眾餐廳持續等待神聖的訊息。

然後在接近深夜的時候，我到久違的Rasta Love露臉。漆黑的水泥箱中，塗鴉變得更多了，牆上的字就像受到紫光燈吸引的螢火蟲般飛躍著。走到裡面的貴賓室包廂向崇仔道謝，我把約定的金額放在桌上。崇仔彈彈手指，圍坐一旁的其中一人就拿走錢，不知道消失到哪兒去了。一談到廣樹的事，崇仔嘿嘿笑說：

「送到總公司的大樓嗎？多田老爹應該很驚訝吧。不過阿誠，廣樹這小鬼說了一堆很奇怪的話。什麼麥當勞、Mister，那是什麼意思？」

我笑答說是祕密。那是數字的祕密。雖然我本身並不想探究如此深奧的祕密，但或許如廣樹或Zero One所說的，這個世界的一部分真是由數字所構成的也說不定。

那天夜裡崇仔和我，還有其他的G少年一塊兒喝到天亮。我們兩個這麼棒的男人湊在一塊兒喝酒，光是處理倒貼的人就不勝其擾了——雖然每個女人都會莫名地往崇仔身上黏，讓人覺得有點不可思議，不過我倒不在乎。因為想要了解我的魅力，可是需要一點時間的。

我和雪倫吉村還吃過一次飯。我為花光廣樹的學費存款向她道歉。廣樹的母親笑著致謝。從容不迫。她的金錢觀果然和我不同。這中間偶爾我還是會在電視機裡看到那個離婚節目在痛批一些年輕夫妻，而且雪倫吉村在談到個人離婚經驗時，還是會隱約紅了眼眶，但我也分不清哪些部分是演技，而哪些是真實了。

那一年，我和廣樹並沒有再見面，但三不五時會通通電話，聽說多田很小心，注意不讓廣樹在外面亂跑。而廣樹在西口公園重新出現，是在新年過了十多天以後的事了。那一天，我在被冬日曬得暖暖的

---

❾史古屈：狄更斯《小氣財神》裡的主角，本書的原名為*A Christmas Carol*，自一八四三年甫出版便成為最受歡迎的聖誕故事，日後主角的名字則成為「守財奴」的代名詞。

長椅上聽ＣＤ隨身聽，那小子忽然就從圓形廣場的另一邊出現。

安全帽、羽毛風衣加牛仔褲，手肘和膝蓋戴上護具的完全裝備。廣樹那天沒有穿上直排輪鞋，小心翼翼地穿越廣場，一小步一小步走過來，他按壓計數器之快簡直和蜜蜂拍翅的速度一樣。

安和晴朗的一月澄空下，我在等待一個人以無比緩慢、但確實在走向自己的十分鐘。像這樣度過時光，似乎也不壞。

池袋ウエストゲートパーク

銀十字

走在漆黑的夜路，背後猝不及防遭到暗算。挨揍後還被補了一腳，節節逼近眼前的，是池袋菸屁股、空罐四散的骯髒柏油地。儘管想呼喊些什麼，無奈喉嚨洩出的淨是近乎窒息的呼呼聲。雙手撐住早春潮濕的路緣，抬頭只見摩托車的紅色尾燈拐了個彎就消失了。

赫然回神，掛在肩膀上的國外旅遊紀念包也消失了。錢包和家裡的鑰匙都在裡面。你頓時呆滯片刻，徒然看著空無一人的夜路。白天明明有如五月般暖和，日落後卻急速降溫。公寓、預售屋排排羅列的街巷，沒入白茫茫的暮靄中。籠罩在光繭下的路燈規則地排在道路兩側，平時走慣的道路突然變得陌生無比。寒氣穿透進薄大衣，從屁股徐徐上竄到背脊。

為什麼，每一家的玄關都顯得如此漠不關心？

為什麼，自己非得遭受這種對待不可？

首先，做案者的長相、穿著，甚至連背影都沒看見。唯一聽到的只有從小聲變大聲、漸漸迫近的摩托車引擎聲，感覺到的只有被人粗暴地搶走自己左肩的皮包。沒有其他線索可供警方做筆錄，就連該要憎恨誰也搞不清楚。

於是，你成為某位神祕客手下的受害者。這是豐島區中部到東部這一帶，年初以來連續搶劫案的第十幾位受害者了。倘若只有錢被偷，自認倒楣也就罷了。

不過，如果是金錢買不到的東西被搶，該怎麼辦？

如果是重要的人、或是金錢無法取代的東西，該怎麼辦？所以，每個人都希望早日緝捕到凶手，抓到那個沒有留下線索、也沒有目擊者、沒有臉的做案者。

在櫻花落盡，氣溫微寒的四月中旬，我一如往常在上午十一點慢慢開著店。位在池袋西一番街、小不啦嘰的水果店。本季的主打商品是細毛像鐵砂被磁鐵吸起的水蜜桃，而且味道和利潤都無可挑剔。碰到偶爾會以指腹亂掐按的死小孩，我就趁家長不注意時，快速用拳頭的硬角輕揍下去。這個輕擦過的動作沒有聲音，但會讓人痛得受不了。我是經老媽調教後，從此就把這方法記得很牢。

排放好桃子、草莓和香蕉，再拿撢子把哈密瓜網紋上所積的灰塵拍向馬路，店門前馬路上這時突然站著兩個老頭。年紀有七十了吧。兩人身後是有名的色情片租借包廂的螢光橘招牌，垂頭喪氣的二人組就這樣出現在池袋街頭。

其中一個老人比我還高，身材極瘦，滿布皺紋的肌肉就像黏在頭蓋骨上，很像那種覆蓋一層薄黏土、修復到一半的死人頭蓋骨。年輕時應該是俊美到通吃四方的那一型吧。眼睛有點神似克林伊斯威特。下半身穿著燈籠褲配綁帶馬靴，上面是經年磨損的古董皮衣。

另外一人有著往兩邊橫出的螃蟹體格，一口金牙閃閃發亮，臉上掛著低級笑容，上身穿毛領尼龍夾克，一副勞工朋友的打扮。隆起的雙肩宛如塞入網球般，一身結實的肌肉，比他旁邊的老伯矮了一個頭。他穿著鬆垮垮兩側附口袋的工作褲，但似乎遮不住粗壯的O型腿和外八字。是來找老媽的嗎？我可沒有超過五十歲的朋友。

高矮二人組，像兩根木棒杵在那裡，眼神就跟著我擺放水果的動作移動。看樣子是找我的，不干老媽的事。我不急不徐花了三十分鐘開好店，才剛想喘一口氣，高個兒老頭便走進店前方。

「你是真島誠先生嗎？」

眼神像在探問般一直瞅著我。我說我就是。

「我們有事拜託你，可以打擾一下嗎？」

老頭的聲音鏗鏘有力，比起他的架勢毫不遜色。

「我不認識你，有人介紹你來的嗎？」

「沒錯。我是聽羽澤辰樹說的。」

我想起去年那起公主事件。羽澤辰樹是關東贊和會羽澤組的組長，也是池袋黑社會前三強之一。

「如果是那起世界的事，我可不想聽。」

我對怎麼看怎麼不像黑道的老頭說。聽說那邊的世界也很不景氣，所以我想才會連上了年紀的跑腿也是一副淒慘落魄的模樣吧。老頭子綻開笑容。原本就很深的皺紋，這會兒更是凹陷到骨頭裡去了。

「不用擔心。我和羽澤只是士官學校的同期生。我們倆和黑道沒有半點關係。願意聽我說了嗎？」

高個兒老頭以深不可測的眼神往下望著我。那眼神既不哀求，也不討好。像是長時間蟄伏在川底、銳角已被磨平的小石子，冰冷澄澈，蘊含著光芒。

「可以。這裡不太方便，到西口公園再說吧。」

我對老頭直直看著我的眼神印象深刻。或許是因為看太多在池袋街頭閒晃的小鬼那種宛若日光下泥水般的眼睛吧。

春天的西口公園相當閑靜。吉野櫻和山毛櫸都長出手一碰就會被沾濕的嫩葉來，朝公園的天空盡情展臂。距離午休還有一點時間，公園裡上班族和ＯＬ的人數還不多。也不見礙眼的烤肉妹和化過妝的泡妞高手，這兩種人屬於夜行性動物。我們在已經被陽光曬得有點暖的金屬長椅上坐下。石板地面的圓形廣場對面，池袋副都心的高樓筆直爬伸上去。或許是季節的關係，就連東武百貨公司的鏡面玻璃都像果凍般搖晃，彷彿隨時會掉下來。高個子老頭喃喃地說：

「我叫有賀喜代治，他是宮下鐵太郎。」

他用尖尖的下巴指指鄰座。叫做宮下的老頭露出一公里外就能看見的閃亮金牙，向我打招呼。

「唷，請多指教。小哥這麼年輕，一定每天和小姐們打得火熱吧。呵呵，當真要比小弟弟的硬度，我是不會輸給你的。」

無可救藥的色老頭。喜代治面無表情地補充：

「這傢伙的綽號是下身老鐵。連在想事情的時候也得問問下半身，不然就一點進展也沒有。別理他。」

看樣子是新型老人癡呆症。大概是一直外露的金牙乾了吧，老鐵一邊竊笑一邊用舌尖舔濕前齒。

「少給我裝高尚了。喜代治還不是和我一樣迷戀滿智子。你一定很想贏過其他人，搶先和她打得火熱吧。」

完全聽不懂他們在講什麼。我使了個眼神，暗示坐下時看起來還很高的老頭快點進入主題。喜代治憤恨不平地說：

「你知道這一帶發生的連續搶案嗎？」

知道，我說。從我家到步行距離不用五分鐘的西口公園，電線杆上已有池袋警察署掛的兩塊「當心夜路和皮包！」的標語。

四月開春以來，連續發生十三起搶劫事件。女性獨自走在無人暗巷，突然有雙人騎乘的機車從後方逼近，後座男人在錯身時伸出手，一把搶走女性肩頭上的皮包，要是試圖抵抗，據說還會被踢臉或被踹肚子。一搶到財物，機車便直接抄小路逃逸。

車子是偷來的，隔天大多會在距事發地點幾公里的地方找到。想也知道犯人已經逃逸無蹤。因為是飛車搶案，也沒什麼目擊證人。池袋街頭都在傳說，除非凶嫌自亂陣腳，否則是抓不到他們的。

「住在我們養老院的福田滿智子，一個月前也被搶了。大約是三月中旬。地點在巢鴨高岩寺的十字路口，滿智子遭人從背後襲擊，手上提的小布包隨即被搶。錢包裡有兩張萬元鈔票。」

老鐵點頭附和。春風掠過山毛櫸樹梢，發出落砂般的沙沙聲，相當悅耳。

「可是，錢被搶還好。滿智子跌倒時用手撐住地面，造成手腕粉碎性骨折。遭到撞擊的腰骨也出現裂痕。上了年紀，隨便一點小傷都會要人命的。滿智子原本就有骨質疏鬆症，如今還躺在床上，不知道什麼時候才能下床。」

老鐵不勝感慨地說：

「讓那種大波霸躺在床上，實在是暴殄天物啊。」

我該不會淪落到要跟這兩個老不修一起走在池袋街頭吧。眼前一片漆黑。這下我原本不多的粉絲又要少掉好幾個了。喜代治繼續往下說。

三人住在東武東上線、北池袋站前的養老院「白茅之里」。如果老鐵所言不假，福田滿智子應該是個風情萬種的肉彈，相當於養老院的女神。養老院再走進去一點，是一家老人醫院，只有一條勉強能走小汽車的小路連接。

「那條路我們都叫做『黃泉路』。一旦踏上去，要回來就沒那麼容易了。不知道滿智子什麼時候能再回到養老院，和我們一起在池袋街頭散步。所以真島先生，有件事想拜託你。」

喜代治凹陷的眼睛充滿力量，呼了一口氣。身旁的老鐵也抿嘴藏起金牙，注視著我。

「能不能請你幫我們找出犯人？警察根本不可靠。」

漸漸只剩下呼吸的兩位老人家。你們把犯人找出來，到底想做什麼啊？

「聽說你在池袋青少年間很吃得開。和這個老鐵不一樣，腦袋似乎聰明得很。」

「哼～」

我忍不住悶哼一聲。那個鷹勾鼻的羽澤組長不可能說出那樣的話。很可疑。

「你們這麼拍我馬屁，一定不會有好事。是不是在打什麼鬼主意啊？」

我說。喜代治好像很不好意思，看著自己放在膝蓋上的手就笑了笑。那雙手滿是傷痕和斑點，像是包了一層皺巴巴的油紙。手的主人是以身體勞動活過大半輩子的，靠的並非聰明才智。他抬起眼簾，直直望著我說：

「你說得沒錯。不能不說實話。我們沒有錢。我和老鐵的年金每個月不到六萬。而且每個月都超支。雖然委託你辦事，卻沒有錢付款。我也很想學羽澤丟出一疊鈔票，可是沒那個本事。」

老鐵狀似擔心地補充道：

「吶，喜代治，每個月付三千，分二十四期付款怎麼樣？現在不是流行分期付款嗎？」

不管是努力工作或努力泡妞，這兩個歷經七十年大風大浪的老人家，也沒輕忽過任何一點小錢，我開始對身無分文的自己感到慚愧。眼看著兩人變成這樣渺小不堪，不知何故我突然覺得火冒三丈。或許是看到了五十年後的自己吧。

「沒關係。」

喜代治和老鐵浮現出訝異神色。我別開臉，迅速說道：

「錢我不要了。再說，以前也不是為了錢才接受委託的。所以在我面前，拜託別裝出那種可憐樣。」

或許我是濫好人吧，無所謂。反正窮人原本便是互相掠奪、互相幫助的。根本沒有差別。因為不管掠奪或幫助，沒錢的還是一樣沒錢。我沒告訴他們，正因沒有金錢往來，萬一調查不順的話也不會怎樣，反而落得輕鬆。老鐵好像很樂地說：

「唷，不好意思啦。如果我有女兒的話一定嫁給你。你很大方喔。」

這金牙要是有女兒的話，現在也快五十了吧。儘管這事不太可能，我還是請他收回結婚約定。喜代治說：

「雖然不能給你錢，但我們欠你一個人情。別忘記這一點。我們會盡可能報答你的。」

說畢他目不轉睛看著我，像是要記住犯人味道的警犬。兩人向我道過謝後，還說了三十分鐘的話才結束。完全聽不出半點線索、迷迷糊糊的對話。我沒將情緒表現在臉上，但心中卻是兩手抱頭，不知如何是好啊！兩個老人家似乎愈聊愈開心，說著連《富士晚報》也無法刊登的葷笑話，我不得不躲開，逃也似的飛回家。

雲雀飛過西口公園狹窄的天空。四月是殘酷的月份。

那天傍晚，工作告一段落後，我回到二樓四個半榻榻米大的臥室裡撥打ＰＨＳ。響了三聲後，精悍的聲音回答道：

「……喂。」

介於「唔」和「喔」之間有氣無力的聲音，我沒加以理會繼續說話：

「很久沒聯絡了。我是阿誠。」

「怎麼，是你啊。有事拜託我嗎？」

吉岡老大不耐煩地說。他是池袋警察署少年課的萬年基層員警。和我有著將近十年的孽緣。

「你怎麼知道？」

「阿誠會禮貌地來打招呼，想必是無事不登三寶殿。說，什麼事？」

背後傳來甜膩的弦樂聲。是美夢成真的《Love Love Love》。大概又在某家咖啡廳摸魚了。

「我想在雜誌發表連續搶劫事件。為了這次撰文，可以讓我看一下資料嗎？能夠在媒體公開的部分就行。」

吉岡知道我是池袋麻煩小鬼的終結者，所以我才試探一下。不過真有必要的話，就算寫進了專欄他也無所謂的。

「你知道搶案連續發生過幾次嗎？」

「嗯，十三次。」

「三冊厚厚的檔案夾。光看就累死人。」

我想像著以警察的特有行話寫成、閱讀困難的手寫資料堆。縱使是高工畢業後興趣轉變成讀書的我，也完全提不起興致（順帶一提，我身邊若有人半年會讀一本不是漫畫或雜誌的書＝《五體不滿足》或326❶的塗鴉集＝會讀書的知識分子）。

「有沒有簡單歸納事發地點、時間和被害人狀況的檔案？」

我一表明後，吉岡立刻發出極度不爽的抗議。接著聽見沙沙沙好像在耙什麼東西的聲音。

「可惡，有啦。我自己做了一份摘要。你明明是小混混，怎麼這麼犀利。我可要生氣囉。」

這下我知道聲音來源了。那張倒楣的咖啡桌上方，如今想必翩翩飛舞著吉岡大片雪花般的油性頭皮屑——真是環境汙染！幸好我只是和他通電話。萬一當場目睹，就吃不下晚飯了。

約好翌日下午在西口公園碰面後，就掛斷電話。我在電話中發自內心的道謝，卻只換來一頓奚落。

---

❶326：日本著名的插畫家，本名中村滿，以其無厘頭畫風走紅。

真是沒教養的刑警。

隔天早上七點前，我走下店旁的樓梯，打開門，準備到市場去。不同於往常的池袋風景赫然展開。平日的西一番街就和點火裝置故障的垃圾焚化爐沒兩樣，像東京燒般癱軟在地的醉客嘔吐物、被烏鴉咬破的垃圾袋、氣泡酒的空罐、碗底留著湯汁的泡麵碗。一堆垃圾散落一地。但那天早晨，不只是我家的水果店，連兩旁的店家前面也都打掃得乾乾淨淨，還灑過水。該怎麼形容呢，簡直像某間寺廟的門口。

瞬間我想起了喜代治的眼睛——當他說「雖然不能給你錢，但我們欠你一個人情」時，那雙凝視著我的眼睛。我一邊以口哨吹起《馬太受難曲》的詠嘆調「我的心啊，潔淨你的心吧」，一邊在春日早晨和煦的光暈中，走向了彷彿被蟲蛀過的停車場。

那天的下午一點，我坐在西口公園的長椅上等待吉岡。太陽光穿越數百萬公里從黑暗的宇宙而來，抵達我小小的肩膀，持續給予暖呼呼的熱能。真是不可思議。我拿起PHS，按下代表G少年的國王安藤崇的快速鍵。一臉橫肉的保鑣手下先代接，才立刻轉給崇仔。

「阿誠，有事嗎？」

聲音宛如徐徐結凍的礦泉水，冷冽而清澄。年輕國王依然冷酷。

「怎麼知道我有事找你？」

崇仔和吉岡一模一樣。真不知道為什麼，最近有愈來愈多人喜歡搶在別人前頭說話。

「因為你不像其他的小鬼，沒事還打電話來喋喋不休聊天。」

的確，對於「你在幹嘛？真的假的！」之類的對話，我實在無力招架。如果行動電話可以設定成說廢話要多收費就好了。我抬起頭，看見吉岡那身皺巴巴的長大衣從東京藝術劇場的轉角出現。他腋下夾著一個大信封，兩手插在口袋朝我的方向走來。我繼續說：

「新麻煩。連續搶劫事件。」

「說下去。」

「有人委託我追查犯人。能不能動用G少年的情報網，幫我收集從年初開始、勢力突然擴張的雙人組？我想應該沒有正當職業，要不就是打工族，要不就是遊手好閒吧。」

吉岡發現了坐在圓形廣場長椅上的我，揚起手。我講著電話一邊回禮。崇仔的聲音似乎益發冷酷了。

「收集情報是可以。不過，你說的條件，恐怕有幾百人吻合。因為大白天就在街上遊蕩的年輕人，有一半都是這樣。而且被害者幾乎都是有錢的老婆婆吧。這樣是沒有理由動用G少年的。我有義務對他們說明。」

崇仔說得沒錯，小鬼們不會同情被搶的有錢人。而且崇仔沒有接觸過喜代治和老鐵，就算我說明之所以一頭栽進這件事，他大概也聽不懂吧。何況，連我自己也不太清楚。

「我懂了。我這邊會再調查看看。不好意思。」

「哪裡。吶，阿誠，多到集會露露臉嘛。」

我說會考慮看看，就掛斷PHS。我最怕團體行動了。這下不能動用G少年的街頭情報網，等於斷了一隻手臂，頓時內心急得像熱鍋上的螞蟻。

「怎麼啦阿誠，瞧你一臉菜色。」

吉岡站在我的面前，一臉奸笑往下看著我。我忍著差點脫口、又終於嚥下的有關他那頭油髮的毒言毒語。

A4大小的豐島區地圖紙上，一點一點用紅色標出記號。我看著地圖上的各個分布點思索著，一旁的吉岡說：

「駒込、巢鴨、大塚東部地區有七起，占一半以上。上池袋、東池袋有三起。加上南池袋、雜司谷、目白的三起，一共是十三起。奇怪的是，跨越東上線的豐島區西部則一起也沒有。而且每一次都發生在人跡罕至的小巷內，逃走時也淨挑偏僻巷弄，應該是有地緣關係的人所為。」

被害地點的確集中在地圖右半部。嫌犯應該是當地人吧。吉岡說：

「不過阿誠真是好管閒事耶。明明不是你的工作，卻想要插手。雖然你們這些小鬼的實力也不容小覷。記得跟上次的絞殺魔事件一樣，逮到犯人的話要交由警方處理；要是太操勞的話，我可以幫你針灸唷。」

吉岡瞇住一隻眼睛，拋出媚眼！原本我沉重的心情這下子更跌到谷底。

「這回不行。G少年不肯幫忙。還說有錢人的事情歸警察管。」

我說，吉岡笑得更樂了。

「是嗎。這樣一來，阿誠就更難辦事了。飛車搶劫，最難搜查了。就連我這個少年課的也要到刑事課幫忙。祝你成功，池袋的織田裕二先生。」

吉岡接著樂不可支地拍拍我的背。織田裕二的《大搜查線》未免過時，何況我根本沒看過。案件可不是發生在警察署內。是在街頭欸！真是蠢斃了。吉岡起身拍拍屁股，伸了一個懶腰，混著哈欠的說話聲從背後傳來。

「最後送你一條線索。這是不能公開的情報。據目擊證人說，犯人是兩人一組的年輕男性，長髮染成銀色，不過髮色輕易就能改變，對偵查沒有什麼幫助。」

吉岡回去只有咫尺的池袋警察署後，我還坐在長椅上死盯著地圖看，一邊思索，第一件搶案發生在三連休的第一天，也就是快樂的成人日❷，之後幾乎以每週一次的頻率不斷重複發生。如果我猜得沒錯，下週之前應該會發生第十四起飛車搶劫。

❷成人日：日本一月的第二個禮拜一，為慶祝滿二十歲人的節日。

連續動了三十分鐘的腦筋後，漸漸也頭昏眼花了。坐困愁城一點也不像我的作風，可是我現在就像關在柵欄裡的熊，繞著圓形廣場不停打轉，只能不死心地繼續苦思。兩點一到，喜代治和老鐵來了。本想在他們到之前謀出對策，卻還是一籌莫展。

我坐回長椅，仰望著池袋白濁的春日天空，耳邊傳來老鐵的聲音：

「唷，小哥，你的小弟弟今天有沒有站起來啊？」

真想回家睡覺。

在最近的便利商店影印好兩份地圖，交給喜代治和老鐵，我們走向ＪＲ池袋站前的公車總站。搭乘開往板橋方向的都營公車。二人組有敬老卡，所以搭車免費。久違的公車已經漲到兩百元。

我站在兩人乘坐的博愛座旁，拉著吊環說：

「那個滿智子，腦袋還清楚吧？」

喜代治照舊看著窗外的站前商圈，低聲回答道：

「啊，沒問題。比在那裡走路的小丫頭，還要清楚多了。」

他用下巴比著某個一臉無聊、正在斑馬線上撥手機，眼睛塗成白白的，和姥姥差不多的女人。她們會的日語基本語彙大概不會破百。除非是阿茲海默症的末期患者，否則要比她們癡呆應該也不太容易吧。老鐵說：

「那些小姐們也不錯，可惜缺了那麼點女人味。女人還是得過五十關卡才夠味道。」

老鐵坐在博愛座，百無聊賴地抓著工作褲前方。這老頭說的是哪一國的審美觀啊。

公車如鯨魚般緩慢游經池袋街頭，不到五分鐘即抵達東上線北池袋站。

那是我第一次看到養老院。也是第一次看到那麼多的老人。人生僅剩三分之一的人幾乎不會出現在池袋街頭。這麼一想，覺得真不可思議。

「白茅之里」和多數幼稚園、市民活動中心之類的公營設施一樣，是棟沒有任何裝飾、四四方方的四層樓建築。有很多鋁窗，水泥外牆上了白沙般的塗料。穿越入口兩道自動門後，緊接著是被陽光曬得暖洋洋的大廳。報架、雜誌架排列得像圖書館一樣，四處停放著輪椅。

有的在打瞌睡、有的伸直雙臂拿著居家雜誌或俳句刊物看、有的喃喃自語不知道在唸些什麼。每一張靠牆的長椅都被老人坐滿了。牆上的布告欄貼著「以開放給市民利用的養老院為目標」的標語。

我對一逕走往養老院內部的喜代治和老鐵問：

「外人可以進去嗎？」

喜代治頭也不回地回答道：

「不惹麻煩就沒事。對我和老鐵而言，這裡就是我們的家。招呼客人來玩，哪需要顧忌那麼多。」

他的語氣聽起來不知道是在生什麼悶氣。我們穿越過職員室和烹飪室緊鄰的一樓，這個建築物內部讓人覺得很眼熟，半晌我才想起，這養老院和我以前就讀的小學非常像。有股非常親近的感覺，同樣也分成老師和學生兩邊。

「這邊。」

喜代治指著一個出口。我們就從排泄物和正在煮晚餐兩種味道相混的室內，來到午后陽光普照的室外，我下意識地馬上做了好幾次深呼吸。這裡晾著被春風高高吹起、看起來像是船帆的白色床單。喜代治像是捲窗簾般掀起床單說：

「我們所站的地方，就是黃泉路。距離養老院很近，去去就回，感覺上要回來很簡單，實際上從養老院搬到對面的人，幾乎都是裝在木箱裡、從醫院太平門被抬出來的。」

晾床單的前方可以看見和養老院同樣面無表情的老人醫院後門。帆布洗衣袋堆積在門旁，裡面塞滿了床單、枕頭套、毛巾等東西。玻璃門上有不知是誰用手抹去灰塵的痕跡。

實際存在的那世界的入口或許也像這扇門一樣，看起來是灰色的吧。

喜代治和老鐵在醫院內也是一副我行我素的模樣。這座沒有小孩子和年輕人的醫院顯得格外靜謐。爬上冷冰冰的階梯來到三樓，走進門沒關上的病房。這是一間只收女病患的四人房。右邊最裡面的病床用尼龍簾子圍住，裡頭傳出宛若野獸受傷時的呻吟。

可能是我神經質吧，總覺得喜代治和老鐵似乎同時挺直了脊梁。其他的三張病床上也都躺著老婆婆，但即使是我也能立刻猜出誰是福田滿智子。左內側那位。窗外的落日餘暉斜斜照在病床上，她對我們綻開笑臉，感覺像是不久就要凋謝的大朵白牡丹。

樣子完全看不出來超過七十歲。大大敞開的蕾絲睡衣前方，可以窺見豐滿的乳溝陰影。那肌膚遠比那些不知名的熟女裸照鮮嫩許多。出人意料的七十歲。

「樽本太太，有訪客來看我，麻煩妳小聲一點。」

福田滿智子在病床撐起上半身，對著簾幔緊閉的病床說道。那呻吟立刻轉弱，從野獸變成一隻空腹的小貓。

「你們好，不好意思，只能躺在床上招呼你們。」

上了石膏的右手捲著一條花手帕。喜代治說：

「這位是池袋的少年偵探真島誠。我們委託他調查搶劫案件。他說想聽聽滿智子的說法，所以今天就來打擾了。」

喜代治介紹我的時候，老鐵單手從走廊搬來三張折疊椅。原本黃色笑話連發的嘴巴緊緊閉起，雀躍地在床邊排起椅子。我開始像做筆錄般詢問那天事發經過。搶案發生在三月十七日，地點是巢鴨，在瞬間開始，也在瞬間結束。福田滿智子的腦筋的確很清楚，不過就算癡呆了也沒影響，因為幾乎沒啥新情報。

我一邊聆聽一邊用原子筆在萬年曆上做記錄。

「在那之後，警方是否有任何聯絡？」

福田滿智子專注地看著我的手。她輕壓著八成有脫色過的白金色頭髮，然後說：

「去報案的時候問過一些，但之後就再沒有聯絡。可能放著不管了吧。比起我這老太婆的案子，警方應該有更重要的案件要辦。我倒是想到了一件事。」

「哦，是什麼？」

「和你手上那隻原子筆一樣。當時我只看到犯人的左手手腕上戴著一只銀色手鐲，鐲子上有很多個和原子筆上一模一樣的十字圖形。」

三人視線一起轉到我右手上的原子筆。

那枝筆是我在雜誌社的尾牙所得、玩賓果遊戲中的獎品。純銀製的筆軸頗具質感，筆蓋頭上面有一個長寬等距的銀色十字架，十字架中央有一個圓形凸起、以黑漆塗成。據說是一個叫「Silver Cross」新品牌的標誌。

原以為不過是枝原子筆，相識的造型師在派對上告訴我價格時，我還記得當時嚇了一大跳。一枝七萬！又不是施過會讓文筆變好的魔法！居然有人肯為一枝筆花那麼多錢。瘋子。

敘述這事的時候，三人只是沉默地盯著我的右手。老鐵伸出手，從我手中拿過原子筆，像第一次看見望遠鏡的猿人，他將銀筆舉到眼睛的高度，從頭到尾仔細端詳。

「這玩意兒值三次泰國浴嗎？這世界真是莫名其妙。」

從養老院返家的路上，我決定沿著東上線的鐵軌步行回去。距離池袋站一公里半。飽含春季濕氣的夕陽也將在雜亂電線切割的狹窄天空中沉沒。我從口袋掏出ＰＨＳ，按下快速鍵，撥給雜誌編輯部。負責我專欄的編輯叫嘉藤薰子，是個將頭髮剃成五分頭的女人——她本人堅持那叫Very Short——年紀在二十五歲上下，和我一樣是菜鳥。

「你好，*Str-Be*編輯部。」

雜誌名稱是*Street Beat*——雖然不太想幫他們宣傳。

「啊，嘉藤。是我，阿誠。不好意思，妳現在有空嗎？」

「有啊。」

「我在調查『Silver Cross』這個品牌，能把妳知道的告訴我嗎？」

電話後頭傳來熱絡的嘈雜聲。這個編輯部總是要到黃昏後才會開始忙碌。

「我就知道你遲早會問。」

「為什麼？」

「因為『Silver Cross』簡直是為阿誠量身訂做的品牌嘛。」

「怎麼說？」

根據嘉藤的說法，「Silver Cross」是在這一年半竄起的時尚品牌，雖是日本製造，卻罕見地在歐美掀起旋風，很受搖滾歌手和演員喜愛。創辦人兼主設計師，是在池袋長大，一個叫長谷部三沙男、有點痞子樣的男人，據說以前是飛車黨，設計算是無師自通。

「Silver Cross」使用的材質是銀和皮革。而且只用九九．九九或九九．九九九九的純銀，以及蘇格蘭師傅鞣製的最高級牛皮。儘管品牌發跡於街頭，且主顧客幾乎全是時下年輕人，單價卻是出名得高。

「這個叫長谷部三沙男的，連大熱天也穿著自家品牌的皮褲，因為臉蛋長得不錯還挺受歡迎的——通常設計師本人都其貌不揚。」

我沒說，編輯和作者其實也是。

「唔……可以寫進下一次的專欄嗎？」

「你不就是因為要寫才問的嗎？」

「還沒確定，總之先這樣。可以由編輯部出面聯繫嗎？我想和設計師當面聊。」

「知道了。他可是出了名的討厭採訪，不過我會試著聯絡。再見。」

掛上PHS，這時候天邊已經沒入夜色。池袋站前的霓虹燈，淡淡融入了夜空，朦朧中泛著橘色、紅色和粉紅色的光。

我決定繞到東口的西武百貨，反正也是順路。嘉藤說「Silver Cross」的主要銷售點不在青山或澀谷，而是池袋。目前只在百貨公司設櫃，不過近日會將距離車站不遠的舊洋館改裝成總店。

我穿越過洶湧人潮，跋涉到西武百貨門口。儘管我在東京出生長大，但應付起池袋站前猶如中獎時小鋼珠般汩汩湧出的人潮，還是挺累人的。查看百貨樓層說明，專櫃位在七樓。我避開露出內褲、說話時發出銀鈴般笑聲、一起結伴搭電扶梯的女孩，直接搭電梯往上。

「Silver Cross」池袋店位於角落，氣氛靜謐，作風低調。這陣子各家品牌無不主打六、七〇年代熱潮，迷幻風格的誇張配色和性感設計銷量驚人。不過，這間店還是有一點不同。它的氣氛實在異常靜謐，是一家讓人很難跨進去的店。

入口處有一塊老枕木般傷痕累累的門檻，店內鋪滿一整地灰沙，牆上貼著紅黑色的生鏽鐵板，有如蓋在沙漠中的汽車修理場。店員清一色是男性，每人都穿著黑皮褲和印有銀十字的T恤。一般男店員多少會給人男同志的聯想，然而「Silver Cross」的男士們卻好像腕力都很強（欸，搞不好是鐵漢型的男同志）。

開闊的空間裡擺置了兩排像是博物館裡的玻璃櫃，自戀地展出自豪的銀器。我小心不讓手碰到玻璃，只是窺看著玻璃櫃的內部，馬上就找到那個手鐲。果然是讓人過目不忘的好貨。

十字約有三公分厚，不知以什麼手法漂亮銜接，形成還不到三十公分長的手鐲。因為找不到標價，只好詢問最靠近我的店員。

「這手鐲多少錢？」

鬍子男還是交叉著雙臂，點點頭後回答道：

「二十五萬。」

受不了。我們這輩子大概沒緣了。老鐵這下該會大嘆可以去十五次低價泰國浴吧。搞不好他一個月真的去過那麼多次！

「有型錄嗎？」

鬍子男姿勢不改。或許他不是店員，而是警衛。

「還剩二〇〇〇年的春夏型錄。一本一千。」

完全聽不到敬語。沒辦法，只好拿一本塞在陳列櫃旁邊的春夏商品型錄。那本型錄不但分量夠，而且製作相當豪華，簡直像美術館展覽會販售的特展集。付完錢後，我以為他會裝入紙袋，還呆站著等。

但鬍子男只是目不轉睛地看著我。

「不放進提袋嗎？」

「本店沒有那種多餘的東西。」

也對，非常合理。反正回家後還是丟進垃圾桶裡。我拿起型錄，踩著灰沙離開那家店。算是一個小小的異文化體驗。

乾脆我家的水果店也來改成這種調調好了。

⚜

回到房間後，我慢慢打開了型錄。以十字為主題的戒指、刀子、手鐲、穿在耳朵舌頭乳頭的銀環，還有用途不詳的笨重純銀塊。隨意放置在砂、草或石頭前的高價銀飾。拍攝看來並未運用任何小技巧，只是簡單拍下物品正面，攝影師的技巧想必很棒。似乎畫面的每一處都照顧到了，不是那種曖昧未明，而是真實無比的照片。物品被赤裸呈現出來，所以，你唯一能夠看見的就是物品本身。

型錄最後面是長谷部三沙男，他穿著自己設計的皮褲，以模特兒之姿登場。看得出黑皮褲已經穿過多次，褲型變得自然、好看，布滿細紋，顏色有點褪了，呈現類似鯊魚皮的深灰色。的確是條很帥的褲子，但一條要價二十萬。比我在打折時花一千九買的UNIQLO❸牛仔褲還要貴上一百倍。嘉藤那傢伙，究竟覺得哪裡適合我？

儘管如此，遠比皮褲商品更為搶眼的是設計師本人。他佇立在某片荒野，身後是飄過地平線的雲，一副想拍就請便的神情凝視著鏡頭。髮型是三十年來西海岸的Hell's Angel飛車黨萬年不變的粗獷長髮。他的那對眼睛，毋寧說是眼球吧！長谷部三沙男的眼睛，就像將水晶球鑲嵌在頭蓋骨空洞處那樣，形狀接近正圓形。仙人掌、紅砂和遠方的積雨雲，似乎都會被吸納進他的眼球之中。

不只黑皮褲是他的衣物而已。身體對他而言也算是身外之物似的。這世上獨一無二的魂魄，因為一時興趣才暫時借穿了這麼一件衣服。

兩個色老頭、性感阿嬤，還有一個像是宗教狂熱者的設計師。附加兩名鬧著玩的搶犯。大家都生活在這個池袋叢林。愈來愈想不透的我，為了讓自己順利潛進思維的深處，便從架子選了片CD播放。雖

❸ UNIQLO：日本平價服裝品牌，於二〇一〇年才在台灣開設第一間分店。

然只是暫時放鬆，不過有聲音總比沒聲音好多了。思考時的節奏和韻律感是很重要的。曲子是海頓的《十架七言》。那是將基督被吊上十字架時所說的七句話，譜成樂章的音樂。有管弦樂版、神劇版、弦樂四重奏版，不過我還是鍾愛四重奏。大概是年紀大了，安靜一點感覺比較舒服。躺在鋪好就沒收過的棉被上，持續思索整起事件。沒有成果的思考。

儘管如此，我實在很難想像，拿撒勒人❹居然會將折磨自己手足的刑具當成某種象徵，一直保存了兩千多年。就像搶劫犯將長谷部三沙男這位設計師的標誌裝飾在手腕上，那是愛、殉教和替身的象徵。對死去的當事者而言，搞不好是個麻煩。

次日，我拿著型錄再度造訪「白茅之里」。福田滿智子一看到隨意懸掛在仙人掌手臂的銀鐲，便一口咬定是它不會錯。還直誇手鐲做工精細。

二人組也有相同感想。儘管價格異於常理，但無疑是個好東西。喜代治站在床邊說道：

「所以，接下來應該怎麼做？」

我說不出自己已經一籌莫展了。

「目前還要再加以調查。你們就乖乖待命吧。」

這下子實在是苦無對策了，結緣自幾天前的早晨清掃，現在已經變成我的精神負擔，連老媽都發現到不對勁，還教我好好加油呢。像我這種業餘偵探能有什麼辦法！？老鐵拍拍我的屁股。

「小哥，積了不少喔。要不要隨便找個小姐，幫你消消火啊。蛋蛋一重的話，腦袋也會跟著變鈍哩。」滿智子靠在疊枕上，臉上浮現高雅的笑容。喜代治則當作沒聽見。我真想控告金牙性騷擾。

兩天後我在水果店裡將過熟的哈密瓜賣給醉客，這時候嘉藤打電話來了。水果的成熟度和女人一樣，從屁股就可以摸出來。失敬失敬，我好像也傳染到老鐵的病態了。我走進店內，將PHS湊近耳朵。

「阿誠嗎？我是嘉藤。你真幸運耶。對方願意接受採訪。後天早上十點到他的住處去找他。」

「咦——是喔。」

搞不懂這有什麼幸運可言。

「長谷部三沙男很少接受採訪。機會難得，我本來希望攝影師也一起隨行，不過被他拒絕了。他說專欄用不著刊照片。」

嘉藤表示會將長谷部三沙男的住處兼事務所的地圖傳過來，便掛斷電話。我爬上二樓，確認我房間裡的傳真。設計師住在目白三丁目。那是豐島區少數的高級住宅區。

---

❹拿撒勒：Nazareth，巴勒斯坦北部城市，耶穌在此度過童年時期。古代猶太人稱基督徒為「拿撒勒人」。

約定當天很不巧一大早便開始下雨。不大不小的雨以固定的速度降落，是那種彷彿連肺部都會被浸潤的春雨。我一跟喜代治和老鐵說要和長谷部三沙男碰面，兩人就吵著要跟，講都講不聽。我說只有我受到邀請，就連攝影師也不能去。還是沒用。

沒辦法，只好三人一起走到目白的高級住宅區。車道兩旁有寬闊的紅磚步道，沒有柵欄，而是以等距的金屬柱子代替，中間只以古銅色的鎖鍊鬆鬆地連接起來。看到的狗不是阿富汗獵犬就是巨型貴賓犬之類的純種狗。同樣位在豐島區，池袋和這裡卻有著天壤之別。喜代治和老鐵撐著好像從垃圾桶撿來的、髒兮兮的半透明塑膠傘，跟在我身後。儘管外表窮酸，背脊還是挺得筆直。

我一邊對照地圖，一邊走在路上，隱約看得見藏在一片綠意中的銀行員工宿舍。在目白這一帶的庭園裡找到長谷部三沙男的工作室。它的一樓是半地下式的停車位，成排停放著老舊的福特野馬、哈雷機車。旁邊是素燒磁磚面的樓梯，一直延伸至樓上。紅色屋簷和白色水泥牆的建築物看上去就像度假飯店，據說那種風格又叫做「撒旦之臉」。以前，我曾經在宮澤理惠的寫真集看過類似的造景。我對喜代治和老鐵說：

「不好意思，可以在這裡等我嗎？應該要不了多少時間。」

喜代治抬頭望著工作室，語氣冷淡地說：

「我是不太清楚，不過設計師似乎是很賺錢的工作。」

老鐵補充道：

「說得好。賺這麼多錢，一定也幹了不少虧心事。」

或許吧。一枝原子筆開價七萬塊，不也很像是假借設計之名的宗教斂財。不過，世上哪個名牌不是在販售這種錯覺呢。PRADA的尼龍包要十萬塊，實在是蠢斃了。

樓梯盡頭是寬敞的木板露台。沒有玄關，而是由四塊寬各兩公尺的特製厚玻璃合併而成，四邊鑲有金屬框，玻璃對面擺了一張開會桌和製圖桌（懷念的高工製圖時間啊～）四個男人穿著那條黑皮褲，安靜無聲地工作。我敲敲玻璃，其中一人就拉開門。

「什麼事？」

大概我看起來像中毒很深的粉絲吧。皮褲男露出凶巴巴的表情。

「我是*Str-Be*派來採訪的人，和長谷部先生有約。」

「請進。」

皮褲男帶我往事務所內部走去。不知道拐到第幾個轉角，驟然停下，敲了敲油亮的原木門。

「三沙男，那個記者來找你了。」

皮褲男轉向我，用下巴指指門內。搞不懂這算是友善或無禮的動作。

「他不是記者。是專欄作家。」

聽見室內傳出的回應，我跨過了門檻。

室內從剛才的辦公室轉為起居間的風格。白石灰一直延續到鑿穿的圓形天井。地板鋪著和樓梯一樣的素燒磁磚，大型仙人掌盆栽和沙發錯落擺置。沙發的材質和那條皮褲相同，長度大概足以容納小錦八十吉❺那樣的相撲選手吧。長谷部三沙男坐在牆角的單人沙發上。水晶球般的眼睛。沙發椅背很高，差不多到我的肩膀，前端有一個七十公分的巨型霧面銀十字。簡直和羅馬教宗的寶座沒兩樣。

「幸會，我是真島誠。」

簡短的招呼。長谷部三沙男依然坐著沒動，水晶球映出我的模樣。

「我知道。我每個月都會看你的專欄。那本雜誌值得閱讀的文章並不多。招呼或場面話就免了，坐吧。」

長谷部三沙男面不改色地緩緩說道。傷痕累累的皮褲配白襯衫。裝扮和那張照片一樣。我在他前面坐下。

「所以，您才答應接受採訪？」

「用平時說話的方式就行了，不必使用敬語。沒錯。我只和自己感興趣的人見面。不知道你有何感想，不過我覺得我們倆很像。同是在街頭長大，既沒學歷、也沒什麼證照資格，只能憑藉自己的頭腦、雙手和品味努力求生。你那篇〈太陽60通內戰〉寫得很棒。那些雜碎就算組成幫派，做的事情還是沒變。」

長谷部三沙男看來是個有話直說的人。嘴巴說著話時，眼神卻能靜止不動。讓我想起「雷鳥神機隊」❻的人偶。

「你會怎麼描述我？飛車黨老大歷經千辛萬苦，終於在時尚界大放異彩？應該不是這樣千篇一律的文章吧。我很期待，不知道你會怎麼料理我，所以接受這次採訪。想知道什麼儘管問吧。我有問必答。」

慘了。不管是長谷部三沙男，或者是流行的機車時尚，我都不怎麼感興趣。沒辦法。我從包包拿出資料影本，遞到他面前。

「你知道豐島區的連續搶劫案件嗎？」

長谷部三沙男的眼睛像是見到有趣事物般閃耀著光芒。

除了幫街頭流行雜誌撰寫專欄外，我坦承自己私底下也幫人解決麻煩。長谷部三沙男一副什麼都知

❺小錦八十吉：是一個自江戶末期代代相傳的力士封號，這裡指的是第六代、夏威夷薩摩亞人出身的非日本人力士（他也將其日本名字改成小錦八十吉），於一九九七年引退，現以KONISHIKI的藝名活躍於演藝圈。

❻Thunderbird：英國於一九六五年首播的人偶電視劇，描述富豪的五個兒子拯救地球於危難的故事。

道的模樣回答：

「我知道。因為內戰的報導太有趣了，我派人調查過。聽說當時你在暗地裡使了不少力。」

我點頭。

「關於這次的事件，目前一點線索也沒有。只知搶犯的左手戴著『Silver Cross』的手鐲。有個老婆婆被撞了，結果手腕骨折，人現在還躺在病床上。這點已經從她那兒獲得證實，也確認過照片了。」

長谷部三沙男緩緩搖頭。

「是嗎？不過，我們沒必要為客人的行為負責。道德不在我的設計之內。」

「可是，那手鐲不是普通得貴。應該知道賣出的數量和地區吧。」

「動不動就談錢，是窮人的壞習慣。」

他露出苦笑，撫摸著包裹著鯊魚皮皮褲的大腿。

「看看它。這五年來，我每天都穿這條褲子。堅固、好搭配又保暖，騎哈雷的時候還可以保護皮膚。這是最高級的英國產牛皮，在德國或義大利使用同一種皮革製成的沙發，一張就要兩百萬。我這一條賣二十萬，你不覺得很划算嗎？」

價格公道、可以用一輩子的好東西嗎？是有那麼點道理。看樣子我還是不要將UNIQLO牛仔褲的事說出來比較好。長谷部三沙男靠在椅背上，仰望著圓形天井。那姿勢看上去就好像頭髮長出了一副銀色十字架。

「但是，有人戴著我的手鐲，四處偷襲老婆婆，感覺上也不怎麼舒服……」

短暫的空白。為免長谷部三沙男改變心意，我坐在沙發上動也不敢動。

「好吧。就讓你看看本店的資料。」
「你是說客戶的資料？」
長谷部三沙男嘿地一笑。
「那個也有，不過有更簡單的辦法。在本店購物的客人，九成以上都辦了『Silver Cross』的會員卡。這樣下次購物，就享有全商品九折的優惠。」
「謝謝。幫了我一個大忙。」
「不過你要答應我，調查過程不能讓客人察覺。」
我點頭。長谷部三沙男笑得更深了。
「還有，有件工作想委託你。我們目前正在製作秋冬型錄。我希望你能寫篇文章。不需要刻意讚美『Silver Cross』的商品。只要照實寫出你的感覺就好。可以吧。」
功課又增多了。比起在街頭閒晃、搜集題材，寫文字可說是難度高出好多倍的苦工。要幫那些照片寫文章似乎頗有難度，不過也只能硬著頭皮幹了。這樣總比白白接受長谷部三沙男的好意好吧。

我們決定接下來該怎麼做，還閒聊了十五分鐘有關專欄的事。整個實際停留時間大約三十分鐘。我步下樓梯，看見喜代治和老鐵站在停車場的遮雨棚底下避雨。
「戰果如何？」

我回答喜代治：

「還不賴。滿智子提供的證詞終於發揮效用了。」

「是嗎？」

瘦高的老人說道，視線飄向了雨絲。老鐵說：

「你不能迷上滿智子喔。」

「難說，搞不好她比較喜歡年輕小夥子呢！」

老鐵信心滿滿地抓住工作褲。

「胡說八道。論起技巧和次數，我是絕對絕對不會輸給你的。」

喜代治撐起雨傘，快步朝目白站走去。我也來到房簷外頭。滴落臉頰的雨感覺相當輕柔。

「要不要比比看，誰比較快戳破拉門的糊紙啊？我隨時奉陪。」

我走上高級住宅區裡空無一人的街道，老鐵的聲音從後方追上來，但我的思緒停留在別的事情上。

我在想，像長谷部三沙男那樣的新時代菁英，以及像蜥蜴一樣滿街溜達、只靠小腦就能生存的小鬼，兩者間究竟有何差別。我多少瀏覽過報紙的經濟版（滿可恥的，所以只敢在這裡說）。報上說年輕人的失業率比全民平均值高出一倍，日本在二〇〇〇年的統計是百分之十。然而，至少就我周圍的小鬼而言，卻沒有那麼樂觀。他們每三人中就有一人即使有意願工作也找不到事做，只能繼續當米蟲。因為無事可幹，也有在太陽60通呆坐一整天的。

如同設計師所說，現在是學歷、證照資格都派不上用場的時代。連大銀行和汽車公司都一副搖搖欲墜、隨時可能倒閉的樣子。表面上看似推陳出新、與時俱進，骨子裡卻是物欲橫流，所以像長谷部三沙男這樣的潮流教祖才得以踩著新梯子一步登天，剩下的絕大多數，就只能待在谷底，永無翻身之日。

能夠按照個人心意邁向成功之路的，可說是少之又少，多數人只是不斷遭受打擊直到再也站不起來為止。而且，失敗者的故事沒人會想聽。不單是飛車被搶劫而已。這些我每天都能切身感受到，池袋街頭的空氣正在逐漸腐敗。為了湊錢繳手機費，連瓦斯和水都被停掉的年輕蜥蜴一族，就是他們的呼吸弄髒了這世界。

如果你以為日本街頭永遠是安全的，那就大錯特錯了。

因為治安惡化和犯罪攀升，永遠是以全球化為目標不斷擴展的。

隔天雨停之後加添了幾分暖意。池袋街頭籠罩在白色的水蒸氣中，就好像放進巨大的蒸氣機裡。喜代治和老鐵結束每天清晨的例行清掃工作後，兩人暫時會先回養老院一趟，午後再到我家的店。

下午，我和二人組一起到西武百貨公司的「Silver Cross」。喜代治和老鐵在時尚精品並列的樓層中，顯得格格不入。模樣看起來和為精品店進行改裝的工人差不多。我跨越那塊枕木門檻，走進鋪了滿地砂的店內，兩人跟在後頭。我對上次那個鬍子男店員說：

「我是真島誠。長谷部先生應該有某樣東西要交給我。」

鬍子男在玻璃櫃對面點點頭。他離開收銀台走進店後面，回來時手裡拿著一個信封。

「這個。」

他將一個印有銀十字的信封遞給我。

「謝謝。」

鬍子男似乎無法理解眼前的狀況。

「他們是和你一起的嗎？」

喜代治和老鐵將臉貼近店門口的櫃子，好像要看出一個洞似的，死命盯著那只銀手鐲。

「沒錯，是我的朋友。別看他們那樣，老人家手上還有點閒錢呢。他們大概是想買那只手鐲吧。」

我壓低音量，對臉色益發蒼白的鬍子男說：

「還有，我偷偷告訴你，那兩個是同志情侶。特別是那個外八字的很愛吃醋，所以你和高個兒說話時最好注意一點。」

喜代治抬起頭，對鬍子男說道：

「抱歉，可以讓我們看一下這個手鐲嗎？」

一定只有我看得出穿著皮褲的鬍子男走進二人組時突然變得有點退縮吧。

回到西口公園的圓形廣場，我拆開信封。喜代治和老鐵坐在身旁，兩人一同將頭湊過來看。我聞到鹹鹹的老人味道，像極了沒有洗就拿去曬的牛仔褲。信封裡有四張A4列表紙。每一張記錄著三十位購買那只手鐲的顧客姓名、地址和電話。從去年到今年春天，光是在東京便賣出一百多個這麼昂貴的手鐲。這真不太像不景氣中會發生的事。我這是低收入戶的酸葡萄心理吧。

我用黃色麥克筆將豐島區的名字圈起來。一百一十二人中有九人。再從九人中挑出位於埼京線東邊者。這樣就只剩四人。

「收網後範圍一口氣縮小不少。」

喜代治的聲音難得透露出興奮之情。老鐵拍拍胸膛。

「好耶，將他們一網打盡吧！」

石板廣場上襲來的一陣風，穿過我們三人的中間，把老鐵的工作褲吹得漲起來。我說：

「我去開車。今天先到這四處探探虛實吧。」

喜代治和老鐵點點頭。我從長椅起身，離開西口公園。雖然是從大樓吹來的風，在春天也是那麼柔和，鑽進T恤，感覺非常冰涼舒爽，也讓身體鎮靜下來。

一種終於快抓到搶犯的快感著實要把我燒焦了。然而，還是遲了一天。

在「Silver Cross」購買手鐲的四人分別住在高田、雜司谷、東池袋、西巢鴨四個地區。我的DAT-

SUN前座擠進三人，出發前往第一個目的地——高田三丁目。車駛進明治通的時候，喜代治說：

「阿誠，如果能找到搶犯，你的任務就算結束了吧？」

我看著前面那輛RV的車屁股答道：

「什麼意思？」

我身旁的老鐵也點點頭。

「你該不會想把人家給宰了吧？」

喜代治用鼻子哼笑。

「我可沒那個意思。不過，要看對方的作為才能決定。」

兩位老人家在想什麼啊？雖然我有點擔心，還是回答說：

「我知道。你們兩個就自己看著辦吧。」

老鐵用拳頭敲了一下我正在開車的肩膀。還挺痛的。

「別擔心。相信我們的經驗吧。我可曾讓三位數的女人哭過呢。」

就是這樣我才擔心吶，色老頭！我的話還沒出口，瞄瞄身旁，發現老鐵的眼神認真無比。儘管內心愈來愈不安，我還是閉上嘴，專心開車。

高田位於豐島區南端，和新宿區接壤。隔壁是高田馬場。越過神田川，在新目白通右轉，接著右手邊是大正製藥，隨後在第三個紅綠燈彎進右邊。不久就可以看到隔著金屬網的網球場。

「應該在這一帶吧。」

我停妥DATSUN，搜尋目標所住的地方。這裡周邊一片綠意，地價似乎很高。學校和公司行號等占了一半，另一半是公寓之類的住宅。喜代治指著一棟貼著紅磁磚的矮胖建築。

「是不是那棟？」

三人繞來到入口，確認大樓名稱。高田大樓。猜對了。

「在這裡等我。」

我通過自動門，在整齊排列的不鏽鋼信箱前，確認房號和名字。更裡面的那扇門已經自動鎖上了。不過繞到後門的話，應該可以輕鬆上樓，但我沒那麼做。

我走向倚著欄杆望向公寓的二人組，向他們報告結果。喜代治說：

「看樣子搶犯不在這裡。」

老鐵也點頭同意。

「沒錯，有錢人不會蹚這種渾水。」

世界上的瘋子不計其數，搞不好就是有錢人的笨公子或笨千金幹的，不過我沒有說話。

接著車子繞到了雜司谷和東池袋。雜司谷這一帶的房子都是年代久遠的獨棟住宅區。名單上的地址是一棟透天厝，附有車庫和一坪半的庭院。這裡也只是確認名字就離開。

位在東池袋的地址，在東京造幣局後方、都營電車荒川線沿線，這一棟是雪白磁磚外牆的公寓。沒有自動鎖，不怎麼大的三層樓建築卻隔成十五間之多，應該是小套房吧。爬上三樓，走到目標門牌的門前。玄關旁邊的小窗戶鑲著防盜用鋁窗，從縫隙可以看到塑膠假花。看樣子是浴室。確認名單，也是女性的名字。喜代治說：

「這裡也白跑了。」

我嘆了口氣。剩下一家。黃昏即將到來，天色也變黑了。如果那裡也撲空的話，就得把網子擴大到鄰近的二十三區了。我可不想當苦力啊。

回到明治通，再開往北上。這時差不多是傍晚的下班尖峰時刻，每遇紅綠燈，DATSUN就被卡住，動彈不得，光是到三田線西巢鴨站的白山通路口，就花了將近三十分鐘。

車站周邊淨是密密麻麻的矮房和公寓。氣氛當場庶民化起來。在路口右轉，彎進左邊第一條小路——西巢鴨四丁目。烏龍麵店、披薩店、報紙小賣店。汽車和輕型機車停得滿路都是。前方不遠，有幾家老舊賓館，招牌亮著代表仍有空房的藍燈。老鐵樂不可支地說：

「可以去開房間的旅社。味道好香喔～」

老鐵的注意力似乎被寫著住宿計時金額的招牌給吸走了。而專注看著電線杆地址的喜代治說：

「四丁目二十號。應該就在附近吧。」

停好車，尋找名單上最後一個地址。走在狹窄的單行道上，一棟木造公寓這時出現在眼前，拉門式的玄關面對籬笆門張著大口。水泥漿塗牆已經滿是龜裂。入口處有發臭球鞋雜亂散置。玄關旁邊是幽暗的樓梯，往上延伸，消失在二樓的黑暗之中。外頭明明還很明亮，屋內卻已亮著一顆燈泡，整個氣氛顯得更加淒涼。泛黑的門牌寫著「第二高松莊」。似乎，這裡就是我們在找的地方。

「犯人就住在這裡。沒錯吧。」

喜代治信心滿滿地斷言。這是窮人相輕所致嗎？

「明天開始監視這裡。」

或許是收入差別造成的吧。我也贊成喜代治的意見。

「好了，今天到此為止。」

我對炯炯凝視著好像風吹會倒的木造建築的二人組說話。養老院的晚飯開得早，差不多也到了送喜代治和老鐵回「白茅之里」的時間了。

❦

我讓二人組在北池袋站前下車，將DATSUN停放在我家水果店後面的停車場，這時ＰＨＳ響了。我不管置貨的後車廂只有一半駛進停車格，還是接了電話。

「阿誠嗎？」

「嗯，什麼事？」

難得。崇仔打來的。

「你的獵物又現身了。」我拍了一下方向盤。

「就在三十分鐘前。地點是南大塚。據說是大塚站沿春日通的某條商店街的小巷裡。」

不愧是池袋在地人。G少年的消息真靈通。

「被害者呢？」

「快三十歲的女性。她也真倒楣。」

崇仔冷酷的聲音難得失去霸氣。

「怎麼了？」

「那女人懷孕了。被推倒時受到驚嚇，肚子還是哪裡好像受傷了。聽說立刻被送往醫院。」

「該死！」

三十分鐘前，正好是我們在西巢鴨的公寓附近閒晃的時候。只差那麼一步。道完謝後我掛斷電話，氣沖沖地將DATSUN擠進白線裡頭，坐在駕駛座前按下快速播號鍵。

聲音暫時中止，緊接著PHS那一方流洩出的是，真實到使人嫌惡的街頭嘈雜聲。某人的聲音很快就從一團雜音中突顯出來。

「喂喂……」

池袋警察署吉岡大剌剌的聲音。可能是我多心吧，他好像很緊張。

「是我，阿誠。」

吉岡先是咋舌，接著說：

「什麼事啊，我很忙吶。」

「聽說搶劫犯又做案了。可以告訴我情況嗎？」

「小鬼情報網給的消息嗎？比報社或電視台還快。你們一定又在玩官兵抓強盜的遊戲了。那你那裡又有什麼斬獲？」

情報只能以情報交換。透露一點讓吉岡知道應該沒關係。我下決定之後說道：

「嗯，是有鎖定幾個人。不過還不確定……」

我簡短說明有關「Silver Cross」手鐲的事。確定犯人戴著它。手鐲不是便宜貨，買得起的客人有限。位在豐島區東部的四個買主，已經去住處確認過。吉岡在電話那一頭，感覺正屏氣凝神傾聽。他語帶嚴肅地說：

「所以才叫你來當警察。你太適合了。可惜啊。」

「對了，反正你也在南大塚吧。這次的搶案有沒有什麼新發現？告訴我你那邊的情報。」

這回輪到吉岡猶豫了。他放棄般地低吼一聲：

「拿你沒辦法。不過，你要聽我一句勸。」

「好啦。」

「被害者是二十八歲的主婦。這次沒有損失金錢。這位太太好像很強悍。聽說她用力猛抓犯人搶走皮包的那隻手。指甲縫還留著男人的皮膚組織。據目擊者表示，安全帽下面的長髮是銀色的。」

「這麼說來，犯人的頭髮沒有改變，而且現在其中一隻手還受了傷。」

「對，沒錯。」

搶犯手邊的錢可能所剩不多。近期內應該會再有所行動。吉岡說：「我也會調查一下那只手鐲。不過……」

真是令人嚇一跳，吉岡的聲音突然變得非常柔和。

「……阿誠，你別太亂來。」

我害羞了。

「知道啦。你才是，壓力太大的話，最後的幾根頭髮也會掉光喔。」

我們對彼此的冷笑話一笑置之後，結束了通話。日本的警察約有二十二萬人。嗯，其中還是有意氣相投的傢伙。

那一天似乎沒再發生大事件，飛車搶案隨即登上當天晚間新聞的頭條。發生在豐島區的全國性頭條新聞。加上這次的受害者是懷孕八個月的孕婦，似乎也因此提高了不少新聞價值。

我一邊在水果店顧店，一邊盯著螢幕。女性播報員定定對著攝影機，冷靜讀稿：

主婦因為受到驚嚇，出現早產現象，但隨即被送往醫院，母子都沒有生命危險。警方在案發地點展開調查，目前正全力緝捕在逃嫌犯。

幸好嬰兒和母親都平安無事。不知歹徒現在是以何種心情看待這則新聞？是幸虧沒因為一點小錢害死一條小生命，拍拍胸、鬆了一口氣？或是漠不關心，早已鐵石心腸？

我不情願地推銷著水果，心裡還在意著喜代治和老鐵看到這則新聞的反應。找出犯人是我的任務，之後便隨二人組高興了。年逾七十的老翁口中說的「自由」，究竟是什麼？我真不懂。

隔天早上，春光明媚。走下樓梯，我家的店門前已被打掃得乾乾淨淨。真夠義氣。丟在門旁的牛皮紙信封映入眼簾。我撿起後，確認內容。在和紙便箋上頭，落下洋洋灑灑的端正鋼筆字。

真島誠先生，吾等先行至西巢鴨埋伏。稍後會合。K／T

要不是沉不住氣，就是太早起床沒事幹，喜代治和老鐵好像打算在清晨六點出門去監視。依做案時間來看，犯人根本沒有像樣的正當職業，但他們一大早就要出門跟監，辛苦了。不管老人家怎麼想，年輕小夥子不睡到中午是不會醒的。因為他們就是有長睡不醒的無窮精力啊！我照例去市場進貨。

從豐島青果市場回來，火速開店完畢時已經是十一點半。我丟下老媽一個人，奔上停在店門口的DATSUN。路上買了三人份的鮭魚便當和罐裝綠茶，在正午前從容不迫地抵達西巢鴨。

緩緩駛進四丁目的商店街後，在那棟木造公寓的巷子轉角發現喜代治。不知道他從哪兒找來一張折疊椅擱在路旁，就大剌剌坐在那裡，像在曬太陽取暖。比起監視行為，更像住在附近商家的老爺爺。我將DATSUN開到路旁，放下車窗。

「早安，情況如何？」

「年輕人不能太懶惰哦。還沒發現有嫌疑的男人出現。」

喜代治不慌不忙地說。感覺上甚至比初次見面的時候還要神采奕奕。我將鮭魚便當和綠茶拿給他。

「謝謝。多少錢？」

「不用了，又沒什麼。」

喜代治毅然說道：

「這可不行。已經讓你做白工了，不能連午飯都給你請。」

他將嘴巴抿成ㄟ字型。沒辦法，我只好從命。

「三百八十元。」

喜代治拿出錢包，給了我一堆十元和百元硬幣。零錢被喜代治的體溫弄得暖呼呼的。金錢這種東西，果然不是靠搶劫可以得來的。

將車子停在商店街前的停車格，把午飯送給坐在巷底的老鐵。老鐵也和喜代治一樣堅持付錢。那時代的日本人似乎從小便受嚴格教育，不能隨便受人餽贈。或者，他們和我一樣不想欠下人情，而有窮人特有的潔癖？

之後的兩小時，我坐守車中，兩人守在巷子兩端，持續監視。接近下午兩點的時候，坐在折疊椅上的喜代治高舉右腕。暗號。

我跳下車，快步走向喜代治。眼睛盯著單行道巷子。兩個臉蛋還很稚嫩的小鬼，有氣無力地朝我這邊走來。距離約有二十公尺。兩人年紀在十六、七歲上下。頭髮都很長，挑染成銀色。可能去過日曬沙龍吧，袒露的胸膛呈牛奶巧克力的褐色，同樣穿著麂皮襯衫。破爛的牛仔褲似乎是二手貨。穿著風格極度相似。我的視線停駐在個子較矮、左手還纏繞印花方巾的那一位。老鐵緩慢跟在後面。

不知道喜代治看到兩人有什麼想法。我光是目不轉睛地觀察這兩小子，就要頭昏眼花了，一會兒趕緊將視線瞥向對面的五金行。鋸子、板手、鉗子、金色的水壺。金屬表面沐浴在春季午后的和煦光線下，顯現出各式各樣的光澤。

喜代治從折疊椅站起，我來不及阻止，他已飛快走向小鬼們。我差點叫出聲，急忙追上去。雙方距離三公尺。兩個年輕人彷彿都沒將老年人放在眼裡。喜代治說：

「你就是矢口勝先生嗎？那隻手是怎麼回事？」

矢口勝是「Silver Cross」客戶名單上的其中一位。老鐵在小鬼身後，也將腰一沉，蹲好馬步備戰。不動如山的體態就好像是起重機的台座。小鬼的眼睛骨碌碌轉動著。好像發現到我了。

矢口用右手蓋住左手，企圖遮掩傷口。但我確實看見了。他手上的十字手鐲描繪出優美的曲線。霧面的銀十字綻放朦朧光線，黑漆將陽光吸至深處，從底部發出光芒。

❦

「說好的哦。你不可以出手。」

喜代治從背後出聲。小鬼們這時發現不太對勁，蹲低身子嚴陣以待。矢口右手摸索著後口袋，嘎啦嘎啦掏出鑰匙串。裡面混了一把小型瑞士軍用刀，兼具開瓶器、螺絲起子、鉗子的多功能刀具。他一邊發抖一邊打開小指長的刀刃。另一個小鬼則慌張掉頭。老鐵像是相撲場上的力士，張開手臂霸住窄巷。

「這個臭老頭是怎麼回事！」

眼前這兩個神祕老年人和流浪漢差不多，難怪矢口會覺得莫名其妙。他幾近失聲，哭了出來。喜代治面對刀子毫無懼色，只挺直了背脊，筆直往前，感覺是要上前和矢口打招呼。矢口因恐懼導致臉部抽搐，連眼皮都曬成烤肉色的黑臉現在已皺成一團；他用力閉上眼，右手一伸刺向喜代治腹部。紅色印花方巾前方，露出銀刀的光芒。

「喜代治，危險！」

我正要衝上去的時候，事情就發生了。

喜代治雙手箍住小鬼刺向他腹部的右手，將身體往左一偏，輕扭小鬼身體半圈。小鬼身體被提了起來，在半空中完美轉了一圈。矢口的足踝先跌到柏油路面。了不得的武藝。喜代治將小鬼往外扔出去，但手腕還是牢牢扣住小鬼沒有放開。矢口驚嚇到叫不出聲。

一切在瞬間結束。等另一個看呆的小鬼回神過來、不再發僵時，老鐵從後方擒拿住他的雙手。老鐵的絕活也是沒話說。他用頭抵住小鬼後背，一股勁兒地勒緊。老鐵互相交握的手掌浮起一條條青筋。沒多久，小鬼腰一軟，屁股啪地跌落路上。老鐵順勢坐在匍匐倒地的小鬼背上，用膝蓋將他的頭壓在地面。喜代治這時候說：

「如何，老鐵。剛才我的左腿是不是像扇子一樣，開出美麗的曲線啊？」

老鐵吐了口氣，搖搖頭。

「喜代治也老囉。驚險到連我都看不下去。唷，小哥，喜代治以前可厲害了。三兩下就可以把我扔出去。」

受不了。別說要上前幫忙，我連矢口怎麼摔倒的畫面都沒來得及看清楚呢。喜代治羞愧說道：

「真是的。要是年輕時候的我，這點小動作哪傷得了我。」

我看看喜代治磨損的皮衣前方，腹側開了一個楔型小洞。他也嘆嘆氣地笑了。

「沒有人是不會老的。」

我在一旁瞪大了眼，睇睨著二人組的舉動。喜代治和老鐵從小鬼懷中掏出錢包，扔給我。喜代治說：

「把駕照抽出來。」

我留下兩人的中型摩托車駕照，將錢包還給他們。一張是十六歲的矢口勝。另一張是十七歲的岸秀和。兩張照片上的臉都稚氣未脫，故意逞凶惡瞪著鏡頭。喜代治還在反折著小鬼手腕，扶他起身。矢口一臉嘔氣，好像在說「你只會這招嗎」。這個小鬼一點都不可愛。

「好了，走吧。」

我對邁開步子的喜代治說：

「要交給警方嗎？」

說到警方的時候，矢口背脊一涼。

「不，先到他們的藏身處。我想聽聽他們的說法。」

老鐵雙手揪住那個名叫岸的小鬼腰帶，鷂子翻身般的把小鬼扶站起來。

「跑也沒用。你們的證件，還押在這位小哥手裡。」

我撿起掉落在路旁的瑞士軍用刀，追上走向公寓的四人。

踩著嘎吱叫的樓梯爬上二樓，撥開拉門，是看不到榻榻米接縫的六個榻榻米大房間。裡頭比西一番街的路面還要髒亂。有吃剩的便當和零食，有裝著濃稠液體的寶特瓶，表面還漂浮著綠霉，想不踩著垃圾前進都不行。老鐵和喜代治讓他們坐下，自己也坐在對面。沒有地方可坐的我，打開蒙塵的玻璃窗，屁股倚靠在窗框上，深呼吸著外面的新鮮空氣。

「好了，說吧。」

矢口和岸的遭遇沒有半點稀奇，我身旁隨便一掃就有一大堆。兩人高中輟學後，遊手好閒，玩膩了就隨便找點事做。中輟生找不到輕鬆、錢多和帥氣的工作。廢話。兩人從沒有主動積極過。這些傢伙也是僅靠小腦存活的蜥蜴一族。

接下來的發展很單純。因為父母親太囉唆，索性離家出走，轉眼間零錢就見底了。付不出兩萬塊的房租，肚子也快餓死了，於是就有了第一次搶劫。因為很順利。之後養成了習慣。他們覺得對不起因而受傷的人。

一邊哭泣，一邊訴說著遭遇的矢口和岸，半點都不值得同情。我對這兩人愈來愈不耐煩。

「把他們交給警方，要不送到少年輔育院也好。他們只會在嘴巴上反省。要是放任不管，一定會再做案。因為他們根本沒有別的本事。」

瞇細了眼睛傾聽的喜代治，靜靜說道：

「可能吧。不過，要報警的話隨時都行。所以再給他們一次機會也無妨。你們兩個要好好感謝那個強壯的娃兒，不然落到警察手裡，可就沒那麼簡單了。」

老鐵對我露出金牙。

「小哥，照喜代治說的去做吧。太過急躁的話，小姐們是會跑掉的喔。」

喜代治對低著頭、一把鼻涕一把眼淚的小鬼說：

「對了，你們習慣早起嗎？」

我拿著駕照，離開了那裡。一直到春末，喜代治才在西口公園告訴我後續發展。

我向吉岡報告，最終還是沒有逮到犯人。初期原本很順利，可惜中途受阻。吉岡還反過來安慰我，光憑小鬼的通風報信也有吃虌的時候。不過能發現那只手鐲還是很了不起。要不要當警察啊？我道了謝，拒絕他。因為街頭比警察署好玩上千倍哩。

關於我家店前的清掃工作，二人組風雨無阻，扎扎實實做了三個月。並非所有的老人都這麼講義氣，不過我想喜代治和老鐵就是這樣性格的人。老媽從他們來的第二週起，就將賣剩的水果讓兩個人帶回去。

喜代治還強制兩個小搶犯做同樣的清掃工作。只不過清掃範圍不在我家前面，而是長谷部三沙男的工作室前、位於目白住宅區的那條路。這裡的清掃同樣風雨無阻，也沒聲明是這兩個小鬼做的。兩個年輕人只是埋著頭，一逕地打掃。

兩個月後，一個六月早晨，奇蹟出現了。據說長谷部三沙男本人穿著那條皮褲，從樓梯上走了下來。他叫住正在打掃的矢口和岸，直接將他們帶進事務所。長谷部當場決定試用兩人。簡直有如童話般的故事嘛～

我問著坐在長椅旁的喜代治：

「一開始，你就打算將兩個小鬼送進『Silver Cross』嗎？」

喜代治臉上的皺紋往中央聚集。分不清在笑或是裝酷。老人的臉真是非常複雜。

「也不能那麼說。我認識的有錢人，就只有那個叫長谷部的男人，這麼不景氣居然還能開新店。既然如此，想必會人手不足，或許值得一試。縱使失敗，每天早起打掃街道，對那些孩子來說，也是不錯的訓練。」

老鐵推著滿智子的輪椅，在圓形廣場對面的圓弧區散步。山毛櫸的葉片為迎接即將到來的夏天，比早春時更添了幾分厚度。颯爽的葉片摩擦聲，像沐浴時的水花般沙沙落下。陽光照射在西口公園，讓人聯想到梅雨和晴天交替出現的初夏。老鐵回到我們那張長椅上，說：

「最近的小姐太厲害了。內褲給人看到也無所謂。連我看到都害羞囉。」

滿智子似乎不太介意老鐵的黃色笑話，臉上浮現高雅的微笑。大概是太久沒有外出，心裡高興吧。

「可惜啊。那不是內褲。是被看到也沒關係、一種叫做安全褲的東西。」

聽到我的說明，老鐵猛搖頭表示反對，嘴上金牙依舊閃閃發光。

「小哥太嫩啦。要相信那是內褲，看去它就是內褲。這樣活著才有樂趣呀！」

女人的內褲也好，人類也罷，偶爾要試著去相信嘛。喜代治不理會老鐵。

「不過，這麼做很可能也無法改變什麼。那些孩子將來會發生什麼事，誰也無法預料。我們做的究竟是對是錯，可能到死都不會知道吧。」

遊民睡在紙箱裡，人群就從一旁快速通過。我眺望著這幅畫面。春天的遊民，看上去比上班族還幸福。突然間，我想起《十架七言》第一節詠嘆調的標題。那句話或許不是針對小搶犯，而是在說喜代治、老鐵，當然也包括我在內。

父啊！赦免他們，因為他們所做的，他們不曉得。

一點也沒錯。我們無法隨時得知自己做了什麼。然而儘管如此，那年春天我還是能確定一件事。我敢確定。

沒錢沒關係，愛說黃色笑話也無所謂。在那個奇異春季的一週裡，我交到兩個加起來超過一百四十歲的死黨。從單單一季來看，這個成果算是相當豐碩吧？剩下的事情只要交給池袋上空的某人，那樣就行了。

池袋ウエスト
ゲート
パーク

水中之眼

你曾在水中睜大眼睛，仰望這個世界嗎？

越過搖晃的透明液體螢幕，呈現在眼前的是光彩奪目的天空，或是扭曲的景色。我說的可不是小笠原或馬爾地夫那種全版都是藍色的旅遊簡介所指的地方。而是遊樂園或學校裡頭，隨處可見的二十五公尺游泳池。

踩著斑駁的水泥池底，屏住呼吸，向上注視水平面。八月陽光在水面反射出粼粼光芒。光束在小小的浪頭上散開，然後重新聚合。某個朋友的手腳宛若一面扇子，灑下無數的空氣粒子。待在水中不但能消解暑假的熱氣，也聞不到消毒水的臭味。說不定對那世界而言，我們生存的這世界看上去也是相同的景象。非常美麗，充滿著光線，萬物都有點扭曲、令人魅惑的世界。

生與死的分界，介乎薄薄的一線水面。那是一面水鏡。將手浸入波紋起伏的鏡面，我們死去。流著水滴將手探出，我們復活。那個夏日午后，就這樣不斷重複著這遊戲。

不單是小時候。我也在今年夏季，從水中仰望這個世界。看到的是池袋沒有星星的夜空。當時，我稍微聯想到自身的死。

然後，我看到了水中之眼。像海藻般搖動的眼瞳映出了絕望。我到死都忘不了那眼睛。他再也無法從鏡面下浮出來了。

透過浮晃的螢幕，他最後看到的景象，無疑就是我。我們凝視著彼此，而他漸漸向下沉沒。我的表情經過水面折射，不曉得在他眼中會變成什麼模樣。憤怒、憐憫、恐懼……或是，愛。

或許下次可以潛到池底，問問他的感受。

儘管不知道答案，但是我很清楚他會用什麼態度回答我。他比任何人都了解自己的魅力。他大概會害羞地笑一笑，微低著頭，然後用甜甜的聲音輕道：

「吶、吶，阿誠……」

不能聽到那個聲音，至今仍覺得遺憾。

⚜

那年八月，我第一次動起寫長篇的念頭。從我的實力來看，好比穿著夏威夷衫和涼鞋，不靠氧氣筒就想攀登喜馬拉雅山。有勇無謀至極。我在街頭流行雜誌連載的專欄是八張稿紙。那長度剛好夠你隨意看起，然後走進雜物四散、有點危險的小房間時，正好看完並且忘得一乾二淨，但是我卻漸漸無法滿足於那樣的長度。對高工畢業後才對閱讀產生興趣的晚熟文字工作者而言，可能是個奢望吧。

然而想寫長篇，又該寫些什麼才好，卻是毫無頭緒。我大概寫不出波瀾壯闊的故事。之前的題材全來自池袋街頭，不是邂逅便是衝突。新鮮歸新鮮，不過題材卻是千篇一律。不像腔棘魚❶的沙西米，一端上桌全世界便為之驚豔。於是我想到了。既然寫不出大家都不知道的事情，那就來寫大家都知道的事情吧。

它必須發生在池袋街頭，和我這樣的小鬼也有關聯，而且是全國知名的事件。只要好好調查，我應該能寫出自己的文章。完全符合這些條件的故事，我只能想到那一件。發生在我居住的西池袋隔壁，三年前的某事件。

地點在東京都豐島區千早。光憑這點想必便能喚起很多人的記憶。

沒錯，就是悲慘的「千早女高中生監禁事件」。我輕率地認為自己對於這案件必會有所作為。主犯少年A和從犯少年B、C恰巧和我同年。而嘍囉D、E年紀比我還小。唔，應該會有搞頭吧。

那是錯誤的開始——以為只要知道年紀便能透視某人的想法。這真是蠢之又蠢。笨到家的年齡歧視。同世代也好，年輕人也罷，其實每個人都是一個謎，相當於穿著衣服走路的等身大問號。

吶，就連你，也未必能明白自己的每一處吧。

事件是當時十七歲的都立高中二年級學生牧野亞希，在打完工的回家路上失蹤了。我看過亞希穿著制服的照片。注視夏日晴空片刻後，閉上眼睛，彷彿連眼瞼內側都染成一片藍色，就是那樣一個深具透明感的漂亮女孩。或許是知道發生在那張笑臉的不幸遭遇，才更覺得痛心吧。

那天是七月最後一個禮拜六，天氣晴，據說亞希在綠色大道某家咖啡廳領了不滿四萬的當月工資。她的雙親因女兒到隔天深夜仍未返家，所以向池袋警察署提報失蹤人口。有點閒錢的小女生，經常在暑假前夕離家出走，因此少年課僅按規定辦理手續，並未特別展開搜查。全都是暑假的錯：只要和男朋友吵架，或者錢用完了，女兒就會乖乖回家。

然而一個禮拜過去了，亞希仍舊不見蹤影。克勤克儉的雙親非常擔心，然而不管如何等待，警方還

❶ coelacanth，一九三八年才首次被發現的魚類活化石。

是沒有消息。校方也大致調查過交友關係和男朋友，結果還是無疾而終。再這樣下去，亞希將在池袋叢林消失，成為當年不知道是第幾個的未成年失蹤少女。現在早已不流行搞失蹤，不過實際消失的人口卻是有增無減。

案情急轉直下，是在兩週後的禮拜六。山手通的某輛計程車，撞到從巷子裡衝出來的女孩子。時速是略微超過規定的五十公里。據說那女孩骨瘦如柴，幾乎全裸的身體只罩了一件破爛T恤。被救護車送至敬愛醫院後，女孩以蚊蚋般的氣息報出自己的名字和雙親的聯絡方式。

一見到女孩異狀的醫生向警方通報，事件才被公開。牧野亞希全身都是傷痕，在接到警方電話的雙親趕赴醫院前亞希便已斷氣。最後的遺言是「對不起，請給我吃點東西」。頭蓋骨都破碎了，而肚子還是餓得難以忍受。

池袋警察署懷疑死因並非只是交通事故造成的頭部挫傷，遂將牧野亞希的遺體送去司法解剖。以下是法醫的證詞。

被害者在解剖當時，體重僅三十九公斤。四月份在都立高中測量的體重為四十七公斤，由此推斷她在失蹤的兩週內，體重減少了近兩成。通常同齡女孩的皮下脂肪厚度是一點五至兩公分，而被害者只有一公分，可見她有嚴重的營養失調，但這也有可能是重度運動障礙所導致。由遺體的狀況不易判斷其過去兩週的進食狀況，不過監禁她的少年，應該幾乎沒有給她東西吃。

另外，除了身體右側的傷口來自交通事故，遺體全身都散布毆打所導致的浮腫。這部分引起的外傷性休克，便足有致死的危險。陰道和肛門有多數裂傷。兩邊乳房和外性器有深及真皮層的燙傷。陰毛前梢因被加熱過而呈捲曲狀。如供詞所言，少年們若感到無聊，便會點火焚燒被害者的下體。

由我來寫的話，一句話就結束了。「凌虐致死」。

警方根據目擊者的證言，當天便查出那女孩是赤腳從哪一棟房子逃出的——千早一丁目，二十年前分售出的某住宅區一角。那房子陰沉沉地矗立於僅容一輛汽車通過的巷子底。外牆的石灰已經變成土黃色，小小的兩層樓建築。

二樓，六個榻榻米大的房間是小鬼們的活動場所，而四個半榻榻米的房間則是監禁牧野亞希的地方。每當我調查此事件，一想到三年前在房間裡那兩週所發生的事，心情總會變得很差。理由很簡單。因為這明明是慘絕人寰的事件，我卻輕易就能想像發生的一切。那些小鬼是畜生，和自己完全不同種類的生物。我實在無法繼續像這樣子置身事外。

二樓的黑暗，存在每個人的心中。

今年七月，正當我有一搭沒一搭地調查「千早女高中生監禁事件」時，池袋街頭一如往常發生了麻煩事。不過，別說全國皆知，那是連地方警察署也被瞞在鼓裡，屬於傳說中、事件外的事件。

對了，你聽過「成人派對」嗎？

失禮，下面的內容頗低級。好孩子請跳過不要看。

「成人派對」是真槍實彈做到本壘的色情業。當然是違法的，也沒有向警察署或衛生局提出申請。儘管散布東京各處，不過最大宗的還是在包含巢鴨、大塚、池袋的豐島區一帶。雖不清楚實際上有幾家，不過光是隨便掃過晚報，這地區少說也有二十家以上吧。

體制很簡單（為什麼特種行業特別喜歡用這個詞呢）。你看著休閒版像是孑孓般游動的小廣告，打了一通電話。上面大概寫著「池袋成人派對新開幕！小姐全是二十幾歲的妙齡少女！」

店內的接線生會像播放錄音帶般描述如何從最近的車站抵達目的地。你從車站走了五、六分鐘，站在一棟不新不舊、不算高級也不低俗的中型公寓前方。因為事先知道房間號碼，儘管別有用心還是得佯裝出一副平靜神色，搭乘電梯直達舉辦派對的房間。

按下門鈴，負責應門的男人或女人會從門上小孔確認你是不是便衣刑警，再將門打開。先在玄關付費，而價格依次數和時間而異。付費後立刻被請去淋浴，換上賓館那種愚蠢的睡袍。

儘管腋下還是濕的，你照舊移師到客廳。歡迎來到「成人派對」。連桌子都稱不上的矮茶几上頭，擺放著乾果和幾樣單點小菜，旁邊圍坐著幾名男女。很像混浴三溫暖的等候室。大致觀察一遍，有二十幾歲、也有三十幾歲的女人（如果是熟女專賣店的話，也有六十幾歲的，有時也有七十幾歲的）。

你啜飲一口摻水威士忌或烏龍茶，對快三十歲、穿著運動衫的女人（已經超越豐滿程度的微胖女人，看起來呆呆的）使了個眼色。女人點點頭，起身。你和女人一起站在通往寢室的房門前。隔著廉價公寓單薄的門扉，裡頭傳出了男人和女人的呻吟。不是成人錄影帶而是活色生香的聲音。寢室裡面用來間隔的紗簾就像是蜉蝣的翅膀，裡頭應該鋪著幾床棉被。

至於在寢室裡要做些什麼，請自行想像。

因為「成人派對」完全不合法，若非幫派的直營店，那麼一定得向某個組織繳交保護費。因為在這裡就算和客人發生爭執，也無法報警。

男性們通常都會抵達本壘。女性們就算沒和素昧平生的客人單獨到密室開房間，還是可以賺錢。經營者當然賺翻了，而且幾乎不會有客人在這種地方鬧事，黑道也樂得輕鬆。仔細想想，真是一個方便的體制！不過，今年夏天，池袋出現了直搗盲點的傢伙。

搶走被禁行業本不該有的營收的四人組。

派對終結者。

♨

七月二十一日，禮拜五傍晚，明天起便進入暑假。我在顧店的時候PHS響了，從牛仔褲的後口袋掏出電話，湊到耳朵。

「阿誠嗎，我猴子。你現在在幹嘛？」

齊藤富士男的綽號是猴子。他以前是個飽受欺凌的矮冬瓜，也是我的國中同學。目前是羽澤組的年輕新星。

「看街。」

我站在我家水果店裡面，望著經過西一番街上的行人。這時間沒什麼醉客，生意一向清淡。

「是嗎。今晚可以碰個面嗎？」

聲音聽起來很認真。猴子難得會這樣。

「可以。」

「已是一年前的事了，你還記得和我們老大見面的那家店嗎？」

記得，我說。建在南池袋本立寺旁、高級俱樂部林立的大樓。當然，在那之後我一次也沒去過。

「晚上十點時來一趟。你的死黨安藤和我們老大也會在場，記得準時。」

既然崇仔也會露臉，應該和G少年有關吧。正想問是什麼事，電話就切斷了。真是急躁的猴子。

我立刻撥打ＰＨＳ給崇仔。代接的不是以前那一個，聽到我的聲音也沒多問便轉給崇仔。

「崇仔那裡到底有幾個人負責接電話？」

池袋的街頭霸王——安藤崇，用鼻子哼笑後回答道：

「大概比你交往過的女人還多吧。」

那是你不明白我有多受歡迎。膚淺的國王。

「對了，羽澤組今晚找我們有什麼事？」

我聽見崇仔短笑了幾聲。

「和你我一點關係都沒有。聽過派對終結者的傳言吧？」

「嗯。」

只要能耐得住性子天天到池袋街頭報到，就算不願意也都會把街頭巷尾的傳說摸得一清二楚。連黑道都不放在眼裡的派對終結者，目前在小鬼間正以現在進行式形成傳說。崇仔盈滿笑意的聲音說道：

「昨天夜裡，發生了第四次襲擊。是北大塚的派對。那裡是關西派的地盤。這樣一來，羽澤組、豐島開發和關西派，池袋三大勢力旗下的店都受到襲擊，錢也被搶走了。他們一定覺得顏面掃地吧。」

崇仔的聲音似乎很愉快。

「這和G少年沒關係吧？」

「嗯。如果有人做出那種事，一定會有風吹草動。我這邊的人馬是乾淨的。儘管我們和那些幫派都在同一條街討生活，但是地盤不一樣。」

實際上確是如此。池袋的灰色地帶和全黑地帶一樣廣大。彼此不會故意找碴，許多組織一起共存，當真忍不住的話，也有好幾處隱蔽的場所。

「我明白了。他們拚了命也想把派對終結者揪出來。不過心有餘力不足，所以才想將網子撒向小鬼們的世界。」

「嗯，對G少年而言，純粹是生意上的往來。集合前十五分鐘，我會派車過去。你就搭便車吧。」

「謝啦。晚上見。」

晚上九點四十五分，我結束一天的顧店工作，在膝蓋破洞的牛仔褲和汗濕的T恤外罩上一件尼龍連帽外套，鑽進G少年的車子。全新的米黃色馬自達MPV。明明只是小鬼，為什麼總是這麼有錢？哪像我的錢包老是空空如也。

小貨車在東口的綠色大道右轉時，瞬間我瞥見了牧野亞希打工的那家咖啡廳。客人不知為何全是女性。車子在本立寺的盡頭停下，我道了謝，打開車門。儘管正值盛夏，G少年司機照舊戴著紅黃綠三色針織帽，從後照鏡看到我之後，沒有微笑只是點頭致意。

我下車後站在街頭，抬頭仰望那棟水泥斑駁的大樓。手腕上的卡西歐指著九點五十五分。應該沒遲到。搭乘貼滿鏡子的電梯，四個角落的小型水晶燈和一年前一樣搖晃著，沾了薄薄一層灰的玻璃淚珠各有一百滴。

電梯門打開，狹窄的空間裡擠滿了道上兄弟。每一個都來勢洶洶，誰也不讓誰地互瞪著彼此。很像忘記餵食的鯊魚池。我站在門前，其中一尾立刻問道：

「什麼人？」

「真島誠。我和羽澤辰樹先生有約。」

我沒看鯊魚男的眼睛。因為好像會傳染到他的低能。

「進去吧。」

他用尖尖的下巴一撇，對我興趣盡失，游回同類相斥的鯊魚池去了。我扭開中央反射著鈍光的黃銅門把，走進店內。這裡也和一年前一模一樣。暗紅色的地毯上，點點散置的紅色圓沙發像是孤島般，彼此隔著一段距離。入口處附近有三組人馬。左邊吧台的兩端，以及右邊的包廂。四、五人的小團體拉開一段距離，彼此牽制著。他們是較為資深的鯊魚師兄。我踩著柔軟的地毯朝店內走去，人口密度一下子驟減。

兩張排在一起的圓形沙發，一邊是挺直背脊的崇仔，另一邊是三巨頭。埋進天花板的壁燈筆直向下照射，在每人臉部形成彷彿雕鑿出來的陰影。三巨頭。關東贊和會羽澤組組長羽澤辰樹的鷲鷹臉，豐島開發社長多田三毅夫高傲的小頭小臉，以及另一個沒見過、鼻子又大又圓、目光炯炯的男人。大概是關西派的某號人物吧。

我走進光圈之中，羽澤辰樹的嘴唇大約揚起五度，朝我說：

「聽說你幫了喜代治一個大忙。」

我點頭。多田三毅夫也不遑多讓地說：

「我也聽說了我兒子的事。我欠你一個人情。」

大目男更是瞪大眼珠向上望著我。什麼來頭啊，這小子。他一雙眼珠子真的接近正圓形耶。你當自己是西川潔❷啊。羽澤辰樹以乾枯的聲音說：

「真島誠先生是池袋的名人。這一位是聖玉社的里見裕造先生。」

大目男一語不發，對我點點頭。我在崇仔身邊坐下。多田三毅夫清咳一聲，然後開口說道：

「大家應該都很忙，還是快點進入主題吧。我想在座各位，都聽說過派對終結者的事情。我們無論如何也要挫挫他們的銳氣。他們必須付出代價。」

三巨頭臉上的表情驟失。四周的空氣比西伯利亞更寒冷。敢在太歲頭上動土的傢伙，究竟長得什麼樣子？

Party Crusher，的確有形成傳說的本事。

❧

「這件事不能交給警方處理。因為根本見不得光。所以，我們才想藉助真島先生和安藤先生的力量。」

負責發言的似乎是多田。羽澤和里見還是沉默不語，偶爾會附和地點點頭。我說：

「我無所謂，不過為什麼會找上我們？」

「派對的門房看到終結者的臉了。聽說又是年輕小夥子。說是小鬼也不為過。那個不是歸你們管的嗎？」

非法的色情業連小鬼顧客也照收不誤嗎？崇仔看看我，以他那不遜於多田的冰冷聲音，開口說道：

「G少年的報酬呢？」

巨頭們交換目光。

「三百如何？」

崇仔點點頭。他原本就是不怎麼愛錢的人。三百萬的報酬，加上賣給池袋黑社會三巨頭的人情，應該是樁不錯的買賣。然而不管再怎麼划算，都與我無關。

「等一下。我既不是G少年的成員，也和那筆報酬無關。這一點得先講清楚。」

多田浮現不可思議的神情。

「你想要其他的報酬嗎？」

「不。我不要錢。相對地，我希望能自由行動。你們組織或G少年都不要跟著我，我有自己的做法。」

令人背脊發毛的視線一舉朝我集中。了不起的威嚇。我覺得自己像是抱著肥肉，一頭栽進有三尾鯊魚的池子裡。崇仔幫忙說話。

「阿誠雖然孤僻，但他是G少年的軍師。這小子退出的話，剛剛的交易就當沒提吧。你們應該也很

❷西川潔：吉本興業的藝人，日本有名的相聲大師，當過三屆的參議員。

清楚，這傢伙踏過街頭每一吋土地，自然有他獨特的嗅覺。」

崇仔邊說邊神情愉快地瞄著我。羽澤辰樹動動他的鷹勾鼻，以眼神徵求多田和里見的意見。他不再繃著一張臉，調解道：

「如何？要不要相信這個年輕人的能力？」

多田也點頭同意。輪廓和銅像一樣氣派的里見，第一次張開他的厚唇。乾澀的暗紅色黏膜像是被遺忘在冰箱深處的鱈魚子。

「既然二位這麼說，那就這麼辦吧。只不過，派對終結者的手段異常殘暴。對方一定是團體行動。為了不讓真島先生遇險，我想派一個保鑣跟著，沒問題吧？」

里見如此說道，一雙圓眼珠沒離開過我。視線漸漸加壓。敢說些五四三的話，老子就捏死你！不要命啦，這個臭小子！

「我都可以。」

不過是區區一個保鑣，我隨時都可以在池袋街頭把他甩掉。對付我這種小鬼，我想也不會派出太像樣的貨色。

「那麼，事情就說到這裡。拜託你們了。我們接下來還有別的事。」

多田精簡地說，看看我和崇仔，又看看店的出口。洗鍊的暗號在說，你們可以從尊貴的龍椅前退下了。我輕輕致意，從席間起身。崇仔也不慌不忙地跟上來。我們好比駛離斷崖的郵輪，一邊甩開道上兄弟那道好像牽出一條絲的視線，一邊慢慢離開了俱樂部。

恐怖啊。我絕對當不了水族館的餵食員。

走出電梯，便看見賣春大樓前停了一輛四輪驅動的賓士車。一走近，另一個和先前不同的G少年司機立刻走下駕駛座，為我們打開車門。

「上車吧，我也有事和你說。」

崇仔在俱樂部時聲音還像液態氧一樣冰冷，此時卻散發著微妙的熱度。不太吉利。我們一坐進後座，賓士車立刻像滑行般開動。本立寺境內七月的樹林，透過一塵不染的玻璃車窗搖晃著。夏夜鮮明的綠意始終停留在眼底。

「那是前天的事。阿誠應該也知道Killers這個小組吧？」

殺手動物園嗎？很像是G少年的小組名稱。去年春天的絞殺魔騷動，發現那個不知道哪裡秀逗去的麻醉醫生的，我記得就是Killers的成員。

「說下去。」

「Killers是池袋G少年中屈指可數的格鬥派。他們被暗算了。」

根據崇仔的說法，Killers的本田S-MX停在WAVE店前面不遠的明治通時，突然有人手持鐵棒展開突襲。禮拜三傍晚的尖峰時刻，就在眾目睽睽之下，坐在S-MX的五名成員被拖出座位，在路上遭到一頓痛扁。車子被拿來當成沙袋練拳，斑馬紋的車身像是高爾夫球般，布滿一個又一個的凹陷。

「在絞殺魔事件立下功勞的小子呢？」

「義和嗎？兩邊鎖骨碎裂，住院了。聽說襲擊他的傢伙是四人組，全戴著黑色套頭帽。」

「原來如此。」

賓士車在雜司谷墓園周圍緩緩繞著圈子。崇仔用鼻子哼笑：

「什麼原來如此啊。你還沒到之前，我從多田老爹那兒聽到了一點派對終結者的事情。偷襲他們那些應召站的，據說也是戴著黑色套頭帽的四人組。」

我陷入沉默。看似冰涼的墓碑頂端，偶爾會從墓園的水泥圍牆裡探出頭來。

「敢擋黑道的財路、大白天襲擊G少年的小組，像這種不要命的四人組，要不了多久就會在池袋滿街亂跑了吧？每個地方的小鬼都流行戴黑色套頭帽。要追殺派對終結者的人，不單是只有黑道而已。他們也是G少年的敵人。」

崇仔壓低音量。

「你的確不是G少年的成員。沒有人可以勉強你。所以，這次我想以朋友的身分拜託你，不是隨便敷衍黑道大哥們交代的差事，我希望你能認真處理派對終結者這件事。」

我訝異地望著崇仔，他的視線依然停在窗外。G少年的國王居然會拜託別人。太陽打從西邊出來了。不只是我，司機也倒抽一口氣，從露出駕駛座的肩線就能看出來。我好不容易才說：

「沒問題。我會全力以赴。可是，我也有件事要問你。萬一G少年抓到派對終結者，你打算怎麼做？」

正面向著我的崇仔，臉上慢慢回復淺淺的笑。

「當然是好好教訓一頓了。可是吶，阿誠，組織那邊的人可沒那麼善良。如果讓他們搶先一步逮到派對終結者，某座山裡大概會多出四個沒有碑的墳墓。你這個和平主義者，應該無法忍受那種畫面吧。

雖然我是無所謂啦。」

崇仔說，用下巴指指墓園那頭，朝我微微一笑。會讓池袋美眉們瘋狂尖叫的甜蜜笑容。我順著他的視線望過去。的確不見墓碑。從賓士車的右手邊延伸出去的土牆，不論過了多長的距離都仍是一片灰色。

連派對終結者自己都不在乎、要豁出去的性命，為何非得要我費盡辛苦來守護不可？我甚至不知道對方的來歷。在賓士這觸感細滑和冷氣充分發揮效用的安靜車廂內，我逐漸覺得火大。

「我要在西口公園下車。」

我忿忿不平地說。崇仔回道：

「別在意。天真可是阿誠的優點哦。」

就算那麼說，我還是一點都開心不起來。

在西口公園的長椅坐了一會兒，讓自己的腦袋冷靜下來，反正回到房間裡，還不是一樣睡不著。夜間十一點的圓形廣場，可能是暑假將屆的緣故吧，盛裝打扮的男男女女如飛蛾般嗡嗡嗡地滿場飛。唔，他們和真正的蛾不同啦，只能避開路燈四處徘徊。我吸著夜街的空氣，對眼前愚蠢的夏日光景敞開心胸。對在這條街長大的我而言，這是最有效的放鬆方式。在大自然之中，天大的壓力對我也撐不過一個小時的。

十一點半，拍拍屁股準備回家，後口袋的ＰＨＳ響了起來。

「喂，我是真島。」

少年以怯生生的聲音回答道：

「那個，白天的時候……語音信箱的留言……那個，我聽到了。」

那天下午，我試圖聯絡受到「千早女高中監禁事件」主犯A的威脅、因而加入他們的少年E。E的名字是牧野溫。驚人的是，他是被害者牧野亞希的親弟弟，小她三歲。調查報告寫著小溫飽受A的拳腳相向，還得幫他跑腿辦事。你姊姊是個好女人，把她叫過來。無法再多忍受一個小時拳打腳踢的弟弟，將姊姊喚進四個半榻榻米那個地獄房間裡。軟弱，悲哀的十四歲。犯人中唯獨小溫被判決保護管束的處分，沒有被送到少年輔育院。

「哪裡，抱歉突然打電話給你。我算是半職業的雜誌專欄作者吧，我叫真島誠。」

我聽見小溫紊亂的呼吸。就像颱風。

「是，那個，我知道阿誠的事……我看過*Str-Be*的專欄，也在G少年的集會看到你……那個，我很敬佩阿誠，那個……」

語尾被風聲切斷，消失了。我和崇仔不同，好像男性粉絲比較多。

「謝謝，我打算寫一本書，正在調查監禁事件的關係人。或許會讓你想起不愉快的過去，不知道你願不願意幫忙？」

「是、是的……那個，如果你不嫌棄的話，我很樂意……」

約好隔天下午在西口公園碰面，掛斷PHS。派對終結者和監禁事件，同時追查兩者似乎有點吃力。不知何故在這種手忙腳亂的時候，工作進展總是特別順利。

卡在一起的截稿日啦、年終總結啦。我真是天生勞碌命。

隔天早上我從市場回家，把裝著西瓜的紙箱從DATSUN搬下來時，看到一個不認識的中年男子靠在店前的欄杆。等我將合計四百公斤的二十個貨箱運到店內，正想歇一口氣的時候，那男人走了過來。

「你就是真島誠先生吧。」

我一邊拭汗一邊點頭。對方的身高和我差不多，凸出的肚子像是吞進一整顆ＸＬ尺寸的西瓜，POLO衫底下的肩膀和胸膛就像穿上鎧甲似的圓滾而厚實。敞開第一顆釦子的胸口，垂掛著一條和胸毛纏在一起的刺眼金鍊子。額頭的髮際線向後倒退，臉上出現為難的神情。畏畏縮縮的卜派。

「你叫什麼名字？」

中年男子似乎更困惑了。視線越過我，東張西望注意著西一番街的動靜。似乎在找什麼。男人以連聲帶都堆滿脂肪的渾厚聲音說道：

「皆川。聖玉社的里見先生派我來的。大家都叫我肉販。隨你愛叫哪一個。從今天開始我會和你一起行動。」

皆川書店是我家斜對面的色情書刊兼成人錄影帶商店。路旁有塊很大的招牌。他好像不想報上自己的本名。但我決定不去戳中年男子的痛處。

「我懂了。所以你是來當我的保鑣的。你也是組裡的人嗎？」

皆川搖搖頭。汗珠從鬢角低落。

「不。我和聖玉社沒關係。」

自由接案的保鑣，這行業在日本有可能成立嗎？我能想到的只有受組織所聘的圍事者。我回家開店。

皆川好像對空等一事相當習慣。他坐在欄杆上，什麼也不做的就只是待著。二十分鐘後，我對皆川說：

「走吧。今天的預定行程是到西口公園和人碰面，然後要去第一家被搶的成人派對打聽。」

抵達西口公園之前，皆川一直寸步不離跟在我的左後方。肩膀痠痛的一段散步。

我環顧圓形廣場一帶的長椅。有個小鬼混在外出午休的上班族和ＯＬ之中，孤伶伶地坐在那裡。身上穿著鬆垮的橫紋長袖Ｔ恤和橄欖綠的棉長褲。我一眼就認出他是牧野溫。因為他和照片裡的亞希長得一模一樣。

可能是自己沒被如此稱讚過吧，我非常討厭美少年之類的形容詞，不過小溫卻是個不折不扣的美少年。我一走近，他立刻彈起來似的從長椅上站起來，朝我低下頭。鍊子發出鏘啦鏘啦的聲音。小溫的腰際掛著一個鎖鍊，裡面吊著鑰匙圈、行動電話、兔尾巴之類不值錢的小玩意。鍊子前端垂落至膝蓋，附著一個Ｔ形墜飾。

近距離看到那張臉後，我不禁暗暗吃驚。圓滾滾的眼珠、雙眼皮分明的大眼睛、秀挺的鼻梁、瘦削的雙頰，以及雅緻的尖下巴。自然捲的黑髮隨風飄動，披散在乾淨頸子上。和男女無關，那是我有生以來第一次看到每個部位皆如此完美無瑕的五官。然而小溫漂亮的外表下，似乎隱藏著幾分不自在。他和通話時一樣，膽戰心驚地說：

「那個，你好，初次見面，阿誠……那個，那個，那個人是？」他盡量不讓視線和站在我身後的皆川相對。

「啊啊，別管他。不過好像不太可能，皆川先生，他和派對終結者沒有關係。我要和他聊一下，能不能請你到旁邊的椅子上等？」

皆川半瞇著眼，動也不動地盯著我和小溫，依言離開了。他在宛若油田輸油管的不鏽鋼長椅坐下。我從連帽外套的前口袋拿出筆記本和Sliver Cross原子筆。

「你和成瀨彰是怎麼認識的？」

成瀨彰是監禁事件的主犯，也就是少年A的名字。一聽到那名字，小溫果然立刻打起哆嗦。就像放在掌心上一隻怯生生的小狗。

小溫開始支吾訴說他的遭遇。「那個、那個；還有、還有」之類的贅詞已被我刪除，請自個兒酌量加入閱讀吧。

「我和彰是在同一個地方長大的，不知不覺就玩在一塊了。他從小是孩子王，脾氣非常火爆。八歲時曾在玩沙場和別人搶玩具，用金屬球棒毆打一個年紀比他大的男生。鮮血像噴水池那樣咻——地噴出來，那孩子被救護車載走了。玩沙場變成一片漆黑。」

我挑出重點簡單記錄在筆記本上頭，並適時地回答幾句。盛夏的陽光落在石板上，聳立在廣場對面的大樓因熱氣而搖晃著。

「小時候啊，如果電玩或漫畫裡面有人死掉了，我們都會覺得很帥。在我們夥伴之間，漸漸認為做壞事或殘酷的事，是非常酷的行為。」

小溫說道，視線飄向遠方。彷彿看見了某個遙遠、有別於現世的另一個世界。那睫毛好像能放上十根火柴棒。

「開槍射人很帥。就連那把槍，也是愈大愈好。用刀子刺傷別人，用炸彈把手腳炸斷，都會令我們興奮莫名。一般而言，到了小學高年級以後，便會覺得那樣子很幼稚，可是彰他們不一樣。」

我完全能體會小鬼們的心情。作惡、裝酷、使悍。看看席捲全球的美國電影就知道，因為槍砲彈藥受到了管制，好萊塢才能賺到那麼多外幣。

「彰經常掛在嘴上說，我們來幹盡所有的壞事吧。嗑藥、偷東西、海扁人，不管男生女生統統殺光。我們要幹盡壞事，出名，這樣就會比任何人都酷。」

那件悲慘的監禁事件便起自兒時玩伴的憧憬嗎？無可救藥的故事。整整兩個禮拜，不給十七歲的女高中生任何東西吃，不斷地輪姦和毆打她。僅僅是因為這樣很酷？

亞希死於交通事故，小鬼們可說非常幸運。因為致命關鍵在於計程車，所以就連主犯成瀨彰也只被判未成年搶劫、非法監禁和傷害等罪名，送進少年輔育院關個三年就算了事。我從筆記本揚起視線。

「彰他們對亞希，那個，對她施暴的時候，你在做什麼？」

小溫初次抬起低垂的眼睛，筆直凝視著我。他似乎有些生氣，以低低的聲音說：

「我在隔壁房間啦。我躲在角落摀住耳朵，緊閉眼睛，啊——啊——地叫個不停。我沒有勇氣阻止他們。光是趁他們不注意偷拿一杯水給我姊姊喝，就已經很吃力了。」

不過，被監禁的人可是親姊姊。這樣還能說自己無能為力嗎？小溫再度垂下眼簾。豐滿的紅唇像是正在顫抖。

「彰在升上國中後，開始逼我用嘴巴服侍他。我在國小五年級那年，生平第一次喝下男人的精液。那兩個禮拜也一樣，他說他想要雜交，所以幾個人就輪流侵犯我和姊姊。姊姊哭著叫我不要看。彰還逼我舔乾淨他剛從姊姊身上拔出來的那個。他還笑著說會癢呢。」

小溫抬起頭。玫瑰色的臉頰、被淚水沾濕的睫毛，在眼底搖曳的絕望。

「你知道那個叫什麼嗎？」

我無言地搖頭。沒必要勉強自己說這些。我很想這麼說。我只不過是個路過的文字工作者。沒道理刺穿自己的心臟，吐露這些沁血的字句。

「那個叫清潔口交……他說我比姊姊還會舔男人的那個。」

小溫伏下身子，開始抖動肩膀哭泣。褪色的棉長褲在大腿部分，出現一點一點的深綠色。

接下來的十五分鐘，我僅是一語不發地坐在小溫身旁。七月底的午休時光，即便是在山毛櫸的樹蔭底下，氣溫也超過三十度。我沒流一滴汗。因為小溫的遭遇教我打從心底感到寒冷。

約好下次再聽他說話，我和小溫就在西口公園道別。哭了好一會兒後他抬起頭，以好像見著什麼耀眼事物般的眼神看著我。雨過天晴的表情。不知怎地我胸口急速鼓動，起身後，出聲招呼坐在隔壁長椅上無事可做的皆川。

我們穿越廣場，走向JR池袋站。大樓隙縫間的天空飄浮著細散的積雨雲。目的地是池袋二丁目賓館街的某棟公寓。聽說那一處在為數不少的成人派對中，風格算是相當突出。

殘障派對專門店。殘障的不是客人，而是店裡的小姐。據說在猴子所屬的羽澤組系列店裡頭，營業額經常居冠。

一樣米養百樣人。那方面的興趣，只能說青菜蘿蔔各有所好。

屋齡十年左右的中古公寓，原本的白磁磚已經變舊發黃了。一樓是很早就不流行的純喫茶店。電梯是那種需要用力猛按的舊式操作盤。沁滿汗漬的地毯就像地層一樣沉重。或許是承載太多男人的欲望吧，緩慢且搖晃猛烈的一部電梯。

皆川和我來到六樓，走進貼著塑膠磁磚的長廊。看不到半個人影，異常安靜。六〇三室前連名牌都沒有。我按下門鈴。

「喂。」

中年商人的聲音。

「羽澤組應該先告知過了，我是來打探某件事的。」話說一半便聽到鬆開門鍊的聲音。

「請進。」

穿著白襯衫和黑色薄毛織褲的中年男人將門打開。梳著油頭的小頭銳面。一進去玄關，便看到鋪著木頭地板、六個榻榻米大的飯廳。廉價簾子遮住了裡面的房間，看不到客人或小姐。可以聞到蜜妮之類的沐浴乳味道。男人從餐具櫃的抽屜取出一本冊子，頭鑽進簾子那頭說道：

「圓圓，我離開一下，麻煩妳接電話。」

「來──了。」

叫做圓圓的女人出現了。很年輕。穿著二手T恤和剪短的牛仔褲，毛邊還向外翹起的超短熱褲。呼之欲出的胸部快可以拿去滾保齡球瓶了。比起成人派對，她似乎更適合在P'Praco百貨公司出沒。圓圓向我們輕輕致意。我點點頭，離開了玄關。三人直接移師一樓的咖啡廳。我在電梯中時百思不解。

圓圓到底是哪裡殘障了？

店內的男人坐在我對面，中間隔著三杯冰咖啡。我們彼此都沒有自我介紹。我直接詢問七月十二日發生的襲擊事件。男人頂著疲倦神情，打開Kokuyo牌子的記事本，嘩啦嘩啦翻到十天前的頁數。那裡有男客們的姓名和進出場時間一覽表。以鉛筆字書寫的欲望占了一頁半以上。

「那一天啊，客人三三兩兩上門，那幫搶匪在晚上十點多出現，來客數大概是四十人多一點。營業額是九十萬。全被搶走了。」

記事本上的名字吸走我的目光。男人搖搖頭。

「大家都是用假名。派不上什麼用場。」

「不過，最後來的是搶匪假扮的客人吧。用什麼名字？」男人看著表格的最後一欄。那裡沒有寫入場時間。

「岡野。」

「長相呢？」

男人喝了一口冰咖啡，然後說：

「馬臉。茶色頭髮，感覺上要長不短的。個子很高，應該有一百八十公分以上吧。他說在晚報看到小廣告，所以就從池袋站南口打公共電話進來。唉，他本人是這麼說的。我按照慣例，告訴他怎麼走到這棟公寓。我才打開大門的鎖，他們突然就闖了進來。」

隨著那個岡野進來的，聽起來是戴著套頭帽的三人組。武器是雙刃的戰鬥刀、特殊警棍，還有改造過的電擊槍。那夥人還穿著鞋就直接走進屋內，二話不說就讓男人吃了一記電擊。警告客人和小姐安靜別出聲、踢開癱軟倒在地上的男人，搶走手提保險箱。沒有動到客人的錢包。從岡野進來到離開，還不到兩分鐘。

男人立刻打電話通知羽澤組，小嘍囉花了二十分鐘才趕到。四人組當然已經揚長而去。他們先向客人致歉，之後馬上打烊。原本就只營業到末班電車的時間，也剩下不過一個鐘頭。男人喃喃說道：

「這樣看來，繳再多的保護費也沒啥用處。池袋到底是怎麼回事啊。」

「岡野的年紀大概幾歲？」

男人盯了我半晌。

「這個嘛，和你差不多。」

之後，我們繼續留在咖啡廳。我向男人表示，如果有當天的排班小姐，麻煩請她下樓。我對像塊岩石坐在一旁的皆川說：

「剛才他的話，你覺得怎麼樣？」

皆川搖搖頭髮稀薄的頭。

「不知道。只出現兩分鐘的話，組裡的人也無處下手吧。不過，傷腦筋是你的工作。我只是被雇用半個月而已，找不找得到犯人和我都沒關係。」

不知道為什麼，皆川似乎心情很好。搞不好他是個很愛說話的人。皆川伸手在桌底摸了摸，拿出一本八卦週刊開始啪啦啪啦地翻閱。幾個禮拜前的週刊看上去不新不舊，唯獨一副十分孤單的樣子。

等了一會兒，咖啡廳鑲著藍玻璃的大門映出年輕女性的剪影。先前那個圓圓和一個三十歲出頭的女性從收銀機旁邊走了進來。那女人穿著彈性材質的緊身洋裝，超短的豹紋迷你裙。而且沒穿胸罩。太性感了。

女人們滑進我們這一邊的座位。圓圓緊張兮兮的，另一位則堆滿笑容。圓圓怎麼看都不像是在賣的女人。

「妳是圓圓吧。這一位怎麼稱呼？」

圓圓代替那女人回答。

「琉香。琉香姊的耳朵聽不見。有事想問她的話，我可以幫你比手語。」

叫琉香的女人點點頭，然後笑了。緊實的乳房，宛若中距離跑者的手腳。如果沒人告訴我她是殘障，還真看不出來。我說：

「店裡的情況怎麼樣？」

琉香好像在讀我的唇。保養得無微不至的雙手，在傷痕累累的桌面上舞動著。像是在強風中飛舞的蝴蝶，像是在黎明盛開的花朵，或像是敲打老釘子的生鏽鐵鎚。圓圓幫忙翻譯道：

「收入不錯，這家店的客人比以前溫和多了。」

「哦，這樣啊。其他還有哪些殘障者？」

圓圓挖苦般地笑了。

「第一次到我們店的客人，一定會問這個問題。有眼睛看不見的人，也有雙腳行動不方便的人。」

仔細想想，這也是當然的。殘障者也會談戀愛。也會結婚，也會外遇。所以，殘障者當然也有選擇成為妓女的自由。

「圓圓的身體有哪裡不方便嗎？」

「可惜猜錯了。我在大學念社福系。離鄉背井一個人生活，籌學費不容易。所以，只要有空我都會來這裡上班。偶爾也會擔任店裡小姐的義工。」

圓圓像個調皮的小孩子彎起嘴角。話間也一直進行著手語翻譯。

「而且，我並不是很討厭這份工作。因為做愛是我的專長哩。」

所以才要一天陪二十個男人睡覺嗎？工作可沒那麼輕鬆。

「被搶劫那一天的情況，妳還記得嗎？」

圓圓抬頭乾瞪著天花板。

「我被問過好幾次了耶。該說的都告訴組裡的人了。」

三方組織各自給了我一份書面報告。那些資料我都已經整理好。琉香直盯著皆川交叉的臂膀。強壯的手臂上頭，有許多不輸給桌面的舊傷痕。琉香輕敲圓圓的肩膀，開始比手語。

「琉香姊說她想起一件事。第一個進場沒有戴套頭帽的男人，左手的手腕內側……等一下。」

四片女人的單薄玉手，開始以快到令人眼花的速度交換情報。宛若互相碰觸翅膀和觸角的昆蟲，感覺好像隨時會灑下光彩奪目的神奇鱗粉。終於，圓圓開口。

「琉香姊說她看到了像是菸疤的圓形燙傷。而且不只一個，是由五個疤組成的五角形。有點像是某種標誌的刺青。」

我想起在動作片裡看過的美國五角大廈。嫌犯居然會在身體上留下這種無聊記號，散發出來的味道愈來愈像本人管轄範圍內的小鬼。我隨口問道：

「圓圓，妳今天幾點下班？」

圓圓臉上浮現不可思議的神情。琉香用手肘撞她，不懷好意地笑了，然後用手勢開我玩笑。

「剛剛，琉香姊說了什麼？」

圓圓的臉頰有一絲絲泛紅。

「說你在釣我啦。還說你這個男人並沒那麼壞。」

我對著琉香交叉雙手，比了一個叉。這個應該沒必要翻譯吧。

「可惜猜錯了。下一個我們要去的成人派對是金髮小姐專門店。小姐們全都是哥倫比亞人，我想大學生除了手語外，應該也會講幾句英語吧。」

我和皆川都拿英語沒輒。琉香再度翩翩舞動手掌。圓圓幫忙翻譯道：

「『好像很有趣呀，妳也一起去呀。』琉香姊是橫濱人，所以說到『呀』的時候，就用自己自創的手語。」

圓圓說，接著像是按出自動鉛筆的筆芯似的，迅速彎曲大拇指的關節兩次。我對著琉香的視線，張大眼睛，在嘴邊比出流口水的手勢。拇指彎曲兩次。

（琉香姊，妳真是太帥了呀！）

我是這麼想的啦，不知道她看懂了沒。圓圓還是一臉笑意，並沒有幫我翻譯。

❦

圓圓先回到店裡，十分鐘後她下樓了。她說白天沒什麼客人，小姐的人數已經足夠，願意協助我們調查。我們來到馬路，攔了一輛計程車。第二個被搶的地方是隔壁的大塚站。這回是豐島開發的所屬店。這家和殘障者無關，而是金髮專門派對。我在想，未來八成會推出動物占卜的綿羊派對吧。因為欲望可以無止境地一直細分下去。

在JR大塚站南口下了計程車。先學剛才那樣在站前打電話。沿著都營電車的鐵軌爬上緩坡。看錶確認這次用了多少時間，四分鐘後，我們站在一棟恐怖的老舊公寓前方。四層樓，沒有電梯。那是棟等待被拆毀的建築，可能有半數是空屋吧。逃生梯轉角散落著蒙塵的過期雜誌、便利商店的塑膠袋。會來這種店光顧的人一定是多年的常客吧，而我光瞄一眼公寓就想掉頭走人了。三人揮汗如雨地爬上最頂樓。不需確認門牌號碼。我在僅有的一扇油漆門前按下電鈴。

門一打開，後頭站著兩尾年輕鯊魚，眼神極為凶狠，看也知道是黑道分子。那模樣即使連常客看了也要打退堂鼓吧。狹小的走廊盡頭聚集了一群輩分較高的鯊魚。

「已經跟社長報告過了。可是，負責這家店的店長還在住院。我們事發當天並不在場。能幫你的，全寫在紙上了。」

又是那份報告嗎？倒楣。聽說這家店的店長右肩被特殊警棍打傷，骨頭都碎了。站在玄關說話時，我們身後來了一位外籍男子。他越過我的頭頂向裡面的男人打招呼。

「你好。瑪麗亞．露意絲出來了沒？」

我回頭一看，對方是將近一百九十公分的壯漢。褐色的皮膚、濃密的鬍子，穿著西部那種縫有細流蘇的粗棉襯衫。帥哥。雖然不是肌肉猛男，不過卻有外國人特有的那種厚實上半身。我對店裡的男人道：

「如果十五號被搶那天的小姐也在的話，我想找她們問話。」

「你別擋路。瑪麗亞．露意絲，快點給我出來。」

身後的男子一邊看錶一邊不耐煩地大叫。毛茸茸的手腕戴著Omega金錶，外側還套著一個更為閃亮的金鐲子。壯漢完全不甩正在談話的我們。時間剛好是三點，大概是來接小姐的小白臉吧。

寬一點五公尺、滿是塵埃的公寓外廊，塞了我、皆川、圓圓，以及吃軟飯的壯漢之後，當場交通大阻塞。我盡可能堆出友善的笑臉，回頭說道：

「不好意思，能不能請你安靜一點？我們正在談很重要的事情。時間一到你的瑪麗亞自然會出來，用不著大吵大鬧。」

我不懂小白臉為何要發火。他飆出一連串像是用西班牙語詛咒神明的話，朝我伸出手，近看才發現那是張眼睛充血的猙獰面目，頓時好像有一陣熱風吹過我的左手。

頂著炎夏烈日走在路上，彎過某棟高樓的轉角。接著，之前微弱的熱風突然排山倒海般襲來。善變的大樓風。差不多是那樣的感覺。皆川壯碩的身體冷不防膨脹起來。動作比錄影帶的四倍快轉還快。他把從咖啡廳A來的八卦週刊捲成圓筒狀，雙手一握，狠狠地往小白臉腹部頂上去。力道之猛連小白臉的後腳跟也跟著浮了起來。小白臉的身體彎成く字形，皆川接著用週刊的圓形底部敲擊他的後腦杓。

皆川不慌不忙地解開橫躺在走廊上的小白臉的皮帶，反綁住他的雙手。流水行雲般的一連串動作，前後不到十秒鐘。豐島開發的年輕鯊魚們莫不瞪大了眼睛。

以腕力自豪的小白臉，在自己也搞不清楚狀況時，已經倒在走廊排水溝裡淌著舌頭、意識不清地流口水。我非常清楚專業圍事要做些什麼。就算得用週刊代替刀子，該出手的時候，皆川絕不手軟。要不就全力以赴，要不就撒手不管。我從皆川的一舉一動中，感受到了在瞬間燃至頂點的鋼鐵意志。

我們在樓梯空地向哥倫比亞籍的妓女打探消息。圓圓的英語說得坑坑巴巴，不過對方也是半斤八兩，溝通起來似乎不成障礙。而且不知道為什麼，妓女們敏感地嗅到圓圓也和自己是同路人，因此談話過程十分順利。不過，我自己看起來也不像境管局官員或警察就是了。

追加情報之一，來自一個豐滿到不像話的女人。黑色背心加上拳擊手那種緞面短褲。我第一次看到會隨呼吸晃動的胸部。

我一問起五角形燙傷的事情，那女人立刻回答：西、西。

「在被搶前一天上門的年輕小夥子，左腕也有同樣的記號。問他是怎麼回事，他說是弄好玩的。」

「那男人的年紀和身高呢？」

「雖然分不太出來日本人的年紀，不過應該滿年輕的。光頭。身高和他差不多。」

染了一頭金髮的女人指向皆川。一百七十幾公分嗎。除了第一次的岡野外，似乎還有別的小鬼。他們在襲擊店家之前，果然事先做過偵察。看樣子並不是那種有勇無謀、連命都不要的小鬼。計畫可是非常周詳。

在這座池袋叢林不可能連續出現四次僥倖。

坐在返回池袋站的計程車上，擋風玻璃外是逐漸西沉的夕陽，眩目到讓人無法直視日出通。前方的車子全消失在路盡頭的某處橘光中。我們三人都有點疲倦，話也變少了。這時屁股口袋的ＰＨＳ響了起來。

「喂。」

「阿誠嗎，我崇仔。那邊調查得怎麼樣？」

少年國王冰冷的聲音。是我多心嗎，總覺得那溫度比平日還冷。我靠在後座車門，支著ＰＨＳ。這一次經常搭計程車移動，雖然我不會有報酬，不過開銷可以向組裡報帳，愛怎麼花就怎麼花。既然如此，乾脆包車一天算了。

「找到一條線索。」

「說。」

我說小鬼的左手腕有以菸疤燙出的五角形。派對終結者的手法乾淨俐落，計畫周詳。事前，其中一個成員會先到店裡偵察。做案時間頂多兩分鐘。崇仔只有應和出聲，透著一絲寒意。最後我問：

「你那邊有沒有什麼變化？」

崇仔用鼻子哼笑。不吉的前兆。

「這邊也有一件事。Rasta Love被一把火給燒掉了。白天沒有人的時候，不知道是哪個笨蛋從門縫裡慢慢灌入汽油，點了火。這是縱火。」

Rasta Love 實際是由G少年掌管的俱樂部。暗算Killers，接著是放火嗎？那個笨蛋似乎想對池袋的小鬼們全面宣戰。如果他和派對終結者是同夥的話，不光黑色地帶，就連池袋的灰色地帶也別想混下去了。對方到底有什麼打算？想以迅雷不及掩耳的速度席捲掉一切，迸射出沸騰的暴力碎片；好比穿透大氣層的彗星，在抵達地面之前就燃燒殆盡嗎？

四人組的有勇無謀和深思遠慮，在我看來也太不協調了。

站在綠色大道湧向車站的人潮中，正想解散的時候，圓圓說：

「我肚子餓了。吶，阿誠同學，我幫你四處打聽，是不是該請我吃飯啊？」

圓圓那露出半截屁股的熱褲，引來路上不少上班族側目。人潮就像流經岩石的激流，紛紛讓出一條路。

「妳不用回店裡上班嗎？」

「嗯，不回去了。今天已經沒心情上班了，吶，皆川先生應該也餓了吧。」

圓圓說，挽著皆川滿是傷痕的手臂。粗勇的上臂二頭肌，正好陷進圓圓的胸部。因為前面才剛見識過哥倫比亞籍妓女的洶湧波濤，所以現在那雙乳房看上去反倒顯得楚楚可憐。皆川不理會圓圓，對我說：

「一個人吃飯很無聊吧。晚上不一起吃飯嗎？」

神祕的保鑣久久才開口說了這麼一句。

我們走進三越百貨後面只有當地人才知道的骯髒居酒屋，裡面只有用塑膠板拼合的櫃檯和桌子兩張，老闆的興趣是每天早晨到築地去批貨。每一片生魚片都呈現金字塔那種銳利的斜邊，碟子開始慢慢進入超載狀態。皆川的食欲真不是蓋的。挾在一起、塞進口中，那吃相彷彿是另一種意志的展現。我和圓圓一邊喝生啤酒，一邊抓起煮得硬硬的毛豆莢。淺綠色的口感，是夏季沒錯。我問了不問也不會怎麼樣的問題。

「圓圓將來想做什麼？」

圓圓大剌剌地答道：

「我想從事和社福相關的工作。不過，心裡還是有點擔心。畢竟我現在賺錢太容易了。」

每天有五萬到十萬進帳，對於金錢的感覺當然會變鈍。圓圓朝中型啤酒杯啜了一口。

「我啊，從來沒繳過一毛稅金，所以一直有在捐款，收入的百分之十，幫沒辦法上小學的越南兒童存教育基金。錢這種東西真是不可思議。光是我的捐款，就能讓兩個班級的小孩上小學。」

錢不具記號。在成人派對裡從老頭子們身上削來的錢，輾轉成了越南人的教材或營養午餐。怪歸怪，不過奇怪的並非圓圓，而是她以外的人吧。在色情行業流通的龐大的免稅金錢，全部潛入地下，再也回不到這邊的世界。國稅局和警察都視而不見。對他們而言，法律外的錢不算錢。

默默剷平掉綜合生魚片的皆川，在啤酒杯也見底後開口：

「這樣不是很好嗎？像我只念到國中，吃了不少苦頭咧。」

我加點了兩杯生啤酒，問皆川說：

「為什麼皆川先生會叫做肉販？」

皆川一臉索然地說：

「因為我在學校畢業後，第一個寄宿當學徒的地方就是肉鋪。」

「這樣啊。我還以為是因為你常常像剛才那樣，把人大卸八塊呢。」

皆川先以冰箱般的冰冷視線凝視著我，後又忽然堆出笑臉。感覺就像烏雲散盡，陽光突然降臨。

「和那個也有關。」

皆川開始訴說自己的故事。先說清楚，這回我完全沒吐槽，只有傾聽的份。因為世上就是有那麼慘的故事。

皆川說他出生於海邊某個寧靜的漁村裡。

「我老子是個死氣沉沉的漁夫。窮人家真的很會生，我家就有七個小孩。我排行老二，唸完義務教育後，馬上被踢出門去外頭賺錢。地點在隔壁鎮的肉鋪。早上負責第一個開店，白天當店員，晚上八點打烊之後，還要處理隔天要賣的肉。半隻牛的重量將近有百來斤吧。把肉吊在鉤子上，用小刀沿著筋絡支解，把肋骨上的肉全部切下來，然後用棉線劃穿過肋骨和肉的空隙，像是削皮似的將骨頭剝開。這時會發出啪哩啪哩的聲音。」

說這話的時候，皆川就像正在比手語的琉香，雙手不停在空中劃來劃去——靠手來記憶的故事嗎？

「肉鋪也有各式各樣的，不過那家店的老闆真是惡劣到了極點。一年才發一次年終獎金，可是他卻連那麼一點點錢都捨不得花。只看我是學徒好欺負，每當我弄壞要賣的肉，他就會用刀柄敲我的頭。敲到我的額頭都破了，血滴到肉上面，他又說是我的錯，再毒打我一頓。我在那裡忍氣吞聲待了兩年，第二年年底還沒發年終獎金之前，他趁剁肉時將我左手的小指頭給剁爛了。大概是想逼我主動辭職，好省下那麼一點小錢吧。可是，我還是領到了年終獎金。你看，我的小指頭現在還是彎曲的，根本沒辦法動。」

皆川舉起像畸形芋蟲般的蜷曲小指。

「可是啊，我會離開那家店，並不是因為手指的緣故。除夕那天晚上，我平安地領到一個月的年終獎金，收拾好行李正準備回家過年的時候，老頭子喝得醉醺醺地回來了。他怪我沒有大掃除，像平常那樣開始對我拳打腳踢。那老頭既不賭錢也不玩女人，附近鄰居都說他脾氣硬，其實他就是靠打我出氣。我只能抱著頭忍受他的毒打。那天晚上，我回到自己家，吃完雜粥睡了一下之後，起床準備再看紅白大戰時，右半部的視野突然一片漆黑，什麼都看不見。咕咕、咕咕、咕咕，我的眼睛發黑，根本看不見櫻田淳子❸的動作。我趕緊衝到鏡子前面，發現眼白部分變成鮮紅色，黑色的瞳孔似乎可以滲出血。右眼被打爛了。父母給我的身體如今受到損傷。我二話不說立刻走去鄰鎮我工作的那家肉鋪。腦子裡面不停重複著同一句話。」

圓圓和我都屏住了呼吸。皆川的眼睛到現在仍舊濁濁的，他講著講著好像靜不下來似的，開始抖腿。一口氣喝乾半杯生啤酒，接著像是岩漿沸騰般地咕嘟咕嘟道：

「那混蛋打爛我的眼睛，那混蛋打爛我的眼睛……」

我想起小溫在白天說的話：做壞事或暴力相向是件很酷的事。愚蠢。然而我還是忍不住問道：

「然後，你做了什麼？」

「我把醉茫茫的老頭從暖桌上拖出來，抓到店中央。他老婆又哭又叫，我沒有理會。我像扛米袋那樣將他抬起來，吊在鉤子上。鉤子這種東西啊，不能插在肉或骨頭的地方，要從皮膚和脂肪的縫隙刺進去。老頭這時候像蝦子一樣跳來跳去，外套立刻沾滿了鮮血。他對我做過的事，我要全部送還給他。我用串雞腿肉的竹籤從他右眼皮上方剜進去，再用切肉的菜刀將他左手小指頭剁掉。這和支解一條牛沒什麼兩樣。之後我就回家了，繼續看我的紅白大戰。刑警將我送去輔導時，正月剛好也到了。當時我還不滿十七歲。」

圓圓彷彿邀人乾杯般地喝道：

「夠爽快。那傢伙後來怎麼樣了？」

皆川輕輕搖頭。

「狗改不了吃屎。早知道就殺了他。雖然只剩一隻眼睛，如果還碰上年輕學徒入門，照舊是一陣拳打腳踢。現在也是一樣。」

❸櫻田淳子：偶像女歌手，成名歌曲是〈我的青鳥〉，歌詞開頭便是「咕咕咕咕，我的青鳥啊」。

日本海邊某個寧靜小鎮裡屢見不鮮的故事。皆川從少年輔育院出來後，立刻加入某個幫派。他的資質和才能好像就是在那時候覺醒的。數度進出幫派，而組織倘若發生了什麼危險，總會記得找他。後來曾幾何時，他切斷自己和組織的上下關係。因為即使在幫派的世界裡也一樣，稍微與眾不同的傢伙總是會受到排擠。日本的組織就是如此。因此，他開始幫人圍事。醉到飄飄欲仙的皆川說：

「不是說，人的手掌上有一條生命線嗎？在我看來，走在街上的人類軀體正中間同樣也有一條線。從哪裡下手都可以，但只要順著那條線唰地劈下去，那人就翹辮子了。比搬家時開箱整理還要簡單。」

心情沉重。白天皆川將小白臉打暈的時候，我就注意到了。我用溫溫的啤酒沾濕嘴唇，說道：

「我知道了啦。你不是為了保護我才和我一起行動。我不過是條獵犬，功用是找出派對終結者。我負責找人，你負責抓人。」

皆川以那種事情根本不重要的語氣，神情愉快地說：

「是那樣嗎？對了，等一下要不要去唱卡拉ＯＫ？」

皆川說他的拿手歌是從前的歌謠，〈滄桑的行船人之歌〉，真是多愁善感的肉販。圓圓也是一副躍躍欲試的模樣，因此我們三人來到最近的一家卡拉ＯＫ。離開時已是午夜三點，我招了計程車，就地告別。

已經累到不成人形。真希望能早一點當回我的小市民。

我必須在黑道或皆川將派對終結者變成冰冷的屍塊前，搶先找到他們，並交給較穩妥的警方，交出時名義就用「傳說中的暴力案件罪犯」。不過這種想法真有可能完成嗎？

越過臥室的窗戶向外瞭望，好久沒看到西一番街的日出了，夏季早晨的烏鴉和生鮮垃圾的王國。舒爽的光景。好睏，可是腦袋卻清醒到睡不著。本來想聽點音樂，卻不知道該聽什麼才好。我難得會這樣子。

翌日，東京地區的正午氣溫高達攝氏三十三度。我們約好在西口公園集合。圓形廣場的石板像是海灘上的沙子，已經燙到可以輕鬆煎出荷包蛋了。唔，若說是在西口公園的地面煎好的，應該髒到沒人敢吃吧。

我坐在樹蔭下的長椅上，第一個出現的人是圓圓。那一天，她穿著白色迷你裙和亮粉紅色的夏季針織衫。矛盾的無袖高領設計。圓圓不是那種電線手臂，而是我偏好的健康型。雖然圓圓沒有必要陪著四處打聽，不過她說太好玩了，希望能跟著我們一起調查。

「等很久了嗎？誠誠？」

才一天時間就叫我誠誠了。俏麗的不規則劉海是美髮師的精心之作，底下兩顆眼珠骨碌碌地轉動著。隨便妳啦，我想，於是沉默地搖搖頭。五分鐘後，從藝術廣場那頭出現的，不知道為什麼竟是牧野溫。小溫一看到我坐在長椅上，立刻用力揮動雙手。他穿著短褲和長袖T恤，一副滑板族的打扮，一邊微笑，一邊晃動著腰鏈，朝我們走過來。

「那個，打擾到你們約會了嗎？」

小溫一走近長椅，突然又開始驚慌失措。我說：

「沒有。這個人是我昨天才認識的。對了，你怎麼會知道我在這裡？」

「阿誠不是家裡在西一番街開水果店嗎？是伯母告訴我的。她要我把這個拿給你。」

說完，他將一個白色塑膠袋遞給我。手一接就聞到香甜的味道。用衛生筷插著切好的鳳梨，這是店裡的暢銷商品。平時總是放在冰塊上面賣的。老媽若是中意某個人，動不動就會將店頭的水果送給人家。不愧是昭和前半期出生的女人。分完鳳梨，我對小溫說：

「今天找我到底有什麼事？」

「嗯……那個，有點……」

小溫手中的鳳梨滴下汁液，一副好像有口難言般地支吾其詞。儘管個性極為內向，可是不影響他美麗的臉蛋。圓圓跳出來打圓場。

「那事不重要啦。誠誠，幫我們介紹一下。」

女大學生檜原圓，無業遊民牧野溫，我幫他們介紹道。圓圓是成人派對的紅牌小姐，高收入戶；小溫是監禁事件的犯人之一。我沒說出這些事。因為每個人都有自己的苦衷。氣氛愈來愈和諧，正當圓圓和小溫有說有笑的時候，另一個有苦衷的傢伙也來了。

歌喉一級棒、帶著宿醉的肉販。

皆川到場後，我又得重新介紹全員一次。除了小溫之外，我們三人因為前一天一直鬧到凌晨，根本沒力氣馬上行動。就暫且坐在長椅上發呆，眺望著大熱天底下的西口公園。兩個毫不在意酷暑的小鬼，應該是國中生吧，正在玩飛盤。

我們四人肩挨肩坐在狹窄的不銹鋼長椅上，僅有視線忽左忽右，追逐著橫越西口公園上空的飛盤。靠著腕力擲出便能飛翔的飛盤，在空中優雅地滑行，或被肉眼看不見的風所阻，或彈跳上升，或驟然畫出一道曲線。眼睛適應了飛盤的飛行軌跡之後，那張停了復轉的藍色圓盤，遠望過去像是和公園綠意、大樓玻璃和日間熄滅的霓虹燈交融在一起。飛行軌跡內的顏色全部融在一塊兒，就像是充滿速度感的抽象畫。怎麼說呢，美得教人暈眩。

我一邊望著飛盤一邊思索。什麼才算「普通」？所謂的普通人，難道不是指我們一起坐在這裡的三個人——到殘障派對專門店尋歡的男客和在那裡上班的小姐嗎？另外順帶一提，難道不是指正在閱讀這篇文章的你，或是我嗎？我們每個人，都活在普通到不能再普通的世界。

儘管我也深深明白這個普通世界，其實異常到令人想放聲尖叫。

那天，我們四人一起再查訪其餘兩家成人派對。巢鴨的熟女專門店和大塚的人妻專門店。一無所獲。不論是哪家店——根據我採訪過的幾個人——似乎都是貨真價實，沒有辱沒自己的招牌。這兩家的服務內容比昨天的兩家還要辛辣（聽說賣點是不戴套直接射在體內的性服務。店老闆將避孕藥低價批售給小姐們，每個月的性病定期檢查則自行付費）。本來就是這樣，皆川說。儘管圓圓自己也是情色業的一員，不過還是因為賣春世界的博大精深，受到了小小的文化衝擊。小溫和以前一樣，不管看到什麼都表現得一副驚慌失措的模樣。

傍晚搭計程車回到西口公園，解散。在熱意漸失的夕陽中，我對小溫說：

「對了，你今天找我有什麼事？」

「嗯……沒關係。下次再說吧。不過，圓圓小姐真的好可愛喔。」

小溫說道，接著目送圓圓的背影從東武百貨公司出口離開西口公園，才回過頭來，再次以閃亮的眼神望著我。小溫浮現出有點寂寞的笑容。

「我有一點羨慕圓圓小姐耶。下次見。」

然後，小溫也走了。裝作沒聽到的皆川對我說：

「唷，萬人迷。接下來要去哪兒？」

「今天就到此為止。」

既然已經大致調查過一次，我決定暫時回到自己的房間去思考。一邊躺著一邊聽音樂。這次輪到我孤軍奮戰了。

⚜

你有那種不知道該聽什麼的時候，下意識便將手伸向它的ＣＤ嗎？我有。顧爾德（Glenn Gould）

以鋼琴演奏的J．S．巴哈（據說今年是巴哈逝世的第二百五十年，不過和這事沒什麼關係）。聽完後，心靈一定會比聽之前更豐富一些，那是讓你能重新回到世界的音樂。而且顧爾德那種虛華的快速節奏和詭異的拍子間隔，不知怎地竟和我的思考節奏相當吻合。

不過，特意拿出來的特效藥，在那天並沒有派上用場。雖然崇仔下令G少年搜尋用菸疤燙出五角大廈的小鬼四人幫，不過直到目前還沒有任何訊息回應。接受委託已經三天了，羽澤組、豐島開發和聖玉社也沒有任何聯絡。

沒有偷襲池袋的小混混或成人派對時，那個四人組究竟在做什麼呢？實在無法將他們和小鬼們玩飛盤時的模樣聯想在一起。沒有襲擊人的時候，一定是在準備下一次的襲擊行動吧。我想到運轉速度愈來愈快、末了自我引爆的馬達，那是以暴力的本身為動能，催生出更大暴力的暴力馬達。這簡直像二十世紀的世界史——最近我好像曾在某個地方聽到這樣的說法。

聽完《平均律鋼琴曲一、二集》，我倒在被窩進入夢鄉。

三更半夜時，PHS的鈴聲將我吵醒。半夜兩點，到底是誰在這個時候打電話！

「喂喂……」

耳邊響起男人的聲音。宛若磨擦粗砂紙的聲音。

「你是真島誠吧。聽說你最近四處打探派對終結者的消息。」

「沒錯。你是誰？」

沒有聽過的聲音低低笑道：

「某個無名氏。你馬子在我這裡。」

馬子？我現在沒半個女朋友。

「你是在說誰？到底想怎樣？」

「我讓你聽聽她的聲音。」

我聽見開門聲和類似布料摩擦的聲音。全身都敏感得成了耳朵。電話那頭什麼正在移動吧。遠處，的確傳來女人哭喊的聲音。

「……救命、誠誠……這些傢伙、全是禽獸、他們強逼我……不要——住手啦——」

然後是毆打肉體時的鈍重聲響。是圓圓的聲音。才剛起床的心臟這下怦怦撞擊著。回過神的時候，我人已經從棉被裡爬起來怒吼：

「住手！你們到底想怎樣？」

先前那個砂紙的聲音狀似愉快地說：

「你馬子很悍喔。我們一人上了她兩次，她還是活蹦亂跳的。想不想再多聽一點她的叫聲？」

腹部深處有股熱流在翻騰著。我也是有暴力馬達的。

「別再鬧了。你們就是派對終結者吧。菸疤的事情已經曝光了。整個池袋的黑幫和G少年都在追殺你們。放了那女人，給我逃得遠遠的。不然的話……」

某個人含笑說：

「不然的話，你想怎樣？」

我又聽見圓圓的哭聲和不知道甩在哪裡、像是抽鞭子的尖銳巴掌聲。空虛的胸口內，心臟猛然一緊。我的聲音也變得和對方一樣冰冷。我只想傳達一個事實。

「你們全部都會沒命。被那些人逮到的瞬間，活命的機會等於零。那世界用的報復手段有多兇殘，你應該知道吧。你們到底明不明白自己正在做什麼？」

他平靜地說：

「哼，我當然知道，白癡。怕死就不會回到這地方了。倒是你，多少擔心一下自己的女人吧。夜還長得很呢！」

切斷PHS，深夜中的寧靜沉重地壓在身上。白癡如我，一直到早上都沒有闔眼。

隔天早上，我打了PHS給G少年和羽澤組。派對終結者不知從哪裡察覺到我正在追捕他們，把協助調查的店小姐給擄走。雖然心有不甘，卻苦無線索。

「用盡一切手段也要幫我把菸疤四人組揪出來。」

我和皆川再度到殘障派對店裡露臉，但是店裡的男人不知圓圓的住處，只知道手機號碼。琉香和圓圓除了在職場上，私下並沒有往來，我雖然不懂手語，但從琉香全身的動作也能看出她非常擔心圓圓。當然她也不可能知道圓圓的緊急聯絡人。沒辦法。成人派對是快速賺取日薪的地方，不是心理輔導室。

由於考慮到圓圓的行業，所以也不能請警方幫忙搜索。那樣的話，就還得從「派對終結者」開始說明起。傳說中的強盜襲擊了傳說中的派對，擄走了傳說中的大學生妓女。對警方而言，根本是超現實的故事。

我在接下來的四十八小時，幾乎不眠不休地踏平了整個池袋。先是再一次調查所有的派對，並和組織的事務所交涉，向幾個幫派頭子打探消息，到女子大學的教務處詢問。但收集到的全是垃圾情報，根本無法找到圓圓的下落。皆川兩天來則都跟在我身邊。

「就當是被瘋狗咬了一口，那不是你的錯。冷靜一點，把那些人揪出來，我會替你討回公道。」

這些我都知道。然而那種擊打肉體的鈍重聲響，始終未能從我的耳中消失。

圓圓被棄置西口公園，是在她失蹤兩天後，一個飄雨的早晨。

穿著內衣、眼睛蒙住，她在公園裡倒地不起，被派報的男人發現，將她送到西口的派出所。無獨有偶，圓圓也和牧野亞希一樣被救護車送到敬愛醫院。全身上下都有被毆打的傷痕，儘管非常衰弱，但沒有生命危險。圓圓在醫院的病床上睜開眼睛，據說開口的第一個要求是吉野家的牛丼，並拜託醫生盡速清洗她的陰道。我在那天下午接到猴子打來的電話，在看似即將變天的天空下，和皆川一起飛奔到敬愛醫院。那家醫院位於連接千早和西池袋的長崎二丁目。搭計程車的話是跳一次表的距離。

四人病房裡全是女性，左前方的白色鐵床上，圓圓就躺在那裡。左眼四周殘留著黑色瘀青。雙頰似乎瘦了一點。輪廓有幾分凹陷。圓圓一見到我們，立刻用喝醉般的語氣說：

「啊～誠誠和皆川先生來了。我，現在，打了止痛劑，所以整個人都輕飄飄的，好舒服啊……」我在病床旁的折疊椅坐下，低下頭。

「都是我害的，抱歉連累妳受苦了。身體不要緊吧？」

圓圓的臉有如漂白過的影印紙，沒有任何表情。

「身體雖然不要緊，不過心卻已經碎了。我做夢也沒想到會有那種人。用打火機燒我，我怕燙，他們竟然就取笑我。好像玩得很開心。想做愛沒關係，但是不要邊做邊用拳頭打我的肚子啊。那些人，真的瘋了。」

皆川在我身後問道：

「他們手腕上有菸疤嗎？」

「嗯，有。菸疤形狀像是星形。共有五個疤點。終結者的全員都有這個印記。」

一定是派對終結者不會錯。然而從監禁圓圓和施暴的手法來看，我想起了另外一件案子。

「吶，圓圓。帶頭的小鬼，大家是不是都叫他彰？」

圓圓浮現訝異的神情，大概因此又牽動到眼眶四周的瘀青吧，見她輕按著左眼，

「你怎麼知道，誠誠？剩下的三個人，是英二、澄夫和重人。我心裡想，絕不能忘記這個，拚了命記住的。這麼說來，根本對誠誠一點幫助也沒有嘛。」

我果然是白癡。這些人的名字，早在派對終結者現身前就已經知道了。千早監禁事件主犯少年A，成瀨彰二十歲；從犯少年B，間野英二二十歲；少年C，布施澄夫二十歲；少年D，塚本重人十九歲。

這是現在的年齡。

四人組的派對終結者，就是千早監禁事件的犯人。一邊聽圓圓描述，我一邊回憶著牧野亞希的解剖報告。燒傷、毆打導致的浮腫、陰道裂傷。手法一點進步也沒有。那人在和我通PHS時，也宣告他自己已經回到池袋。那個砂紙般的聲音一定是彰。監禁事件後過了三年，彰離開少年輔育院，召集所有的小鬼，最佳拍檔回到街頭了。為了在生命燃燒殆盡之前，再幹一次轟轟烈烈的壞事。

Bad boys are back into town.

我要圓圓繼續說下去。盡可能回想當時她周邊狀況，愈詳細愈好。圓圓拚命運轉著被止痛劑弄得昏昏沉沉的腦袋。我問：

「這兩天，他們有沒有給妳吃東西？」

「這我絕不會忘記。因為關於食物的怨恨是很大的。他們都只顧著餵飽自己，不給我半點東西吃。每次都是買LAWSON超商的御飯團、便當或杯麵。LAWSON超商似乎就在附近。有一次叫重人的傢伙，花了五、六分鐘買果汁回來。」

「房間的樣子呢？」

「很漂亮的套房。窗外可以聽到電車經過的聲音。而且不是山手線那種連結車廂，是頂多只有一、兩節的電車。」

東京這一帶有那種電車的，就只剩都營線。連結早稻田和三之輪的都電荒川線。穿越豐島區中央的南北線。我抬起頭看著交叉雙臂站立的皆川。他詭異地笑著：

「已經，開始解體了。」

解體。那是皆川的口頭禪，正在興頭上或陶醉的時候，常會將它掛在嘴邊。卡拉ＯＫ一播出喜歡的老歌的前奏，快解體啦。像喝水那樣將清爽的日本酒灌入喉嚨的時候，快解體啦。我對圓圓說：

「最後一天早上，從他們的祕密基地到西口公園，大概搭了多久的車？這樣大概就夠了。」

圓圓閉上眼睛思考。傷痕累累的臉蛋，猛一看還以為是恐怖電影中經過特殊化妝的死人。皮膚布滿了深淺不一的黑色、綠色、黃色傷口。

「我的眼睛被蒙住了，不知道正不正確，應該是十分鐘左右，最多二十分鐘吧。」

「謝謝，很值得參考。」

我點點頭，伸手想握住圓圓擱在薄毯上的手。我的手還沒碰到，圓圓立刻就像害怕傳染到什麼疾病似的，唰地抽開手。她全身都陷在恐懼之中。

「啊、抱歉。剛好想到那些人的事……」

沒關係，我說。是我不該神經大條到企圖握住她。沒想到好奇心旺盛、開朗外向的圓圓，竟然在短短兩天內便被四人組嚇成這副模樣。我無法原諒。

這次要擊潰的對象，將是派對終結者。

皆川和我離開病房時，看到小溫站在走廊。還是穿著長袖T恤。等我走近，小溫抬起低垂的頭。美麗的臉蛋沾滿淚水。他一邊抽噎一邊說：

「圓圓小姐、遇到這種事，我、我……」

然後開始放聲哭泣。我一把抓住小溫的左手腕。那宛若女孩般纖細的手腕。我舉高，將他的袖子捲至手肘。小溫嚇得渾身發抖。

「果然沒錯。」

小溫的左手肘裡側，殘留著已經出現黑色素沉澱的舊燙傷。按在五角形尖角的圓形菸疤，大概是代表兄弟人數的印記吧。因為小溫也是三年前千早監禁事件的成員之一。

拉起成員彼此的手腕，歃血為盟，永結兄弟之情嗎？愚昧。意氣相投的死黨或小鬼們，為何總愛在自己的身體上留下這種東西呢？皆川瞇起眼睛問：

「為什麼要跟在我們身邊打轉？」

「對不起。那個，我不知道彰他們什麼時候會把我叫出去，我很害怕。他們四個不知道會怎麼對付我。我想和大家待在一起的話，應該會安全一點。阿誠，請你救救我。我不想再回到他們身邊了。」

上次會到公園找我，就是為了這件事吧。小溫完全不敢看皆川的眼睛，只是在醫院走廊將身體縮得小小的。我溫和地問他：

「吶，你知不知道彰他們在哪裡？」

小溫急得猛搖頭。端正的臉蛋頓時沒了血色。

「我不知道，真的啦。」

皆川語帶諷刺地對我說：

「就算知道，應該也不敢告訴你吧。沒骨氣。阿誠，把他交給我三十分鐘，看你要不要去別的地方辦點事，我包他馬上解體。」

皆川邊說，邊像是在放鬆肩膀和脖子，開始轉動微禿的頭。小溫的身體縮得更小，不停地顫抖。

「別這樣，皆川先生。威脅他也沒有用。對了小溫，我們等一下還有事，圓圓就交給你了。因為她在東京沒什麼朋友。還有，你有沒有那四個人的照片？」

「回家找的話應該有。」

「那之後麻煩你準備一下。我會用到。」

小溫照舊低著頭，點點頭後弓著背脊走進病房。皆川狀似遺憾地說：

「可惜啊，應該可以追問出些什麼的。對了，接下來要做什麼？」

我取出PHS，按下G少年國王安藤崇的快速號碼。

「回西口公園吧。這回輪到我們攻擊了。」

二十分鐘後，我和率領著雙塔一、二號的崇仔，來到圓形廣場展開作戰會議。被上午那場雨沖刷一番後，池袋的天空如同剛擦過的玻璃一樣澄透。連公園裡的山毛櫸看起來都格外高興似的。陽光從雲層的縫隙灑落，鋪成一道階梯，使得辦公大樓間形成的峽谷悶熱得像在蒸三溫暖。我說完派對終結者的指揮中心條件之後，崇仔依舊戴著他的反光墨鏡，口吻冷淡地回答：

「明白了，總之是在都營電沿線，走幾分鐘會看到LAWSON超商的單房公寓是吧？不過，他們難道不會更換根據地？」

「我想不至於。對二十歲的小鬼來說，就算口袋有錢，想一天到晚換房子也不是簡單的事。他們一天會有幾次上超商買東西，所以要麻煩你徹查都營電所有的LAWSON，並且派G少年在每間店前站哨。使出人海戰術的話，對方絕對逃不出我們手掌心的。」

崇仔墨鏡上倒映的池袋天空與雲朵，比實物面貌還更耀眼幾分。

「你說得沒錯。如果是開車十分、二十分的距離，目白和西巢鴨應該就能排除在外，不過慎重起見，我還是會在這兩地放兄弟去查看。你什麼時候可以弄到那幫人的照片？」

「今天傍晚會洗出來，發到每個人手裡。」

崇仔在這次事件當中第一次露齒微笑。他瞄了一眼坐在旁邊長椅上的皆川，壓低聲音說：

「你怎麼帶一個這麼危險的傢伙來！要是真找到了派對終結者的巢穴，該怎麼處理他？難不成要讓他一個人闖進去？」

「不會的，攻堅任務交給G少年就行了。條子去蹚這種渾水，只會白白送掉老命。你同意嗎？」

崇仔慢慢摘下墨鏡，直視著我的雙眼帶著笑意。

「這樣很好。你和我，都不需要淪為畜生。」

我們再進一步敲定細節後，就地解散。我打算找藉口拖住皆川，直到當天深夜為止。不過扣下理應流向組織的情報，頂多只能撐個半天。派對終結者的身分，已經呼之欲出了。

或許是我們過於仁慈。就算是野獸也不可能乖乖等著獵人來撲殺自己。

那天，我們訪遍派對終結者四人位於千早町內的老家。當然，沒有一個成員在家。我們上門時自稱是友人，卻都遭到每對父母的白眼；接著召集了那一帶所有的G少年成員，詢問關於成瀨彰一幫人的行徑。原來，彰是當地無人不知、無人不曉的壞胚子：打架、勒索、吸膠、破壞自動販賣機、毀損公物、強姦。這些行為，是每個地方的不良少年都會幹的勾當，但他有名就有名在犯下了監禁女高中生的事件。

在我們詢問的人當中，沒有半個人敢直呼彰的名諱。就像喊小溫一樣，大家都喊他「明君」。可見儘管經過了三年，當地的小鬼們還是對這位傳奇人物敬畏有加。

早上的雨勢在中午停了一陣，不過到了日落時分，天色便又暗下了。夏天的天空就是這樣陰晴不定。這種時候，肯定會颳起一場狂風驟雨。過了七點，我在有樂町線的要町站前跟皆川分道揚鑣。他說，要去聖玉社的里見那邊露個臉。我離家只有一站，於是就走路回家了。

走在立教大學五號館後人跡罕至的小路上，天色突然變黑，灰濛濛的天空隨即澆水似的落下大雨。大顆大顆的雨滴，在住家屋頂以及大廈的角落形成白茫茫的水霧。沒帶傘的我，只好暫時避難到附近的電話亭裡。雨水像瀑布般從電話亭四面的玻璃流洩而下，狹小的空間內也布滿水氣，我感覺好像變成了用鰓呼吸的生物，連肺的每個細胞都濕透了。在等待雨變小的空檔，我從屁股口袋掏出PHS，按下崇仔的快速鍵。

他的跟班立刻幫我轉接。崇仔的聲音在這個黃昏聽起來，像是被陽光曝曬過的棉質床單一樣乾燥，舒爽地鼓動著耳膜。

「阿誠嗎？你人在哪裡？」

「西池袋，立教大學後面。我剛剛才跟皆川分開。你那邊監視的情況怎樣？」

崇仔的聲調一如往常冷靜。

「G少年在二十二間超商之前，分三班輪守。雨下得這麼大，他們好像吃了不少苦頭，不過還是掌握到了兩、三個有力的目擊證詞。我想再過不久，就能找出答案了。在找到那些傢伙後，下一步的行動……」

我面向著街道，背後傳來電話亭的門被推開的聲音。我對崇仔說：

「等一下，好像有人要用電話。」

一回頭，一個穿著黑色連帽上衣、頭罩帽子的男人正好踏了進來。濕漉漉的風衣外套加上運動長褲，身高比我高，褐色短髮用髮蠟抓得高高的、長臉。見到他的眼神，我立刻明白他知道我的身分，而我同時也知道了他的身分，是那個自稱岡野、率先踏進殘障者派對的男人。他是派對終結者的其中一員，本名叫做間野英二，也就是監禁事件的少年B。他站在狹小的電話亭裡，默默揮出右拳。他削去指尖部分的手套邊緣，閃爍著金屬的光芒。尼龍布料受到摩擦，發出切斷空氣的聲響。

我的左太陽穴上方靠近頭頂的地方，霎時感受到一股灼熱的衝擊，痛感傳達到頭部的另一側。

知道人突然被揍的時候，會有什麼反應嗎？

被素昧平生的傢伙莫名其妙打一拳，你會怎麼辦？當然，我是指沒有被一拳擊昏的狀況下。護住弱點，邊跑邊逃，呼喊求救，還是立即還手？這都不是我的反應。而且我想大部分的人，都會跟我有相同的反應才對。

答案很簡單，就是「思考」。你懂嗎？忽然被攻擊，任誰都會絞盡腦汁思考。腦袋裡的另一套系統忽然被開啟，為了保護肉體而開始全速運作。被打，思考。這就是人類的行為模式。要怎樣才能不被繼續攻擊？要怎樣才能保護自己？是不是應該還擊？

挨揍之後的兩秒當中，我勉強振作起有如鐘在裡頭猛敲的腦袋，竭力思考。岡野雖然高，但是瘦。說起腕力，是我占了上風。我一個星期可有三次必須將四百公斤重的西瓜，從小貨卡上頭扛下，好歹是練過的。在侷促的電話亭裡，他的長手長腳反而是種妨礙吧。我用自己的兩隻手肘包夾住頭部，挑起眼珠盯著他看，試著發揮我全部的急智。

岡野拉起左臂，想再給我一記勾拳。他的袖口滴下的水珠飛濺，弄濕了電話亭內部。他的手肘撞到綠色的公共電話，發出沉沉一響。第二次的攻擊從我頭頂擦過，是一記可以徒手擋下、軟弱無力的勾拳。儘管如此，我的頭蓋骨還是發出了扎實的「鏮」一聲。我佯裝被打得蹲在地下，暗地在腰間使力，兩膝也蓄勢待發，同時繃緊肩膀的肌肉，固定住手肘的角度。像是在捏碎空氣一樣，我握緊了拳頭。

然候，從丹田竭力發吼，朝眼前他那黑色拉鍊包住的腹部，用頭狠狠一撞。

雙肘高舉在重重的頭蓋骨兩側如公牛角一樣，一頭戳刺進他的腹部。物體遭到壓迫發出「嘎吱」聲響，他背後的玻璃頓時裂成一片白色蜘蛛網。血濺進我左邊的眼睛，不過似乎是我自己流的血。岡野像是爆掉的輪胎，吐出爆炸般的氣息。他慌亂地用拳頭底部猛敲我的背，我不以為意，只保持半蹲旋動一下身體，將全身體重抵在岡野身上，兩肘往後不斷朝他腹側狂敲猛打。不知道打到第幾下，我的右手肘感受到一種肋骨折斷的觸覺。

這一次，換岡野不支倒地了。

岡野一屁股坐在電話亭上潮濕的地面，我用掌心底部的骨頭猛擊他的臉。他長長的下巴左右晃動。我對於格鬥技並無特別偏好，但也曉得不懂拳擊技巧的我若用拳頭直接揍人，到時候痛的是自己。狹小的空間裡，一聲接一聲骨頭撞擊的聲音在迴響。從四面八方降下的打擊樂之雨。我使出吃奶的力氣。雖然現在高下相易，但岡野想必也在轉著如何打倒我的念頭。我想起了皆川的動作。若不在占優勢時徹底壓制住對方，接下來吃不完兜著走的就是自己。

我一面揍著他，一面愈來愈害怕。每揮動一次手腕，體內就湧現出新的力量：要打得更狠，要破壞得更徹底。在給對方打擊的同時，感覺自己更像在迎戰一頭擁有不死之身的怪物。打架的敵手不論是誰，都是令人毛骨悚然的恐怖存在體。

豪雨中，我把失去一半意識的岡野拖出電話亭外。心想是誰在氣喘吁吁，才發現是我自己。我把他穿著尼龍運動褲的腿擺直在水窪裡，用我Red Wing的九吋鞋，狠狠朝他右膝內側一踩。肌肉、骨頭和肌腱碎裂的聲音，在震耳的傾盆雨聲中顯得異常鮮明。結束後，我總算可以安心離開了。儘管如此，我還是很害怕岡野突然站起，從我背後追上來。

我廢的應該是他右膝——我自己也記不清楚究竟是哪一邊了。

臉上的血也沒擦去，我就在雨中三步併兩步回到家。老媽在店裡招呼客人，一邊留意到我染成粉紅色的T恤後露出明顯的嫌惡表情。我搖晃地爬上店旁邊的樓梯，腳上靴子因為進了水發出可笑的喳喳聲。借廚房的鏡子照了一下，髮間傷口的血已經開始凝固。而剛才完全沒放在心上的背部，現在卻是又熱又痛。

沖了個熱水澡，換下濕透的牛仔褲。從冰箱拿出一點五公升的瓶裝運動飲料，一口氣灌下三分之一。飲料甜到舌頭隱隱作痛。回到房間，用PHS撥給皆川。圓圓和我都被盯上，能夠自由行動的只剩皆川一人。但皆川的手機響了又響，卻沒有人回應。

在我的腦裡，單純的算式浮現又消失。四減一是三。彰、英二、澄夫和重人減去英二，派對終結者就只剩下三人。就算皆川是幹架高手，但對方三人聯手畢竟仍保有勝算。我連皆川下榻在哪間飯店都一無所知。

雖然擔心得不得了，生理時鐘還是照常運轉。本想藉深呼吸緩和睡意，結果卻不知不覺躺在棉被裡睡著了。而且還是蜷縮成一團、護住頭部和腹部的姿態。

夢裡，我的PHS執著地響個不停，教人心煩。在半睡半醒時浮現出皆川的名字，便立刻醒轉過來。

我抓起隨手扔在被上的PHS，朝著通話口大喊：

「皆川先生！你沒事吧？」

沒有理由的，直覺認定來電的對方是皆川。房間裡的鐘指著晚上十點。回應我的是另一個男人粗獷的嗓音。

「我不是皆川。我是聖玉社的里見。肉販被送進醫院了。聽說，他一直在喊你的名字。想去看他嗎？如果想的話，我給你醫生的地址。」

「請告訴我，他的傷重不重？」

「好像挺嚴重的。醫生說他也束手無策。」

皆川高唱〈兄弟船〉時那張堆滿笑容的痞子臉此時浮現。那個像是力量的結晶的超級打手，居然如此輕易就落敗了。暴力機器的爭戰無窮無盡。我擠出了話。

「……派對終結者逃掉了嗎？」

里見用愉悅的口吻說：

「只逮住一個，不過不是什麼重要角色。至少，最後他收拾了一個。我是不清楚對方有幾個人啦，但肉販就是肉販，了不起。」

聽他的口氣，好像已經當皆川是個故人。我問了密醫的住址後切斷電話。打開窗戶，看看屋外。隨興所至的雨已歇，灰色的雲在空中流竄。我兩階兩階地衝下剛剛才蹣跚爬上的樓梯，跑到西一番街的路上。醉漢、皮條客和發傳單的女人，各個像海藻般在霓虹燈下晃蕩著。映在積水窪裡的池袋街景顯得反常柔和，甚至稱得上優雅。

跳上計程車，火速駛向ＪＲ駒込站。北口的站前街是條狹窄的雙線道，兩側卻擠滿了賣吃賣喝的小店。跟池袋的人潮相較，這裡簡直是沙漠。我一面確認著手邊住址，一面朝專醫黑道人士的診所前進。門牌號碼指向的地方是棟交互拼貼著珠光粉紅和銀色壁磚的公寓。可能是專供風塵女子居住而建造的吧。

我搭電梯來到最高的七樓。站在冷颼颼的走廊轉角，按下未貼門牌的住家門鈴。

「來了。」

不耐煩的聲音。我不自覺想像對方是個瘦小男子。

「聖玉社的里見告訴我這裡的。肉販應該在這裡……」

門鍊卡嚓卡嚓打開和門鎖被轉開的聲音，總共響了四次。金屬打造的門總算敞開，映入眼簾的是頸部鬆垮的T恤以及一身髒兮兮的醫生白袍。男人比我想像的略高。削瘦的臉頰則符合我的想像。不曉得他是否有什麼藥癮，皮膚的顏色活像是繪了綠色圖樣的灰色花瓶，也看不出歲數。

「情況怎麼樣？」

密醫神色未改地回答：

「腎臟破裂，全身十多處骨折，還有頭蓋骨凹陷與腦挫傷。還活著就已經是奇蹟了。如果你要帶他走的話，我可以幫你把他搬到樓下，順便幫你招計程車。不過就算送到大學醫院，恐怕也是回天乏術了。」

我不發一語地走進玄關。密醫進屋後立刻打開左手邊的門，就走向走廊另一端。門裡面傳來電玩單調的電子配樂旋律。這間地下診所的病房，是一間兩坪半大小、鋪木頭地板的房間。附有輔助裝備的病床幾乎占滿整個空間，皆川則躺在仰起約三十度的床上。如果我對於皆川被攻擊一事並不知情，我一定認不出來那是皆川。因為，他臉上的凹凸形狀已經完全變了樣。我避開點滴瓶和心電儀，跪在床邊，輕聲對他說話：

「皆川先生，你還好嗎？」

我當然知道他不好，只是找不到其他能說的話。

「……喔……差不多，快散了……阿誠……那你呢……」

這個大叔跟我一樣，即使自己受到襲擊，還是會自然而然想到對方。

「我沒事。去找我的只有一個人。我好不容易把他撂倒，還廢了他一邊膝蓋。」

「是嗎……以你的能耐……還馬馬虎虎啦……我可是一對三呢……鐵棍加上特殊警棍……三個人……把我打得落花流水。」

皆川臉下半在顫動。應該是笑了。

「不過啊，我也……拉了一個……墊背……塊頭最大的一個……密醫幫我……洗手之前……我的指甲裡……還塞滿了他的腦漿咧。」

皆川上氣不接下氣，卻興奮地訴說著。當他認為自己死定了的時候，他挑了其中最高壯的小鬼，用兩手捏住對方的頭。最大塊的肉留到最後享用。最是符合皆川個性的選擇。

據說，皆川將兩手大拇指插進那個倒楣鬼的眼窩，把對方的頭蓋骨搖得像個波浪鼓一樣。對方有如被釣上岸的魚一樣抽搐不已，另外兩個同夥則對騎在他身上的皆川迎頭痛毆。那是一幅雨中的地獄景象。事情發生在聖玉社附近的停車場，組裡的小兄弟趕到時，派對終結者已經逃之夭夭。只剩下地上一具屍體和一個快要變成屍體的垂死之人。

我一邊聽著皆川的話，一邊在想。除了岡野以外，派對終結者裡面只有一個高個子。少年D，塚本重人，十九歲。根據小濕描述，他有一百八十五公分高。在逃的兩個人，少年A和少年C，現在也感受到恐懼了嗎？還是說，正陶醉在自我毀滅的暴力機器發出的噪音裡呢？

⚜

皆川費了好大力氣才喘過氣，淡淡說道：

「要是我死了……應該會被……埋在哪座亂葬崗吧……喂，阿誠……幫我拿下這個。」

他向我示意那條垂在他睡衣胸前的金鍊子。

「要我把它拿下來？」

皆川點了點下巴。我幫他解開了鍊頭。鍊子連著一個長方形郵票大小的墜飾。正面是霧金，翻過來便可見到刻著「ＧＫ」兩個英文字母縮寫。皆川說：

「上面寫的……是我的本名，我真正的名字……你從來不曉得我的底細，拜託你實在說不過去……不過，能不能麻煩你……幫我把它丟進故鄉的海裡……我的老家在……」

皆川說出一個靠太平洋岸的海港小鎮名。是以遠洋捕鮪業而馳名的小鎮。是皆川出生、成長，後來走上賣肉這行的地方。他說，自從他踏進這一行，就不曾回去故鄉了。即便如此，在生命消逝之際，他或許還是想回到兒提時代嬉戲的海邊吧。於是我說：

「等事情解決後，我一定會去的。」

皆川露出嚴肅的眼神說：

「為了報答你……我所有的積蓄……都可以給你。」

我說我不收。收下這種錢，一點也不值得高興。

「那……你就捐給越南的窮小孩……好了……否則……會被組織吞掉的。」

或許是說完想說的話，安了心，皆川開始瞎扯一堆無聊透頂的事。那天晚上，他實在不像在鬼門關徘徊的重傷病患。講的淨是以前上過的女人，或是小時候幹過的缺德事。說出來大家或許不相信，不過皆川在臨死前聊的話題，居然是早安少女組和椎名林檎。日本的未來～YEH、YEH、YEH、YEH❹。心電圖的波紋，也跟著大大起伏了四次。

皆川看起來很睏，卻似乎不願入睡，大半夜的居然嚷著要喝酒。我去問玩射擊遊戲正HIGH的醫生，他說想喝就讓他喝吧。我快步跑到駒込站前的居酒屋，買了最高級的日本酒回來。我把酒倒進印有啤酒公司商標的玻璃杯裡，大約只倒一半，然後雙手捧著送到皆川嘴邊，沾了沾他的唇。皆川明明一口也沒喝，卻直呼真過癮、真讚，還說「多謝啦，你真是個好人」。

眼淚模糊了我的視線，什麼都看不清了。

舔了幾滴日本酒後，過了沒幾分鐘，皆川就睡著了。我在床邊的地板上躺下，打了一會兒瞌睡。接近天亮時皆川的狀況開始惡化，心電儀刺耳的警示音把我從睡夢中喚醒，正好見到密醫踏進病房。

他瞥了一眼呈水平直線的心電圖綠線，把手放在皆川頸側，確認過呼吸和心跳之後，又從胸前口袋掏出筆形手電筒，在皆川眼睛前面晃了晃。這一連串動作都非常熟練。最後，他衝著我點了點頭：

「很遺憾。雖然我是見不得人的醫生，病患過世了，我還是會良心不安。由我負責跟聖玉社那邊聯絡可以嗎？」

我沉默地點了點頭。起身，握住皆川粗壯的手。皆川的身體在死後依然帶著溫度。六十兆細胞中的絕大部分，還沒有意識到靈魂脫離肉體的事實。我認為死亡是與我們肩並肩的親密夥伴。我想說的不是靈異，也非關新興宗教，但我確實感受到皆川他來自另一個世界的視線，正在注視著我。這就像偶爾天空看來特別蔚藍、自己的心跳聽得特別清晰一樣，是一種無理可證的絕對感受。

---

❹日本的未來～YEH、YEH、YEH、YEH：早安少女組Love Machine的歌詞。

那天破曉時分，在狹小病房的天花板一角，皆川確實帶著微笑注視著我。

謝啦，阿誠。

我漫無目的走在黎明的本鄉通上。沒有半點睡意。昨天被岡野打傷的地方雖然隱隱作痛，比起皆川所受的痛苦，只不過像被蚊子叮罷了。晴朗的好天氣，晨光灑遍了街上每一處角落。光線銳利而透明，使得充斥汽車廢氣的空氣也像高原上一般清新。我毫無目的地走上天橋。在東京水藍色的天空下，大樓與汽車排成數列，一直延伸到道路盡頭。

皆川前往那個世界，我留在這個世界。這是機緣巧合的結果，即使立場對調也絲毫不奇怪。活著跟死去，只有一線之隔。我認為其中沒有太大的差別。我不是在嘴硬裝好漢。只要踏出一步，在天橋扶手的另一側，便站著一個死去的我。他見到還活在世上的我，搞不好還會嘲笑我太過可悲呢。

我觀賞了片刻東京的早晨，這時屁股口袋裡的ＰＨＳ響了。湊上耳邊。崇仔的聲音像早晨的太陽一樣強硬。

「找到派對終結者的巢穴了。我們一大早就要殺過去。你跟不跟？」

我回答「當然要跟」。無所謂吧？之後有太多時間思考關於往生者的一切。只要活在世上一天，大可盡情東奔西跑，大可製造更多自我憐憫與自我厭惡的材料。反正我只是個乳臭未乾的小鬼，只是個愚蠢的動物，只是一隻附著在池袋底部的垃圾一般的生物。

接到崇仔的電話後，我前往雜司谷。想起某天晚上見過的灰色水泥牆。不是什麼大不了的事。當時我們正一邊談論著派對終結者，一邊繞著指揮中心的周圍晃盪。派對終結者租的公寓，位於夾在鄰近雜司谷墓園的南池袋齋場和都電荒川線中間、一個充滿綠意的住宅區。我下了計程車，鑽進停在鐵路一旁的賓士休旅車。隔著擋風玻璃，見到前方一棟貼滿嶄新白磚、清潔的公寓。那是一棟六層樓高的中型公寓，讓人聯想到飯店外觀的四角方窗，緊密排滿了整面朝向鐵路的外牆。

我一滑進皮椅，旁邊的崇仔就狀甚愉快地說：

「聽說你被攻擊了。昨天好像吃了不少苦頭啊！」

經崇仔這麼一提，我才想起頭上的傷。前座兩個人高馬大的G少年，沉默不語地直視著道路的斜對面。我不禁感到疑惑，問道：

「你曉得皆川先生——不，我的保鑣發生的事嗎？」

「不曉得。我只從里見那邊聽到你的事。那傢伙怎樣了嗎？」

「是喔。沒關係，沒事。」

對於隸屬聖玉社的里見而言，皆川以及少年D塚本重人之死，還是少提為妙吧。我指著那棟白色公寓說：

「現在待在裡頭的，只有成瀨彰、間野英二和布施澄夫三人。那個叫英二的小子，應該因為右邊膝蓋受傷，無法動彈才對。」

崇仔一臉嚴肅地歪了歪嘴。笑容的碎片在嘴角散落。

「是嗎？塚本那傢伙已經不在啦？也就是說，你擺平了間野，那個皆川解決掉塚本就對了。哼，也不曉得他把人藏到哪去了？」

崇仔樂不可支地看著我的眼睛笑了。我回道：

「對啊，差不多就像你說的那樣。」

我卻沒有說，皆川為此付出了什麼樣的代價。想必崇仔也沒興趣知道吧。不需要知道的事情，不去知道比較好。這是生活在池袋灰色地帶的基本規則。崇仔淡淡地開始說明狀況。

「每天早上七點——從這裡雖然看不到——他們會到走路要兩分鐘的LAWSON雜司谷店去買早餐。關輔育院的習慣還沒改掉，所以早上都起很早。每次去買的都是塚本那小鬼，不過今天搞不好會換成布施也說不定。我已經派三個G少年去守公寓後門，他們現在應該在逃生樓梯那邊等待指示。」

潛入公寓輕而易舉。喇叭鎖根本是騙小孩的玩意兒。不管是多高級的公寓，只要找對方法，連小學生都難不倒。崇仔壓低的聲音繼續陳述著：

「再過不久，他們就會出門買東西了。他們後腳一出門，我們前腳已經來到門前。等那個被派出去的小鬼拎著微波加熱的便當回來、打開門的瞬間，我們就像土石流一樣湧進房裡。既然裡面只剩下一個半的成員，他們絕沒勝算的。」

崇仔的聲音漸漸轉為冰冷，好像每一字每一句都帶著雪白的寒氣。國王非常亢奮。

六點五十五分，前座的G少年手機響了。來電鈴聲是宇多田光的Automatic，有點過時。這個穿著橘色連身工作服的小鬼，立刻將手機遞給崇仔。

「我知道了。」

崇仔一臉正經地聽完回報後回答。切斷電話，他對我們說：

「買早餐的人剛出電梯。我們出發了。別忘了Killers的教訓。」

我們三人靜靜走出賓士休旅車，留下開車的司機。在鐵絲網的另一端，單節車廂的都電正好整以暇地緩緩行駛著。這種時間，只有小貓兩、三隻的乘客扶著欄杆站在上面。軌道旁砂礫間長出的蒲公英隨風搖曳。我用眼角餘光看著都電時，崇仔開口了：

「阿誠跟我一起行動。其他的G少年，已經摸清了公寓的結構。你可別扯我的後腿！」

「好。」

我們快步通過雙線車道。東京的這一帶，這麼早還見不到上學上班的人潮。偶爾會有提著運動包包的國中生在路上行走，可能是要去參加社團練習。

「往這邊。」

我默默跟在崇仔背後。

我們繞到白色公寓後面。在樹籬和停車場之間，豎著一面貼有磁磚的牆，上頭開了一扇相同高度的鋁門。穿橘色工作服的以小跑步靠近牆壁，一口氣翻進了牆裡面。高科技的氣墊鞋產物在這種時候真的很方便，不會發出一點聲音。那小子走到逃生門，幫我們從內側把門打開。一回頭，發現我身後已經跟了三個夥伴，應該是待在另一輛車上的G少年成員，還紛紛對我無聲地點頭致意。

我們兵分兩路，分別躡手躡腳走上兩條逃生梯，在四樓和五樓的樓梯間蹲低了身子，不讓人從路上發現。這裡有橘色工作服、崇仔和我三人。另一邊的逃生樓梯則有另外那三人。崇仔說：

「派對終結者的公寓是邊間的四〇八號。打頭陣的先制住購物回來的小鬼，我們再一起攻堅。整個行動就這麼簡單。」

我們保持蹲姿，等候買早餐的小鬼從LAWSON返回。電車軌道旁的路樹上，小鳥啁啾。應該是雲雀吧。都電搭載著打瞌睡的乘客，嘎噹嘎噹地通過。一個悠閒的夏季早晨。

宇多田光的歌又響起。橘色工作服的行動電話握在崇仔手裡。交換完短短一句話，就掛斷了，只剩我的心臟胡亂打著節拍。

「小鬼回來了。」

我們屏氣凝神，聽見建物正中央的電梯運轉的聲音，傳進了角落的逃生梯。電梯停在四樓，發出開門聲。我們三人蹲著，沒探出頭去，因此只聽得到聲音。我看著樓梯扶手異常光滑的水泥肌理，和它背後的無垠夏空。豎起耳朵細聽，感覺自己好像變成一隻B&K的超高感度麥克風。

哼歌聲伴隨腳步聲一同接近，彷彿影像就在眼前般立體。超商的塑膠袋或許是跟褲子磨擦到，發出沙沙的聲響。腳步聲在只距離我們幾公尺的地方停下，小鬼好像在口袋裡頭掏鑰匙，有金屬碰撞的聲音。同時介入的重重腳步聲，以及人與人糾成一團的聲音，像噴射機起飛時的噪音震撼了我的耳膜。

當我正想起身，橘色工作服和崇仔已三階三階地跑下了逃生梯。我只瞄見了崇仔背影的殘留影像。我稍微慢了一拍，也來到四樓的走廊上。四〇八號室的不鏽鋼門前，雙塔一號從後方用雙臂架住小鬼。對於兩公尺加上約一張CD高的一號來說，緊緊抱住對方就已經是令人難以掙脫的必死攻擊。眼前個頭矮小的派對終結者，好比被海星吸取掉體液的小魚般無力。不用比對照片，我也能猜出他是布施澄夫。身高一百六十幾公分的微胖身材，在四人中除了澄夫沒有別人。

我朝雙塔一號點了點頭，沒脫鞋就踏進玄關。短短的走廊以及深處的房間，都擠滿了G少年。裡面是約五坪大小的木頭地板空間，右面牆是訂製的壁櫥。房間各角落散落著超商塑膠袋和吃剩的便當。只有一個小鬼臉朝下被綑綁住手腳。是跟昨天相同打扮的間野英二。英二嘴上被綁上布條，側著臉，躺在布滿塵埃的地板上喘氣。我問從窗簾縫隙窺探屋外的崇仔：

「只有這小子一個人？」

崇仔沒有回頭，說道：

「是啊。」

主嫌少年A成瀨彰不在這裡。這時有人朝地上的英二踢了一腳。英二被布條困住的嘴發出模糊的哀叫聲。崇仔說：

「想教訓他，也別讓他喊出聲。」

崇仔離開窗邊，在英二的臉旁蹲下，用低沉的聲音說：

「我跟你們不一樣，對於殘酷表演興趣缺缺。聽說你喜歡邊打邊侵犯女人是吧？換成是你，怎樣被玩你會比較爽？」

崇仔豎起一根中指，在英二面前擺動。是在表示「fuck you」吧。接著他將中指指尖藏進大拇指根部，一副要彈前額頭的手勢。英二緊閉著眼睛。啪喳！抽鞭子般的聲響。崇仔隔著眼皮彈了他的眼珠。英二的口水從布條邊淌下，被縛的身體屈成弓形。

崇仔抬頭看我，笑了。

「我從小彈額頭就超拿手的。」

關於這點，我也有印象。高中時代，崇仔曾因擅長在別人額頭留下指甲形狀的痕跡和瘀青而出名。崇仔將視線拉回在地板上全身顫抖的英二，以溫柔的聲音說：

「告訴我，彰人在哪裡？」

英二緊閉的眼瞼下流出淚水，只一個勁地猛搖頭。

對於被綁住的英二和澄夫的拷問並沒有成果。其他事情很輕易就全盤托出，唯獨關於彰的行蹤一問三不知。難道比起用電擊棒跟特殊警棍朝自己猛K的G少年們，他們更加畏懼老大彰嗎？還是，他們真的毫無所悉？崇仔對我說：

「那下一步該怎麼做？」

我將目光從派對終結者身上移開，回答：

「圓圓那件事，警方已經著手在查了。我們隨時可以把這些傢伙交出去。這次他們都滿二十歲了，有成人蹲的大牢在等著他們，累犯的判刑還會更重。」

「還是交給組織比較好？直接丟給他們，感覺比較不浪費納稅人的錢吶。一落進黑幫手裡，你猜他們下場會如何？一號。」

雙塔一號故意在兩個派對終結者看得到的地方，用熱狗般粗的大拇指，在喉頭劃上一道。崇仔眉飛色舞地說：

「我讓你們選擇自己的未來。供出彰的藏身之處，就去蹲監牢。不說的話，就送去組織。選擇後者的話，你們會被埋在深山裡被野狗啃。我不像那邊那個阿誠，你們的死活我一點都不在意。自己挑一個吧！」

英二和澄夫被取下布條的嘴裡，像壞掉的馬桶傾倒出成串呼天搶地、討饒的話語。

根據兩人的說法，彰昨天襲擊過皆川，深夜時說是要出去走走，便再也沒有回來。彰的個性原本就難以捉摸，經常像這樣無故消失。沒有人知道他的行蹤。求求你們，不要把我們交到黑社會手裡。眼淚與鼻水教人不忍卒睹。

崇仔瞄了我一眼說：

「夠了，都給我閉嘴。今天我們就在這裡守株待兔，等彰出現。要是他到晚上還沒現身，我們就向池袋警察署通報，說這裡有暴力事件的嫌犯。這樣可以吧？阿誠。」

我點了點頭。在這次的事件裡，已經死了太多條人命。我受夠了。想看更多死人，好萊塢動作片會是更容易的選擇，每隔十分鐘就能夠看到一個人流血像流沙，毫無痛苦地死去。爆米花般的死亡。我對崇仔說：

「我閃人了。有什麼狀況，你再通知我。」

我對於這種派對已經倒足胃口。差不多該是從事正常工作的時間了。顧客是不等人的。就算皆川死了，就算派對終結者被破獲了，十一點整店面還是要準時開門。

世界就是照這樣的邏輯在運轉。老實說，我還真有點想念那些塞滿西瓜的紙箱呢。

小睡兩個鐘頭後，我像往常一樣開店做生意。那一天，我靜靜看守著店面。至於住院的圓圓，警方預計今天會過去做筆錄。與岡野短短的那段動作場面，讓我全身上下痠痛不堪，好像走一步就會散了。我可不是魔鬼阿諾。

賣掉一百二十公斤的西瓜，老媽的心情也總算好轉。太陽已經下山了。我的PHS響起崇仔的來電，是過八點之後的事。

「彰沒回來。我已經請G少女通知警察署了。我們接下來會離開他們的巢穴。」

見到我走出西一番街，偷偷摸摸地講電話，老媽的眼神像看到髒東西似的。或許她是對的。我這個街頭垃圾說：

「你要她們怎麼說？」

「就說被千早女高中生監禁事件的犯人強暴了，而且還有其他被害者。因為不甘心，所以叫哥哥教訓他們一頓。除了這個，還報出地址而已。」

崇仔用鼻子笑了，我也笑了。

「是喔？原來你們是人家的哥哥啊。」

「對啊，你也是一樣，愛護妹妹的好哥哥。」

切斷PHS，我回到店裡。涼風徐徐的夜晚。這時候的我一心以為事情已經落幕。四人組裡有三人已從池袋街頭銷聲匿跡。雖然沒抓到那個主謀少年A令人惋惜，不過要是他還有腦袋，應該已經遠走高飛了。這次的事件像焚風一樣轟轟烈烈，燃燒的時間卻極為短暫。我一心認為在進入八月之前，樂曲就該會迎向最終章。

然而我的天真想像，在聽到晚上九點新聞快報時破碎了。

豐島區東池袋發生奪槍事件。襲擊巡邏員警的犯人身穿白T恤、牛仔褲，身高約一百七十五公分，做案時戴著一頂黑色鴨舌帽。

我正在店內看電視，螢幕上方叮的一響出現兩行白色跑馬燈。只看了第一行，直覺便告訴我做案者就是少年A成瀨彰，再看到身高和派對終結者慣用的黑色鴨舌帽時，更證實了我的直覺。新聞快報結束不到一分鐘，我的PHS就響了。

「他展開行動了。」

果不出所料，是崇仔。他用看好戲的口吻說：

「他還不曉得這件事有G少年涉入吧！不過不知道為什麼，他卻曉得你背地裡有參一腳。他的頭號目標就是你了。」

別人不想聽到的話，崇仔卻說得特別清楚、特別冷酷。他這個習慣也是我的毛病。

「現在皆川不在，確實是如此。」

「你打算怎麼做？要不要我派一群穿著防彈衣的G少年，圍在你身邊當人牆？」

開什麼玩笑。以崇仔的個性，他真的幹得出來。

「不用了，我不能給你添這麼多麻煩。讓我想一下。」

聽我這麼一說，崇仔有點動氣：

「不管你打算怎麼做，就是不要跟我客氣！那小子也是G少年的獵物。」

我道了聲謝，就切斷電話。望向排滿商品架和冷藏櫃的夏季水果，西瓜、鳳梨、香蕉、荔枝、芒果沐浴在燈光下，一顆顆散發出甜美的香氣和深邃的色澤。我每天為了殺時間看顧的這間店，以及常光顧的熟客們。和這最多朋友流連的西一番街。有酒、有色，有隨時可以坐下飽餐一頓的小吃店。最後，我想到每天兢兢業業掙錢的老媽。

不管發生什麼事，我都不能坐在這裡等彰找上門。

沒有時間遲疑了。正想按下PHS上好久沒使用的一個快速鍵，來電鈴聲卻搶先一步響起。顫抖的聲音像哀鳴一樣流進耳裡。

「喂，你好……那個，誠哥。」

是嚇得半死的小溫。

我還來不及回答，小澀就像因恐懼而毀壞的機器似的，開始斷斷續續地訴說。他的氣息如疾風般竄過我的耳際。

「大事不好了……那個，彰君他，發現是我把照片交給誠哥……說我是叛徒……還有，說要宰了我……我不知道該怎麼辦才好……」

我差點忘了。除了我之外，還有一個人是他下手的目標。就是出賣昔日同伴、洩露他們資料的少年E。

「你人在哪裡？」

「我家旁邊的KTV……那個，我只有一個人。」

「我知道了。你待在原地不要動。我馬上幫你處理，等一下再打給你。」

小澀結結巴巴地說：

「那個，誠哥要怎麼做？」

「對方手上有槍，當然只好靠警察了。」

「但是，我……不想，跟警察扯上關係……我又有前科……那個，我和彰君他們……以前又是同夥。」

我很能理解小鬼頭不想跟公家機關沾上邊的心態。不久之前的我也是一見到警察的影子，就繞路翹頭。

「我懂了，我不會提起你的名字。那等會兒再聯絡了。」

這下總算可以繼續剛剛的計畫了。我按下池袋警察署長橫山禮一郎的快速鍵。入夏以來，我一次都還沒跟禮哥去喝過酒。

電話才響一聲，就聽到禮哥公務性的聲音。可能是在開什麼緊急會議吧。
「您好，我是橫山。」
「好久不見，我是阿誠。」
署長的語氣頓時鬆懈下來，同時壓低音量：
「喔，是阿誠啊！我想你也知道，我們現在正被奪槍事件搞得一個頭兩個大啊！要找我喝酒的話，下次再約！」
我沉默片刻，才接下去：
「我正想把奪槍的罪犯交給你呢，你卻這麼無情。那好吧，我打電話給報社好了。」
我笑了。電話另一頭的禮哥正在嚷著什麼。只聽見他的聲音又回復到當差時正經八百的語氣。
「真的假的？要是你敢騙我，小心我剝了你的皮！」
「當然是真的。我什麼時候騙過禮哥？」
「明明就有。去年太陽60通內戰的時候，你一直到決戰的前一刻才通知我。」
不愧是智商過人的菁英警官。要不是他記憶力過人，我也不必這樣小心提防了。
「好啦、好啦。目標叫成瀨彰，二十歲。」

秀才發出意義不明的怪叫聲，啪啦啪啦地找著紙筆。

「你剛才說什麼？到底是怎麼回事？」

「那小子是三年前千早女高中生監禁事件的主謀，一個月前才從輔育院被放出來。」

「啊？然後呢？」

「我想，彰現在的目標應該是我。」

「阿誠，你明白自己在說什麼嗎？」

「當然。雖然被揍了一頓，我腦袋還很清楚。禮哥——不，橫山警視正，要不要用我當餌，把那小子釣出來？我會把西口公園布置成專屬他的釣魚場。」

我好像聽到鉛筆在紙上振筆疾書的沙沙聲。這位池袋警察署署長，已經從衝擊中恢復理智。他冷靜下來之後說：

「阿誠，你人在哪裡？」

「我家開在西一番街的店裡。」

「一步也不准給我動。我會派巡邏車過去。先跟你媽說一聲，說你今天會晚點回家。」

他似乎並未抓到我話裡的重點。也難怪，事情來得這麼突然。可憐的署長。

「我知道了。不過，我今晚不打算回來店裡。不曉得對方什麼時候會殺過來，待在店裡太危險了。禮哥，不好意思，能不能幫我訂一間大都會飯店的房間？最好是高一點，能夠俯瞰整座公園的房間。不是總統套房也無所謂啦。」

「阿誠，你……」

禮哥扯開嗓子，好像想說些什麼。我心想八成是無關緊要的內容，於是掛斷電話。我家的店位在西池袋一丁目，池袋警察署在二丁目。直線距離不到五百公尺。在便衣巡邏車抵達之前，我得趕緊去準備好換洗衣物才行。

我只有一條喪禮時用的領帶，不過還是帶著比較好。若想在飯店內用餐，打個領帶總是必要的。

十分鐘之後，我在便衣調查員的左右簇擁下，走上池袋警察署車庫的階梯。簡直像個犯人。立在停車場旁的鐵杆上面，虛軟無力地掛著一面日之丸國旗。池袋警察署一樓的櫃檯前擠滿了媒體記者，像交通顛峰時段一樣混亂。我們搭電梯上了七樓。調查員將我帶進一間空蕩蕩的會議室，裡頭只有摺疊式桌子和椅子，然後在敞開的門旁敲了敲。

「線人帶來了。」

被螢光燈照映得寒氣森森的房間深處，傳出署長的聲音。

「你是真島誠吧？請進。」

禮哥的聲音聽起來很緊張。兩枚並排的白板像屏風般將署長夾在中間，左右兩旁則各坐著三個男人。右邊清一色是生面孔，署長介紹他們是本廳搜查一科的成員。左邊則是池袋警察署少年課和刑事課的調查員。我曾經見過這幾位仁兄的臉孔。在場所有人，都擺出一副「哪裡找來的死小子？」的表情。署長以「少給我搞笑！」的眼神向我施壓並開口說：

「能不能請你從頭到尾講一遍？」

我在摺疊椅上坐下，把在巡邏車裡演練數遍的故事情節娓娓道來。話說回來，警察署裡的摺疊椅不知裝了什麼機關？每次都感覺如坐針氈。

完全無視於派對終結者那一部分，我從圓圓被綁架、性侵開始講起。我說，有個朋友被一群戴鴨舌帽的小鬼擄走，關兩天，當中還強暴她多次。她是前天一大早在西口公園被釋放的。她已向警方報案。我聽圓圓描述她被監禁的場所，於是出動G少年循線訪查，找到了綁架犯的藏身處。今天晚上，其中兩名嫌犯應該已經落網了。等一下！署長打斷我的話。

「本岡，你有那位女性受害者的報案記錄嗎？」

一位將近五十歲、膚色黝黑的調查員，點了點頭回話：

「有的。檜原圓，二十歲。我們是在她住院治療的敬愛醫院跟她做筆錄的。」

「那個二人組……呃，二十歲的間野英二和布施澄夫怎樣了？」

「今天晚上八點四十分，接到匿名報案說他們在南池袋三丁目十番的雜司谷公寓內，目前已被羈押。」

「很好。真島，請繼續，說明一下你如何鎖定這些嫌犯。」

禮哥向我輕輕點了點頭。他的眼神嚴肅。於是我說出都電的聲音、離他們藏身處幾分鐘腳程就有便利商店這幾條線索；以及G少年埋伏在豐島區內荒川線行經路線上所有LAWSON超商，分三班二十四小時監視的策略。搜查員們聽到這些話後臉色大變，開始交頭接耳。我能夠理解他們的反應。一般在街上有女人被強暴，警察絕不會用這種方式查案。重大刑案就夠他們受的了，人手方面更有慢性不足的現象。本廳的刑警說話了：

「請問一下……那個叫G少年的到底是什麼？」

「GANG BOYS。是池袋一個少年集團。可以說是像我這種小鬼的聯誼團體，也可以說是一種自衛隊啦。」

池袋警察署少年課的刑警明顯露出不以為然的表情。我佯裝不知，繼續說下去：

「大家都年輕氣盛，有時候難免會闖禍啦！不過，基本上是助人為樂。」

禮哥露出苦笑，直視著我。

「我希望你能夠說出關於成瀨彰的一切。」

於是我將小溫那邊得來的情報複誦一次：

「彰是他們的頭頭，身高一百七十五公分，理個大光頭。他國中和高中時代是柔道選手，據說曾經在東京都大賽中得到不錯的名次。他的嗓子像被砂紙磨過一樣，粗粗啞啞。」

排排坐在我面前的七個人，對「柔道」這個字眼起了反應。他們的神情像是浪花拍岸般，閃爍著難以察覺的光芒。我繼續沒說完的話：

「有一點我忘了講，就是在他左手臂的內側，有一道五角形的燙傷疤痕。那是他們每個拜把兄弟都有的印記。」

調查員中的幾個，聽到這句話都不約而同站起來，雙手撐在看起來很廉價的桌子上。禮哥嘆了一口氣說：

「就是他了。這話你可別說出去——那個被奪槍的巡查是從背後遭到柔道絞技的攻擊，所以才失去意識。據他的描述，昏厥前曾經在勒著他脖子的手臂上，看到有個奇怪的燙傷痕跡。真島，你剛剛講的話，能不能再詳細一點？」

正如禮哥之前預告的，今晚會是個漫漫長夜。

接下來一個鐘頭裡，我又重複了同樣的陳述兩次。真是累翻了。最後，禮哥是說：

「小弟，你剛才說要自己當誘餌，把成瀨彰給引出來，那你有什麼具體方案嗎？」

他在酒店的櫃檯邊，可是絕對不會用「小弟」這種字眼稱呼我的。我回答：

「我認為彰現在失去所有的夥伴，可能變得自暴自棄了。不過，他無論如何都想向某人報一箭之仇，於是才想辦法弄來一把槍。既然間野英二曾經主動攻擊我，彰應該也曉得是我把他們逼上絕路的。若他對某個人有仇，我想首要目標應該就是我了。」

我沒提起小溫的事。我繼續說道：

「不過，要是我的生活作息改變，他一定會起疑心。我平常沒事幹的時候，都會跑到西口公園去閒晃。所以，我覺得在那裡——那個圓形廣場設陷阱最適合。」

身穿一件髒兮兮風衣的少年課刑警開口說：

「話說回來，讓一般市民當誘餌來逮捕重大罪犯，這種計畫真的可行嗎？這位真島小弟也不過剛滿二十歲而已。就算計畫成功，要是洩露給媒體知道，我們仍會被全國上下罵得狗血淋頭。」

穿著酷似的深色西裝，簡直像在穿制服的本廳二人組，聽到這句話也繃起了臉。

「正如柳瀨所說。既然知道犯人帶著手槍，就不能採用這麼危險的計畫。一不小心，隨時都會出差錯。」

事情發展有點不妙。我說：

「我都說無所謂了，你們是在擔心什麼？我只想早點把這檔事給擺平。你們寧願讓他冷靜一段時間，然後不曉得遠走高飛到哪裡去嗎？要是他拿從池袋搶到的警槍，在別的地方犯案——反正不屬於你們的管轄範圍，所以就沒關係是不是？何況，我可不希望一個月後突然被人從背後打穿腦袋。萬一今天被他逃掉，在他再次現身之前，你們能夠保證我和我的家人、我家的店面平安無事嗎？」

調查員們一句話也說不出來。禮哥盯著我看了半晌，才開口說：

「只要他用在這個城市搶到的槍，製造其他犧牲者，不論案件發生在什麼地方，身為警察，我們都會全力遏止。本廳也會想盡辦法，盡快找出這個嫌犯。考量多管齊下的效率性，真島小弟的建議確實值得參考。」

像奪槍這種重大刑案，調查行動通常都是由本廳來主導。然而，在現場階級最高的卻是池袋警察署的署長——橫山禮一郎警視正。上級的命令對警察而言是必須絕對服從的。不過呢，這點在G少年裡頭也沒什麼不同。

於是，我的誘敵作戰進入了策畫階段。敲定之後我才開始感到害怕，看來我的恐懼感還裝著一個不太可靠的定時裝置。

我正準備離開會議室，禮哥招了招手喊我過去。我被帶到空間大得浪費的房間陰暗角落。禮哥一臉正經地對我說：

「倒還真巧，每次一有麻煩事，你總是會來參一腳。不過啊，這次情況真的不太一樣。你聽好了，阿誠，千萬要小心行事……」

他話說一半，暫停了一拍，將兩手放在我肩膀上。看到禮哥那瞇瞇眼的眼眶泛紅，我大吃一驚。

「……你可別丟了小命啊。要是你死了或受重傷，我會立即辭職下台。真出了那種紕漏，我不但沒臉面對高堂老母，對於池袋的小鬼頭們也沒個交待。」

透過禮哥背後的整片玻璃窗，西口繁華街道的耀眼霓虹變得模糊難辨。我點了點頭說：

「我知道了。我不會逞強的。拜託你們，一定要逮到那個傢伙。」

池袋警察署長露出哭笑參半的表情。

「我已經用你的名字，在大都會飯店訂了一間房間。你可不要叫太多客房服務啊！納稅人的錢不是給你這樣亂花的。還有，我已經跟你媽聯絡了，要她這幾天去別的地方避一避，以防萬一。雖然早了一點，對外就說是水果店放暑假吧！」

我點點頭，走出會議室，腦袋裡一邊想著該點哪些價錢貴得嚇死人的客房服務，享受一番。不好好利用這種機會，稅金豈不白繳了？

嗯，說老實話，不想些無關緊要的事，我搞不好會哭出來。

❦

我從池袋警察署搭車前往大都會飯店。雖然隔著一條小巷就是飯店出入口，不過為了怕中途出什麼意外，偽裝的巡邏車還是特地提早把我放下來。待在車上的時間僅有短短十五秒。我在調查員的包圍下完成check-in後，已經過了午夜十一點了。

結果，調查員一直護送我到十二樓的房間門口。我站在腳下便是公園綠意的窗邊，按下PHS上頭小溫的快速鍵。暑假一開始，西口公園的人潮就變成宛如午夜跳蚤市場，就連賣貨的女人嗓門都跟市場一樣特別大聲。小溫很快便應了電話。

「喂？」

「是我，阿誠。我在大都會飯店裡面。我把一切都告訴警方了，現在決定要在公園設下陷阱抓彰。」

「那個……關於我的事，你應該沒講出去吧？」

「沒有，你放心。」

小溫似乎很困擾地說：

「那我今天晚上該怎麼辦才好？我又不能回家……那個，我可以，到你房間住一晚嗎？」

不知為何，我想起小溫那張脂粉味很重的臉，以及他紅潤、厚實的下唇……這種生死存亡的關頭，我在胡思亂想什麼？

「不要比較好。況且可能有刑警守在走廊上，監視我房裡的動靜。」

「……這樣。」

他的聲音消沉下去。為了補償，我安撫他說：

「你身上不是有點小錢嗎？這兩、三天，就到膠囊旅館還是三溫暖去避避風頭好了。在你回來之前，我會把事情都搞定的。」

「嗯，我知道了……誠哥，你要小心點喔。」

PHS的通話斷了。我的心感覺好像剛跟一個喜歡鬧彆扭的馬子講過話一樣。

那天晚上，我淋浴完後就早早上床睡覺了。枕頭不一樣根本不構成妨礙。因為這一整天，我只有在駒込那個密醫病房裡的地板上打過一下盹而已。才一躺下，睡魔就用榔頭重重敲了我一記。

忘了拉上窗簾，我第二天被早晨的陽光喚醒。我用客房服務點了早餐。吃的不是甜甜鹹鹹的炒蛋，而是添了滿滿的牛油和鮮奶油的荷包蛋。我生平第一次吃這種叫進房間裡的歐式早餐。不管是美味的咖啡，還是剝開來中間暖烘烘的餐包，都讓我小小感動了一下。順便叫來的早報頭版上，用了滿版的篇幅報導池袋奪槍案。至於成瀨彰的事，似乎並沒有告知媒體。

早上九點，我一打開門，昨晚的調查員便默默對我點了點頭。於是，我又被護送回到隔壁的池袋警察署。這種感覺像是VIP又像是犯人，心情很微妙。

在同樣一間會議室裡，我被要求穿戴上防彈和防刃背心。連穿兩件後，外面再罩上太空外套。在這種大熱天穿這樣實在很滑稽，不過禮哥一張「結屎臉」在旁邊盯著我看，我連句玩笑話都不敢講。

我的胸前裝上一個小小的麥克風。就算壓低聲音講話，也可以傳送到停在附近的指揮車內。他們還準備了耳機和CD隨身聽。當然不是為了服務喜歡聽音樂的我，而是無線收訊器的偽裝。耳機除了一邊裝上擴音器之外，其他構造都已拆除，能夠一絲不漏接收到我周遭全部的聲音。

準備妥當。我被載上偽裝巡邏車，來到西口公園靠近JR出口的地方。

早上十點，夏天的太陽已經爬上最炙熱的位置。刺得令人眼睛睜不開的陽光，與路面反射的光線相互輝映。我就像平常一樣，腋下夾著蘋果的notebook，悠哉悠哉晃進西口公園。擦身而過的行人，像是用慢動作放映一樣清晰無比。紅綠燈的變換以及微風吹動山毛櫸樹枝的聲響，不知為何顯得特別鮮明。

走過形狀像羅馬競技場、不斷冒著水霧的噴水池旁，一邊看著左手邊的太陽和貓頭鷹銅像，一邊踏進了圓形廣場。像標靶一樣以白色和灰色組成的圓型石階，畫出一個巨大的同心圓。在中央的最高點部分則鋪著光滑黝黑的御影石，圍繞在它四周的是山毛櫸與染井吉野櫻樹的濃濃綠意。在群樹的簇擁下，池袋的高樓大廈努力伸直背脊，更上方則是浮著輕飄飄的積亂雲的夏空。

池袋西口公園。我總算回來了。這裡是屬於我的場所。

然而高昂的情緒並沒有維持多久。即使坐在樹蔭下的長椅，汗水依然在防彈背心下流成一道道的小河。雖然美其名為誘敵作戰，但不管防備得多麼森嚴，誘餌也只有乖乖枯等的份。蚯蚓、沙蠶、水蚤之類的生物，偶爾會幫我測試一下無線電是否正常，但卻是半點狀況也沒發生。我關上蘋果，又打開蘋果，本想打下隻字片語，但我的神經畢竟沒有大條到能在此刻敲擊鍵盤的地步。過了一個小時左右，我已經無聊到想殺人了。

被暑熱烘得昏昏沉沉的腦袋，無數次浮起早已明瞭答案的疑問。

為什麼，我會坐在這種地方呢？

接近十二點，我到公園後面一家外帶便當店，買了塞在塑膠盒裡的兩個大飯糰和冰麥茶，又回到原本的長椅上。心想哪來這麼多上班族和流浪漢？原來似乎都是調查員喬裝假扮的。我對於自己想的計畫愈來愈沒信心了。

想逃的話，彰隨時都可以逃離池袋。但他卻涉險奪警槍，可見他在池袋一定還有未完成的心願。我一面這麼告訴自己，一面咬下第一個包紀州梅的飯糰，眼光不經意瞥到一對從藝術劇場走來的奇怪情侶。是才剛吵過架嗎？女方足蹬像西方妓女一樣的高跟拖鞋，男方則邊走邊硬扯住她的手。男人穿著畫有前衛變形蟲圖案的緊身上衣、刷白的靴型牛仔褲。髮型是流行的黑人捲捲頭，鼻梁上掛著金屬邊框的雷朋太陽眼鏡。

兩人走到廣場中央時，便聽見女子的叫喊聲：

「很討厭耶！痛死了，你放手好不好！那麼一丁點錢，你想打發誰啊！」

男子伸腳絆倒女子，並且粗魯地把她推倒在石階上。女子就這樣倒在地上，沒有站起來。整座西口公園好像變成了液體，開始在我周圍緩緩地流動。

男子從圓形廣場的中央，小跑步朝我逼近。最初有四十公尺左右的距離，隨著他邁開的每一步伐逐漸縮短。兩個男人從我身後的樹叢跳出，用散發出晦暗光澤的鋁合金盾牌，雙雙擋在我的面前。

「趴下！阿誠！」

禮哥在耳機裡喊道。另外一名調查員把我的頭壓低，推進盾牌後面。廣場上的男人抓起自己鳥窩似的頭髮，朝石階上一扔。光頭。頂端微微尖起，一眼就認得出來的頭型。墨鏡落地。原來是成瀨彰。

數名手持盾牌的男人由圓形廣場周圍緩緩逼近，團團圍住彰。彰已經掏出了手槍。擴音器傳來的扭曲聲音，頓時充斥了整座正午時分、悠閒的公園，在我腦袋中迴響。

「你已經無處可逃！趕快把槍交給我們，乖乖自首吧！」

這個聲音昨天曾經在會議室裡聽過。是本廳搜查一科的人嗎？彰大叫著：

「開什麼玩笑！真島！我要轟掉你的腦袋！放馬過來啊！」

他揮舞著握住手槍的右手。以公園的綠樹為背景，殺人道具畫出一道黑色的殘像。就在這個時候，他的目光似乎搜尋到了什麼，從我身上移開，飄浮在半空中。躲在盾牌後面、被調查員壓在身下的我，拚命跟隨著他的視線。

在彰視線的另一端，我左側的長椅背後，站著一臉鐵青的小溫。那傢伙這種時候跑來這裡幹什麼！像是頭頂覆上一片烏雲，彰的臉色突然沉了下來。調查員們由四面八方漸漸逼近，不斷向彰施壓。彰看了我一眼，又看了小溫一眼。然後環顧四周，發出絕望的嚎叫。他像砂紙般嘶啞的嗓音，此刻卻是尖銳而破碎。

「媽的！我絕對不要回去牢裡蹲！」

成瀨彰高高舉起握緊手槍的右手。手腕朝內彎。用那小小、漆黑的鐵管，指住自己的太陽穴。

「不要做傻事！」

擴音器跟我不約而同發出一字不差的呼喊。一個站在彰右手邊、打扮成遊民模樣、手執盾牌的調查員，向他飛撲上去。彰的嘴唇無聲地顫動，好像說了什麼。假遊民將手放上彰肩頭的同時，一聲短促而乾燥的槍響，擊中西口公園石階的表面。

槍聲在周遭高樓大廈的反彈下，形成陣陣回音。在爆裂聲的餘音消逝之前，彰像是斷了線的人偶，虛軟地倒臥在地。我想起皆川說過的話。在人體的中心有一條生命之線，彰便是用自己的雙手，活生生切斷了這條線。

在藝術劇場停車場待命的救護車，閃著震天價響的警鈴趕到現場，停在彰身旁。不過，我並沒有見到他被抬上擔架的情景。因為我已經在調查員的催促下，坐上偽裝巡邏車快速離開了。在萬頭鑽動中，我一瞬間捕捉到了小溫的身影，隨即又被人潮沖散。槍聲響起的五分鐘後，我已經坐在池袋警察署裡了。我沒有機會直接跟禮哥對話。我在其中一間訊問室裡脫去防彈背心時，ＰＨＳ響了，年長好哥兒們的聲音興奮地流進我的耳殼。

「幹得好，阿誠！我真是以你為榮！這一次，你也不想被表揚嗎？」

我赤裸著上半身，笑著說：

「對啊，並不想。對了，那彰現在怎樣？」

「別擔心，他沒什麼大礙。這都是我們署上調查員的功勞。本來應該會腦漿塗地，結果只轟掉那小子半邊下巴。」

我很高興。不管如何，總算減少了一名死亡人數。

「不曉得他這下要怎麼吃牢飯？」

禮哥也笑了。

「監獄醫護中心會特別幫他準備流質食物。那先這樣了，等事情告一段落，我們再一塊兒去喝酒！」

通話斷訊。總算讓事件落幕。剩下的，就只有幫忙警方寫那些麻煩得要命的報告了。

拎起裝滿換洗衣物的粗棉提包，走出房間，辦好check-out手續，轉眼已經超過下午五點。雖然禮哥叫我不如多住一晚再走，不過比起豪華的大飯店，還是我那小房間睡起來比較安穩。

五分鐘後回到懷念的西一番街。我們家店面的鐵捲門是放下來的，於是我從旁邊的樓梯上樓，發現整棟房子空無一人。廚房的飯桌上放著老媽寫的字條：難得有這種機會，我要跟朋友去寶塚市看歌舞劇表演。三天後回來，家裡的事情就麻煩你了。有沒有搞錯？寶貝獨生子冒著生命危險跟奪槍歹徒奮戰，她居然跑去看戲？算了，反正我也沒跟她講細節，難怪她會這麼老神在在。

回到自己房間，我倒在沒收的墊被上。PHS響起。

「喂！我是阿誠。」

崇仔從鼻子哼笑一聲，才說：

「看來你撿回一條命啦！現在你的英雄事蹟可是傳遍了大街小巷，如果能夠因此招來一點桃花的話，也算是功德一件了。」

要你多管閒事。崇仔又繼續說：

「不說廢話，你趕快打開電視。」

我躺著用遙控器按下電源開關。放在我房間的電視，是跟錄放影機二合一的十四吋機種。螢光幕上出現的是陽光燦爛的西口公園景致。

「現在每一台都在重複播放彰舉槍自盡的畫面。好像是哪一個偷窺狂碰巧拍到的。」

果然像是出自外行人之手，畫面搖晃得非常厲害，焦距也模糊不清。V8正拍攝著站在圓形廣場正中央的彰的面部特寫。我當時並沒有留意到，原來彰裸露的胸膛上像被潑了水似的布滿汗珠。舉起右手的槍，槍口對準太陽穴。沒錯，他的嘴唇的確無聲蠕動著。身穿運動服、脖子上圍著毛巾的調查員跳進鏡頭。槍管被壓在彰身體下面，抵住他結實的下顎骨。錄音帶收錄進悶雷般的槍響，以及彰另一側的下巴飛濺出血塊般的物體，幾乎發生在同一瞬間。崇仔說：

「不過呢，既然你都在現場親眼目睹了，這影片對你來說也是小意思吧！」

這意思可不小。我急忙找出空白錄影帶，插進電視上方的帶匣裡，用遙控器快速搜尋頻道，一邊按下錄影鍵。轉到第三台，總算錄到了相同的畫面。我說：

「我問你，你那輛賓士休旅車上，好像有錄影機和監視螢幕對不對？」

崇仔不明就裡地說：

「有啊，那又怎樣？」

「先別問那麼多，借我一下。」

「什麼時候要？」

「就是現在。麻煩你馬上送到店裡來。」

崇仔又用鼻子笑了。

「雖然不曉得你想幹嘛，不過既然開口，一定是很重要的事。東西十分鐘後送到。」

「謝了。」

我把剛才的錄影帶倒轉回去，然後播放。彰的上半身拍得非常清晰。這樣應該可以了吧！我拿出錄影帶，關好門窗，回到西一番街的街道上。

開車的是之前那個穿橘色工作服的傢伙。他對我微微點了點頭，將新打的車鑰匙放進我手心。我坐進車裡，把錄影帶丟進置物盒。在繫安全帶之前，我先掏出ＰＨＳ，按下一個舊通訊錄裡的號碼。那是圓圓那家殘障派對專門店。電話才響一聲，曾打過照面的那個中年男人就接起了電話。我說：

「不好意思，我並不是客人。羽澤組委託我調查派對終結者的事。之前我曾在你們那兒露過臉，不曉得你有沒有印象？」

口氣很不耐煩的中年男子應道：

「喔，記得啊。那個派對終結者不是已經被抓了嗎？」

「沒錯。不過關於這件事，我想借你們那邊的美眉做進一步的調查。」

「如果你是說圓圓，她現在還在醫院。」

「不是的，我想找的是琉香。她今天有來店裡嗎？」

「有。」

「那能不能麻煩你轉告她，五分鐘之後到你們公寓樓下等我？我的事很快就能辦完。」

「好啦、好啦！」

我轉動備份鑰匙，緩緩發動引擎，有生以來第一次嘗到開賓士休旅車的滋味。

實際上，跟在駕訓中心開車沒什麼兩樣。我家店面的正後方，就是池袋二丁目的賓館街。我在那間斑駁的白色公寓一樓過時的純喫茶前面停下。琉香很快便走出電梯。今天她穿的不是豹紋，換成了斑馬紋的無袖連身洋裝。跟上次一樣沒穿胸罩。一見到我，便笑著揮揮手。我幫她打開車門，刻意強調嘴型，要她上車說話。

當琉香在座椅上整理超短迷你裙的裙襬時，我在筆記本上寫下：

「我有捲錄影帶要拜託妳看。妳能不能幫我讀他的唇語？」

琉香微笑著點了點頭。我把帶子送進腳旁的錄影機裡，並且把放在視聽收納櫃中央、兼自動導航用途的液晶螢幕轉向琉香。畫面映出西口公園，接著是彰的特寫。他舉高了槍。我指著畫面，表示就是這裡。彰無聲地說了什麼。尖銳的槍聲，似乎也傳進了她不靈光的耳朵。琉香苗條的身軀在副駕駛座上劇烈一顫。

琉香用力點頭。我將筆記本和簽字筆遞給她。我貼近她的臉，依她右手的擺動一字一字地唸。

「雖然我不知道這個人為什麼要那麼做，不過我看得懂他在說什麼。他說：『你居然栽贓給我！』不曉得這句話是說給誰聽的呢？」

我向琉香道了謝。彰在開槍自決之前說的最後一句話是「你居然栽贓給我！」

彰這句話，是衝著誰說的？除了我和小溫之外，在場的所有人，應該都跟他素昧平生才對。

向琉香再次道謝後，我直接驅車前往雜司谷天空公寓。也就是派對終結者做為指揮中心的那棟公寓。大部分的套房公寓因為房客來去頻繁，一年到頭都不會撤下租屋告示。我在夏天的夕陽餘暉中，來到自動上鎖的正門入口，找尋是否有管理這棟公寓的房屋仲介業者看板。要是找不到，只好去買本厚得能K死人的租屋資訊雜誌了。我很幸運。在玻璃自動門的另一側，就貼著一塊白色的塑膠牌子。（株）夢想仲介池袋，下面是電話號碼。我一面對照那塊牌子，一面撥打PHS。一個極具親和力的年輕男人接起電話：

「您好。感謝您的愛護，這裡是夢想仲介池袋。」

這間公司應該滿重視員工訓練的。我發出疲倦的聲音：

「工作辛苦了。我是池袋警察署刑事課的柳瀨，想來調查一下，貴公司出租給暴力罪犯的雜司谷天空公寓四〇八號，當初是用誰的名字登記？要我再打來一次也是無所謂啦，不過報告今天就必須呈交上級，能不能麻煩你現在就告訴我？」

電話另一端的男子緊張了起來。

「是！您是刑警嗎？我現在就去調資料，請您稍待片刻！」

毫不懷疑。日本的市民跟警方真是合作無間。過了差不多三十秒，男子氣喘吁吁地回到話筒邊。

「可以說了嗎？租屋時登記的姓名是牧野溫，溫度的溫。您需要他的住址和電話嗎？」

「感謝你的協助。那些資料我們查一查就有了。」

「是嗎？其他還有什麼事情需要我們為您效勞？」

真是個熱心的業務員。哪天我要租房子的時候，真想找他幫我服務。我突然想起一件事，順帶一問：

「這位牧野溫，應該只有十七歲，而且沒有工作，為什麼可以簽訂租屋契約？」

「喔，關於這點，因為他是我們老闆的遠親。」

我道了聲謝，掛斷電話。我想起小溫天真無邪的笑臉。太奇怪了。怎麼可能那麼剛好就有一個經營房屋仲介的親戚？

我的通訊錄裡有小溫手機號碼的快速鍵。我立刻按下號碼。手機業者的電話語音，通知手機收不到訊號或是沒有開機。之後整整三天，我不斷撥了又撥，聽到的都是同樣的語音。

八月。事件發生的隔天掀起軒然大波，不過我周遭已經漸漸恢復平靜了。只有接過一通警方打來的電話，從此他們似乎就不再需要我了。媒體對於我的誘餌作戰並不知情。我也沒有像崇仔說的，從此就有美眉自動送上門。只有池袋的一些小鬼，會遠遠指著我說：「就是他、就是他！」在電話打不通的這段期間，我一直在思考關於小溫的種種。

他低下頭時的長長睫毛、紅潤柔軟的嘴唇、比任何美少女都精緻的五官、畏畏縮縮的態度。我無法想像那一切都是演出來的。不過我很清楚，要操弄人心不一定需要靠蠻力或威勢。軟弱與無助，同樣也能打動人心。

八月第一個星期五的下午，氣溫打破紀錄，高達攝氏三十五度。我攤在沒有裝冷氣的店裡，PHS這時響了。是小溫打來的。

「好久不見了。你最近都在幹嘛？」

小溫吞吞吐吐地說：

「我照誠哥吩咐的，那個，離開了東京一陣子……這次的事情，真的很感謝誠哥……我們家，也沒有警察打電話來問問題。」

「那就好。你該不會是跟哪個公司老闆出去玩了吧？」

小溫一副聽不懂的樣子：

「什麼……公司老闆？」

我回他沒什麼。於是小溫突然用開朗的聲音說：

「難得我回到池袋來了，我們一起去喝酒嘛！」

我們約好晚上八點在西口公園碰面，便掛斷了電話。

晚上八點的圓形廣場。石階上還飄散著白天的餘溫，暑假時期的廣場，每天都像祭典一樣熱鬧，不過是氣溫高了一點。為何這些男男女女全像著了魔似的徹夜狂歡？我心情沮喪地坐在長椅上，等待小溫出現。

一雙柔軟的手，冷不防從背後矇住我的眼睛。還沒有完全變聲的少年嗓音，在我耳邊低聲說：

「猜猜我是誰？」

「不猜也知道啦！趕快坐下吧！」

那一天，小溫頭一次在我面前穿短袖上衣。當他的掌心從我眼前移開，便見到一個黑色結痂的五角形傷痕。應該是每隔一段時間便用香菸去燙，才能製造出這樣的印記。小溫一面用纖細的手指來回撫摸微微隆起的傷疤，一面說道：

「這個印子，應該不需要在誠哥面前隱藏了。」

他露出天使般的笑容。我的心情，在這一刻悄悄降到了冰點。

之後，我們連泡了兩間便宜居酒屋。我沒有選擇從前跟皆川去過的店。總覺得，不想因此玷汙了我倆之間的回憶。他的金項鍊，還收在我的口袋裡。要是皆川看到我現在有話不敢說明白的怯弱，不曉得會怎麼挖苦我？活到今日，我曾經燦爛過嗎？我和小溫一杯接著一杯地喝，等到走出第二家店時，最後一班電車早就開走了。

我們混在摩肩擦踵的醉漢群裡，在微溫的池袋街頭，像水母一樣漂浮著。小溫始終表現得很HIGH，什麼東西都有辦法逗他笑，動不動就指著街邊一角笑得東倒西歪。他說：

「跟你說喔，我有一個祕密基地，沒有任何人知道。要不要買幾罐冰啤酒，跟我去那裡慢慢喝？」

我沉默地點了點頭。小溫一見我答應了，立刻嘩啦嘩啦甩動著掛在短褲頭上的鍊子，像隻被解開項圈的小狗，直奔向燈火通明的便利商店。我望著他迎風飛揚的頭髮以及瘦弱的背影，下了一個決心。

今天晚上，我必須解開所有的謎團。為了死去的皆川、被侵犯的圓圓，還有失去半邊下巴的彰……

提著半打啤酒，小溫帶我來到千早的住宅區。在這個距離車站一公里遠的地區，同樣是池袋卻寧靜無比。小溫走在我的前面，不停講些在這個遊樂場玩過、在這台販賣機偷過零錢的往事。

在狹小巷道的盡頭，是整片水泥牆和架得高高的鐵絲網。深藍色的夜空以及四層樓的校舍，像從地表長出的植物一樣落下幢幢黑影。空無一人的廣大校園陰氣森森。小溫握住鐵絲網破洞的部位。

「這裡是我國中母校。雖然晚上都會上鎖，不過絕對不會有人來的。」

小溫輕盈地翻過圍牆。我也尾隨他，進入深夜的學校。

我們穿越無人的校舍，前往校園一角的游泳池。像倉庫一樣的雙開式推門是鎖上的，不過只要爬過旁邊消毒用的小徑，就能夠輕易潛入了。小溫和我來到盛滿白色溶液的水道前，分別脫下球鞋和短靴。將赤裸的雙腳泡進白色的水中。令人懷念的泳池氣味揚起，長方形的水道表面掃過帶狀的波紋。不知為何，我想起皆川去世的那個早晨。在那天早晨，他是否也渡過這樣的白色小河？

我們輕輕舉步，不讓消毒水濺起，然後穿越一整列沒有出水的蓮蓬頭。正面是一段大約六階的水泥樓梯。小溫說：

「我好喜歡這一段樓梯喔。誠哥，我們不要急、慢慢走好不好？」

我默默點了點頭。我聽從小溫的要求，像要踏碎什麼東西似的，一步一步走上階梯。視線逐漸攀高後，便看到一座二十五公尺的游泳池，搖晃的水面一邊隨著腳步改變形狀，一邊在我眼前平順地延展開來。無人的泳池，表面色澤是介於藍色和黑色之間的深藍，並且隨著角度不斷微妙變化。水面顫抖般勾起的絲絲波紋，毫不停歇地搖晃著。

我們在泳池旁乾燥的地方坐下。防滑磚摸起來的觸感像滑石一樣粗糙。小溫拿起一罐啤酒，幫我打開拉環。我沒看他的眼睛，便接下了啤酒。有點變溫的酒液，畫出一條冰涼的線，由喉頭直直墜落。我坐在差一點便會掉落的邊緣，斜後方是小溫燥熱的身體。夜涼如水，讓我能察覺小溫的體溫。小溫說：

「休息一下之後，我們一起游個泳嘛！」

才剛喝過啤酒，我的喉嚨卻乾渴難受。我咬了咬下唇。

「在那之前，我有話想對你說。」

「什麼話？」

小溫的聲音和似乎是脫T恤的摩擦聲一同響起。

「關於彰的遺言。」

我注視著搖擺的水面，頭也不回地說。我感到小溫屏住了氣息。

「或許全日本都沒有人發現到——在他扣下扳機之前，曾經自言自語說了一句話。我很想知道，他當時到底為什麼那麼說。」

小溫喃喃地說：

「彰說了什麼？」

「我也希望，這一切如果全是我的妄想該有多好。他最後是這麼說的——你居然栽贓給我。他說得清清楚楚，就是『你居然栽贓給我！』」

一陣風吹過，在水面一角掃起細細的紋路。小溫的聲音小得幾乎無法辨識：

「是嗎？」

「是的。那個時候在西口公園裡的人，彰認識的就只有我和你。他那句話確實是對著你說的。我之前就一直想不通，為什麼派對終結者會知道我和皆川在打探他們的行蹤？為什麼只幫了一點小忙的圓圓會因此被擄走？為什麼我們的一舉一動，他們好像全都知情？」

「是嗎？」

我沒有回頭看小溫。老實說，不管事情接下來如何演變，我都已經無所謂了。

「圓圓被綁架，皆川先生和我遭到攻擊，這些全是你出現在我身邊後才發生的。剛出少年輔育院的前科犯，想租公寓沒有那麼簡單。那間位在雜司谷的藏身之處，也是用你的名義租下的吧？」

小溫唯唯諾諾回答。這不是偽裝的。我想，他的本性或許就是如此吧。先以誠惶誠恐的姿態獲取對方信賴，再讓對方嘗嘗甜頭，最後從內部滲透、破壞。

「你查得真清楚……不愧是誠哥，真有一手……彰跟你簡直沒得比……不過，真可惜。」

「哪裡可惜？」

小溫的聲音在顫抖。

「一次也好，我真想跟誠哥發生肌膚之親……不過，既然曉得我的真面目了，誠哥一定不會對我有那種感覺了吧？」

不僅是我，任誰也不願意接近帶有劇毒的食蟲花。除非像彰那樣陷入了幻覺，自以為是所向無敵的殺手。

「我問你，派對終結者的幕後主使者，其實是你吧？那群人雖然生性殘暴，還想不出那麼縝密的做案計畫。派間野英二來教訓我的人，應該也是你吧？」

小溫的語氣略帶喜色，說：

「對啊！英二雖然個子很高，打架技巧卻是四人裡頭最差勁的。所以，我才特別選他出來交給誠哥。」

「要是我真的被他幹掉了，你怎麼辦？」

我從空氣的流動，察覺到小溫搖了搖頭。

「如果誠哥那麼弱的話，就不能當彰的替身了。」

我自然而然露出微笑。

「是喔？原來我是替身啊。」

「是啊！彰他們自從出獄之後，整個人都變了，成天只想著幹些轟轟烈烈的事，想殺人，想搞破壞。我為了阻止他們亂來，還花了好大一番工夫！後來，我想到可以去搶大人的派對專門店。頭腦不靈光的流氓一點都不可怕，真正可怕的是警察。不過，沒想到幫派裡頭還有像誠哥這樣的人物呢。」

我的內心燃起一股小小的憤怒火苗。小溫用醉意濃厚的口吻說：

「所以呢，我中途就倒戈了。要是永遠跟彰他們在一起，連我也會向下沉淪的。」

「是嗎？所以你才利用了我。至於對你抱著懷疑的皆川先生，你就派那三個人去做掉他。我不但幫你保守祕密，還自願當誘餌去逮捕彰。那一天，你是為了確認自己的計畫是否順利，才會到西口公園去的吧？」

小溫毫無罪惡感：

「對不起。誰叫皆川先生在不對的時間、場所出現呢？」

「小溫，我可以問你最後一個問題嗎？」

「好啊。」

「是關於你姊姊亞希。其實，並不是彰他們對亞希感興趣，而是你主動把親姊姊送給他們當犧牲品，對不對？我猜想，可能是你想討他們的歡心吧。」

這是這幾天以來在我腦海盤旋不已的疑問。小溫堂而皇之地笑了，不再掩飾。即使是八月，過了午夜的寒風還是吹起一身雞皮疙瘩。泳池邊揚起微弱的水聲。

「你說的沒錯啊。亞希姊以為自己小有姿色，又是女人，就自以為了不起了。我從以前就好討厭她。所以，才把她送給彰他們享用。那場車禍雖然真的是意外，不過死了這種女人，也沒什麼好可惜。而且，大家都說跟我睡的感覺比較好呢！」

我沉默下來，凝視映照著夜空的水面。小溫的確擁有一個扭曲的人格，但是那個扭曲的部分，或許就是小溫存在的本質。他又用撒嬌的聲音，遲疑地說：

「誠哥，那個……那個，你打算……把我怎麼樣呢？」

我正想說「不能怎麼樣」，耳邊便傳來似乎是夜鳥的鳴叫。小溫在我背後極近的地方笑了。一瞬間，金屬的光芒在我眼前閃過，接著脖子就被鍊條纏繞住。小溫用膝蓋頂住我的背，使勁扯緊鍊條。沒辦法甩開。我呼吸困難，就這樣承載著背上的小溫，倒頭栽進前方遼闊的水面。

我一面下沉，一面想著要帶他前往皆川所在的地方。

浸在微溫的水中，不知為何，我最先想到的是皆川託付給我的金項鍊。我還沒有遵照約定，將那條項鍊投進他故鄉的海裡。雖然如此，我卻被小溫的鍊條繞住了頸子，正要沉進這充滿漂白水臭味的池子底。我在水中屏著氣息，心裡卻突然一把無名火起。沒錯，我這一生都還沒精彩過呢！

這個時候，小溫出現了異狀。他跟頸部被勒緊的我不同，可能是在驟然落水的途中，不小心把水吸進了氣管。他在水中揮舞著雙臂。脖子上的不鏽鋼鍊子鬆開了。我拚命用腳尖摸索池底。只要我不慌張，腳尖理應搆得到因為防水塗料而滑溜溜的池底，因為學校泳池的水深只到大人的肩部。我好不容易站了起來，臉從水面冒出，吸了飽飽的空氣後，又再次潛回水底。

這一次，換小溫停止呼吸了。

小溫上半身赤裸的身體，在水中呈現橫躺的狀態，並且胡亂擺動著手腳。我準備用全身的重量，把他壓到池底。小溫發青的嘴唇吐出一連串破碎的氣泡，泡泡閃爍著光芒上升。在水中，小溫和我四目相接。小溫睜大了雙眼，向我哀求。救救我吧！請給我空氣！絕望、恐懼、憎恨，各種各樣的黑暗情緒，在小溫瞳孔深處澎湃。他的長髮像海藻般飄動，遮住他美麗的臉孔。我並不打算要小溫的命。我最後一次狠狠一壓，將他頂到深藍色的池底，便利用反作用力出了水面。頭頂上無限延伸的是池袋沒有半顆星斗的夜空。

我深深吸了一口讓人全身酥麻的甜美空氣入肺。彷彿能感到全身細胞緩緩被灌注著氧氣。離開水面之後，我大口喘息了好一陣子。呼吸總算平穩後，抹了抹臉上的水，看向腳下。小溫依然仰頭看著我，水中的雙眼卻失去了焦距，無神地晃動著。他張開的嘴裡也灌滿了水。他為什麼浮不上來？並沒有人壓著他啊。我再一次深吸口氣，潛進黑暗的水中。

小溫的身體像是一艘沉船，在水中斜傾著飄盪。他的雙臂左右張開，髮絲因水流而搖晃。我看向池底。在我們剛剛糾纏的地方，有一個五十公分左右見方的排水口，用每格兩公分寬的鐵格子罩住。小溫腰上的鍊子，一直延伸到排水口蓋處。隨著他每一次浮起的動作，鍊條便伸得筆直。我將臉再鑽進池子底，想確認到底是什麼狀況。他的鍊條前端有個T字型的鎖頭，不偏不倚地卡在鐵格子的隙縫裡。我正想回到水面，發現排水口旁落著一條金項鍊。皆川的項鍊即使在晦暗的水中，依然散發出朦朧的光輝。也好。我見到它的光輝，心裡有了答案。就讓小溫待在池底吧。讓皆川回到故鄉的海洋，讓小溫回到他母校的泳池。

我只撿起了金項鍊，讓鐵鍊條保持原狀，然後游到泳池的另一端，離開微溫的水面。

回到剛才坐著的地方，我拿起自己喝過的空啤酒罐。拎著靴子，獨自踏過乾燥的淋浴區以及消毒水通道回家。小溫臉朝下在水底晃蕩的景象雖然揮之不去，我卻一次也沒有回頭。

當我穿越鐵絲網的破洞時，特別留意了一下周遭是否有人看見。不過深夜一點的住宅區半個鬼影都沒有，這麼做其實是多此一舉。走出國中校區，我才把靴子套回去。走路到家的時候，已經是凌晨兩點鐘了。

我沖了個熱水澡，馬上鑽進被窩，但是全身的顫慄卻直到天明都不曾停歇。

第二天，我拿齊了靴子、T恤和牛仔褲，塞進東京都可燃垃圾袋裡，提去垃圾場丟掉。小溫的遺體直到接近中午，才被社團活動的指導老師發現。這件事當然造成人心惶惶，不過由於他的血液中測出酒精成分，加上現場並沒有打鬥的跡象，於是警方便以酒醉不慎落水結案了。會下這種判斷的主因，據說是因為警方得知經常有該校的畢業校友半夜潛進游泳池。小溫的死亡，只在報紙的社會版占了三乘四公分的小小面積。跟彰的整版頭條可說天差地遠。

造成落水的原因本來就是小溫自己，而他的腰鍊會卡在排水口蓋，不是皆川亡魂的傑作，就是純屬巧合，因此我認為警方的推斷並沒有錯。我或許有機會救小溫一條命，卻沒有伸出援手。只是這樣而已。假如再一次經歷同樣的情況，我想我應該還是會做同樣的決定。

小溫和他姊姊一樣，最後都死於意外事故。而在意外發生之前，姊弟倆都遭遇了比死更可怕的經歷。姊姊是由於派對終結者，弟弟則是因為他自己，兩人都在活著的時候便走向了破滅。

我無能為力。這兩起事件，甚至都不容許我用筆記下。

八月的第二個禮拜，在我內心一切總算都真正落幕了。暑假正值高峰。今年池袋的夏天，也因為熱得不像話的陽光和露得不像話的女人，被炒得熱鬧滾滾。

圓圓和琉香姐沒什麼改變，依舊在大人派對裡賺錢。偶爾，她們會來我家店裡訂購派對要用的水果。真是生意興隆。利用賣春得來的錢，幫助越南足以組成兩班的小孩上學的圓圓，以及擺著張白癡臉顧店的我。要說誰比較了不起，我真的認為一定是圓圓。

崇仔最近似乎在想，自己差不多該讓出G少年的國王寶座了。他打算開一間小店，當個二十歲的隱居老人。據說這是他長久以來的想法，我聽了卻嗤之以鼻。那種缺乏刺激的和平人生，崇仔不可能受得了。

至於禮哥，他池袋警察署長的任期還沒有結束。因為這次迅速偵破奪槍案，好像讓上級對他的評價又更高了。世上就是有些走狗屎運的人，不管遇上什麼麻煩，最後都會因禍得福。他說他要請客讓我喝到爽，所以我就在大都會飯店的酒吧，連乾了他好幾杯一杯三千塊日圓的蘇格蘭威士忌。老實說，我實在喝不出這種酒貴在哪裡就是了。

水果店星期二公休的時候，我從東京車站搭上久違的東海道線。那天雲層很薄，天空明亮得讓人睜不開眼。我坐在靠海的包廂座位，就這樣欣賞了兩個鐘頭櫛比鱗次的大樓和房屋。海洋只在遠處偶爾閃過，從車廂根本無緣得見。在皆川出生的城鎮下了車，因為肚子餓，我走進車站旁的一家定食店，點了鮪魚生魚片定食。像池袋那間居酒屋一樣，這裡的生魚片不是切成四四方方的薄片，而是厚實的梯型。我將金項鍊放在桌上，一個人吃光了定食。

回到計程車招呼站，我對著一位跟皆川差不多年紀、膚色黝黑的司機說：

「你能不能載我到這附近的小孩經常去玩的海岸？」

計程車穿越了市區，路過擠滿遊客的髒汙沙灘，朝山裡的海灣前進。轉過無數條沿海的狹小通道，司機總算停了車。周圍看不到一間民宅。在兩側岩岸的包圍下，雪白的沙灘僅有大約二十公尺。我請司機停在原地等我，然後下了計程車。

穿過行車護欄，我走向長滿茂密的夏草、由行人踏出來的小徑。青草的氣息與海洋的鹹味。走過短短的岩岸，就變成了沙灘。沒有菸蒂，也沒有煙火屑，是一片清潔無比的海灘。每踏一步，沙粒就發出響聲。我站在海邊，回望背後的景色。圍繞著海灣的山勢險峻，夏季的樹林鬱鬱蓊蓊。

我面對著海。無時無刻不在轉變，卻也恆久不變的海。我將手插進牛仔褲口袋，拿出皆川的項鍊。

手腕輕輕一轉，便將它拋進起伏不定的雪白浪花間。金色的光輝，很快就被波浪吞沒，再也看不見了。

我回到等待的計程車上。跟小溫那時相同，我想，我途中應該一次也沒有回頭。

那天傍晚，我回到了池袋。一旦完成對皆川的承諾，港邊小鎮不是我會逗留的地方。我在西口公園那張專屬長椅上坐下，什麼也不做，就花了一個半小時看太陽在高樓大廈之間西沉。皆川和小溫他們是否再也無法看到這樣的落日？還是說，他們在這一瞬間也跟我欣賞著相同的景色？我並不清楚答案。不過，我卻能感覺到，任何一個往生者都與我們近在咫尺。兩人或許就在長椅旁，或是我身後的樹叢，微笑注視著我。

想起皆川和小溫，或許我曾經熱淚盈眶，不過也可能是因為這個清涼黃昏的緣故。天空冷冷地燃燒著，將街道染成了玫瑰色，來往交錯的行人因欲望而雙頰泛紅。這幅再熟悉不過的池袋街景，看在我眼裡是如此美麗。

不論如何，那個夏天的黃昏，都是一場最精彩的演出。

石田衣良系列 2

計數器少年：池袋西口公園 2
少年計数機 池袋ウエストゲートパーク2

作者　石田衣良（Ishida Ira）
譯者　葉凱翎（第一章）、王詩怡（第二至四章）
總編輯　陳郁馨
主編　張立雯
協力編輯　鄭功杰
封面設計　白日設計

社長　郭重興
發行人兼出版總監　曾大福
出版　木馬文化事業股份有限公司
發行　遠足文化事業股份有限公司
地址　231新北市新店區民權路108之4號8樓
電話　02-2218-1417　傳真　02-8667-1891
email: service@bookrep.com.tw
郵撥帳號　19588272　木馬文化事業股份有限公司
客服專線　0800221029
法律顧問　華洋國際專利商標事務所 蘇文生 律師
印刷　成陽印刷股份有限公司
二版1刷　2016年6月
定價　新台幣260元

ISBN 978-986-359-253-2

國家圖書館出版品預行編目(CIP)資料

計數器少年：池袋西口公園. 2 / 石田衣良著；葉凱翎, 王詩怡譯. -- 二版. -- 新北市：木馬文化出版：遠足文化發行, 2016.06
面；　公分. --（石田衣良系列；2）
譯自：少年計数機：池袋ウエストゲートパーク. 2
ISBN 978-986-359-253-2（平裝）

861.57　　105008070